KB024045

발터 벤야민 선집 12

# 독일인들

일련의 편지들

?

발터 벤야민 선집 12

# 독일인들

## 일련의 편지들

발터 벤야민 지음 | 임석원 옮김

도서출판 길

발터 벤야민 선집 **12**

# 독일인들
**일련의 편지들**

2022년 1월  5일  제1판 제1쇄 인쇄
2022년 1월 10일  제1판 제1쇄 발행

지은이 | 발터 벤야민
옮긴이 | 임석원
펴낸이 | 박우정

기획 | 이승우
편집 | 이남숙
전산 | 최원석

펴낸곳 | 도서출판 길
주소 | 06032 서울 강남구 도산대로25길 16 우리빌딩 201호
전화 | 02)595-3153  팩스 | 02)595-3165

등록 | 1997년 6월 17일 제113호

# 발터 벤야민의 『독일인들』에 나타나는
# 휴머니즘에 대한 성찰과 역사적 성좌구도*

## 1. 벤야민의 『독일인들』과 '독일적' 휴머니즘

발터 벤야민이 1936년에 데틀레프 홀츠(Detlef Holz)라는 필명으로
출판한 편지 모음집인 『독일인들. 일련의 편지들』(*Deutsche Menschen.*
*Eine Folge von Briefen*)은 그의 다른 저서나 논문들에 비해 상대적으로
뒤늦게 본격적으로 연구되기 시작했으며,[1] 최근에 인간학적 유물론

---

\* 이 해제는 「발터 벤야민의 『독일인들』의 휴머니즘에 대한 성찰」(『독어독문학』 제147집,
한국독어독문학회, 2018, 99~120쪽)과 「발터 벤야민의 『독일인들』과 「역사의 개념
에 대하여」의 친화적 상관관계 고찰」(『독어독문학』 제151집, 한국독어독문학회,
2019, 89~112쪽)을 종합적으로 수정·보완해 쓴 것이다.

1) 다음 논문들을 참조할 것. Albrecht Schöne, "Diese nach jüdischem Vorbild erbaute
Arche": Walter Benjamins *Deutsche Menschen*, in: *Juden in der deutschen Literatur,*
Frankfurt a. M., 1986, pp. 350~65; Michael Diers, Einbandleküre—Zu Walter

등 벤야민의 사유세계 전반을 특징짓는 휴머니즘 이해에 대한 관심이 높아지면서 재조명받고 있다.[2] 부연하자면 벤야민이 살아생전 출판한 책은 다섯 권 — 박사학위 논문인『독일 낭만주의의 예술비평 개념』(1920), 보들레르 번역서『파리의 풍경』(1923), 교수자격 논문으로 제출했던『독일비애극의 원천』(1928), 아포리즘적 단상 모음집『일방통행로』(1928) 그리고『독일인들』— 에 불과한데, 그중에서 이 편지 모음집은 벤야민이 망명기 동안 출판한 유일한 책이다. 그럼에도 이 편지 모음집에 대한 연구성과는 벤야민의 다른 저서에 비해 상대적으로 적은 편이다. 그러나 벤야민의『독일인들』에 깔려 있는 "휴머니즘, 문화 일반이 위협받았다"[3]라는 동시대적인 위기의식은 오늘날

Benjamins Briefsammlung *Deutsche Menschen* von 1936, in: Werner Hofmann/ Martin Warnke Hrsg., *IDEA. Jahrbuch der Hamburger Kunsthalle*, VII, Hamburg, 1988, pp. 109~20; Gert Mattenklott, Benjamin als Korrespondent, als Herausgeber von "Deutsche Menschen" und als Theoretiker des Briefes, in: Klaus Garber/Rehm Ludger Hrsg., *global Benjamin 1. Internationaler Walter-Benjamin-Kongreß 1992*, München, 1999, pp. 575~82; Momme Brodersen, Für eine Neuausgabe der "Deutschen Menschen", in: K. Garber/R. Ludger Hrsg., *global Benjamin 1. Internationaler Walter-Benjamin-Kongreß 1992*, München, 1999, pp. 583~96; Momme Brodersen, Anthologien des Bürgertums, in: Burkhardt Linder Hrsg., *Benjamin-Handbuch. Leben-Werk-Wirkung*, Stuttgart · Weimar, 2006, pp. 437~50; Barbara Hahn/Erdmut Wizisla Hrsg., *Walter Benjamins Deutsche Menschen*, Göttingen, 2008.

2) 현재 '발터 벤야민의 저작들과 유고 비판 전집 시리즈'(Walter Benjamin. Werke und Nachlaß. Kritische Gesamtausgabe)가 함부르크 과학문화진흥재단(Hamburger Stiftung zur Förderung von Wissenschaft und Kultur)의 후원을 받아 출판 중인데, 벤야민의『독일인들』은 이 비판 전집 시리즈의 제10권으로 기획되어 몸메 브로더젠 (Momme Brodersen)의 편집으로 2008년에 출간되었다.

3) Peter Villwock, Walter Benjamins *Briefe Projekt*, in: *Text. Kritische Beiträge 13*, 2012, p. 161.

현대 사회의 상황과 크게 다르지 않으며, 벤야민이 이 저서를 통해 제시하고 있는 대안적 성찰들이 여전히 유효할 수 있다는 점에서 그의 편지 모음집에 대한 연구는 유의미할 것이다.

1936년에 출판된 『독일인들』은 짧은 모토글, 벤야민의 서문과 이 서문에 덧붙인 편지 한 편, 일종의 목차 역할을 하는 '내용'(Inhalt), 그리고 이어지는 편지 스물다섯 편과 각각의 편지에 선행해 벤야민이 편지에 대해 주석을 붙인 소개글로 구성되어 있다.[4] 이 편지들과 주석글은 편지 모음집의 출간 이전에 이미 1931년 3월[5]과 1932년 5월 사이에 『프랑크푸르트 신문』에 벤야민의 이름이 언급되지 않은 채 연재되었다(IV/2, 942f. 참조).[6] 다만 예외적으로 이 신문의 1931년 5월 31일자에 실렸던 프리드리히 슐레겔(Friedrich Schlegel)의 편지는 유일하게 1936년의 편지 모음집에 포함되지 않았다. 이 슐레겔의 편지는 벤야민 사후 1962년에 테오도르 아도르노(Theodor Adorno)가 재출판한 편지 모음집에 아홉 번째 편지로 추가되었다. 그러나 벤야민이 서문의 편지를 제외하고 편지 모음집에서 소개하고 논평하는 편지의 개

---

4) 독일어판 『벤야민 전집』 제4권에 실려 있는 「독일인들」의 판본에서는 '내용' 부분이 빠져 있는데, 그로 인해 서문과 그것에 딸린 편지로 구성되어 있는 도입 부분이 다음에 이어지는 벤야민의 주석글 및 편지글 스물다섯 편과 구분지어지지 않는다.

5) 벤야민의 첫 편지는 『프랑크푸르트 신문』 지방판 3월 31일자 석간에 처음 실렸고, 이후 독일 전역에서 유통되는 제국판(Reichsausgabe)에는 4월 1일자에 실렸다.

6) 벤야민의 저작은 대부분 다음 전집에서 인용했다. Walter Benjamin, *Gesammelte Schriften*, Bd. I~VII, Unter Mitwirkung von Theodor W. Adorno und Gershom Scholem, Hrsg. von Rolf Tiedemann und Hermann Schweppenhäuser, Frankfurt a. M., 1991. 이후 본문에서 벤야민의 저작을 인용할 때 로마숫자와 첫 아라비아숫자는 전집의 권수를, 그다음의 아라비아숫자는 쪽수를 나타낸다.

수인 '26'이 마음을 끄는 숫자가 아니며 '25'가 더 완결된 인상을 주는 숫자라고 생각했으며, 그래서 벤야민이 부정적인 내용을 포함하고 있는 슐레겔의 편지를 상대적으로 덜 중요하게 여기고 이런 이유로 의도적으로 포함시키지 않았다는 점이 출판사 편집자 루돌프 뢰슬러 (Rudolf Rössler)에게 보낸 그의 편지에서 확인되고 있다.[7] 따라서 이후 출간된 『벤야민 전집』 제4권에서는 슐레겔의 편지가 '부록'(Anhang)으로 편지 모음집의 마지막에 재배치되었다.

아도르노는 신문에 연재된 이 편지들이 "범상치 않은 영향을 끼쳤다"[8]라고 평가한다. 무엇보다도 당시 독자들은 이 편지들 속에서 "독일 휴머니즘 시대의 매우 매력적이고 생동감 있는 이미지"[9]를 발견할 수 있었다. 벤야민은 신문 연재를 시작하면서 다음과 같이 편지들의 특징을 서술하고 있다. "독일적 의미에서 휴머니즘적이라고 특징지을 수 있는 태도를 지금 이 순간 다시 불러내는 것이, 오늘날 자주 진지하게 그리고 책임감에 대한 의식으로 가득 차서 그 독일적 휴머니즘을 문제 삼고 있는 그들이 점점 더 일방적으로 예술과 문학의 작품들에 의지할수록 점점 더 적절해 보이는데, 바로 그 태도를 이 편지들이 생생하게 표현해주고 있다"(IV/2, 954f.).[10] 여기서 벤야민이

---

7) Walter Benjamin, *Werke und Nachlaß. Kritische Gesamtausgabe*, Bd. 10. *Deutsche Menschen*, Hrsg. von Momme Brodersen, Frankfurt a. M., 2008, p. 313 참조.

8) Theodor W. Adorno, Zu Benjamins Briefbuch *Deutsche Menschen*, in: Th. W. Adorno, *Noten zur Literatur*, Hrsg. von Rolf Tiedemann, Frankfurt a. M., 1981, p. 686.

9) Benjamin, 앞의 책, 2008, p. 180.

10) 이 주석글은 편지 시리즈 전체에 대한 서문 역할도 하는데, 벤야민에게 스위스의 비

말한 '지금 이 순간'이란 다름 아닌 나치즘이 위협적으로 대두하기 시작한 1930년대 초반이며, 그는 독일 민족의 우월성을 선전하는 나치즘에 맞서서 바로 '독일적' 휴머니즘을 내세우고 있다. 그렇다면 당시 독일 내 나치즘이 대두하고 있는 시대적 위기상황에서 벤야민이 불러내고자 했던 '독일적 의미에서 휴머니즘적이라고 특징지을 수 있는 태도'란 어떤 것인가? 편지 모음집에 암시되어 있는 벤야민의 휴머니즘 이해를 그의 전반적인 사유세계를 고려해 구체적으로 파악함으로써, 우리는 오늘날 휴머니즘 문화의 한계와 가능성 측면에서 벤야민의 인간학적 성찰의 시의성을 추론할 수 있다.

## 2. "은폐된 독일"과 나치즘 비판

벤야민은 자신이 수집한 편지들을 모아 한 권의 책으로 출판하려던 계획이 수년간 좌절되는 과정을 거쳐 「독일 편지들 I」(Deutsche Briefe I)이라는 제목의 글을 집필했는데,[11] 이 글은 "그 책의 일종의

---

타노바 출판사를 소개해준 카를 오토 티메(Karl Otto Thieme)에게 출판사 편집자인 뢰슬러가 보낸 1936년 7월 30일자 편지에 따르면, 벤야민과 티메는, 이 주석글에서 1936년의 독일 내 정치적 상황과의 연관성이 너무 눈에 띄게 나타나고 있기 때문에, 이 주석글 대신에 『독일인들』의 출판을 위해 새로운 '서문'을 작성하는 데에 동의했다고 한다.

11) 벤야민 비판 전집 제10권 『독일인들』의 책임 편집자인 브로더젠은 이 원고가 벤야민 전집의 편집자들이 추측하는 것처럼 『프랑크푸르트 신문』에서의 편지 연재가 끝나기 전에 쓰인 것이 아니라 이후 1930년대 중반에 집필된 것으로 추정한다 (Brodersen, 앞의 글, 1999, p. 591 참조).

축소모델"[12])로 간주된다. 여기서 벤야민은 "오늘날 사람들이 뿌연 안개 뒤편에서 기꺼이 찾고자 하는 '비밀스러운 독일'의 용모를 보여주는 것"(das Antlitz eines 'geheimen Deutschland', das man heute so gerne hinter trüben Nebeln sucht, zu zeigen, IV/2, 945)이 일련의 편지들을 묶는 의도라고 명시적으로 밝히고 있다. 이와 관련해 벤야민의 유고를 보면, 그가 이 편지 모음집에 '은폐된 독일. 편지들'(Das unterschlagene Deutschland Briefe)이라는 제목을 붙이고자 했음을 알 수 있다.[13] 그런데 이때 벤야민은 이처럼 비밀이 되어버린 독일의 모습이 이른바 '깊은 내면성'의 문제로 인해 파악되기 힘든 특징을 의미하는 것이 아니라 특정한 역사적 과정에서 어떠한 폭력적 힘들이 본연의 독일적 정신을 대변하는 사람들을 독일에서 추방하면서 독일의 참된 면모를 덮어버리고 있기 때문이라고 설명한다.

그러나 실제로 출판된 책의 서문에서는 이에 대한 명시적인 언급을 생략했는데, 이는 출판 의도가 바뀌었기 때문은 아니다. 이 책의 편집자인 뢰슬러는 편지 모음들이 "진정하고 참된 '은폐된' 독일의 초상"(ein Portrait des echten und wahren, 'unterschlagenen' Deutschland)[14]을 제공한다고 평가하면서 독일 내에서 이 책이 "그 서문 때문에 출판금지"[15]되지 않기를 바랐으며, 벤야민은 이 출판사를 소개해준 티메의 제안에 따라 "독일 시장을 그 때문에 무조건 봉쇄하지 않기 위해"[16]

---

12) Benjamin, 앞의 책, 2008, p. 185.

13) Benjamin, 같은 책, 2008, p. 182.

14) Benjamin, 같은 책, 2008, p. 384.

15) Benjamin, 같은 책, 2008, p. 387.

책 도입부의 서문을 새로 고쳐 썼다. 티메에 따르면, 벤야민에게는 무엇보다도 "어쩌면 있을 법한 독일 독자들에게 용기를 주는 것"[17]이 관건이었다. 그만큼 그에게는 이 책을 "독일 내에 유통하는 것이 〔……〕 간절한 바람이며 중요"[18]했다.

앞서 언급했듯이 벤야민은 "은폐된 독일"의 참모습을 제시함으로써 궁극적으로는 동시대인들을 위협하고 있는 독일 나치즘의 선동에 맞서 저항하고자 했다는 평가를 받는다. 예를 들어 아도르노는 벤야민의 이러한 정치적 의도를 티메의 미망인에게 보내는 편지에서 다음과 같이 설명하고 있다.

'독일인들'이라는 책제목은 벤야민 스스로 정했는데, 이는 이 편지 모음집이 독일로의 반입을 가능케 하기 위한, 그곳에서 반(反)정부적으로 작용할 수 있기 위한, 즉 일종의 위장술이라는 정치적 이유에서였지 결코 이윤추구 목적이 아니었습니다. 이 점을 저는 매우 분명하게 기억하고 있습니다.[19]

여기서 아도르노는 벤야민의 책제목이 당시 독일 내에서 나치 정

---

16) Benjamin, 앞의 책, 2008, p. 381.

17) Benjamin, 같은 책, 2008, p. 383.

18) Benjamin, 같은 책, 2008, p. 345.

19) 아도르노 아카이브에 보관되어 있는 아도르노의 1965년 9월 20일자 편지글 (Theodor W. Adorno Archive, Br. 1534/6)을 Brian Britt, Identity and Survival in *Deutsche Menschen*, in: Daniel Weidner/Sigrid Weigel Hrsg., *Benjamin-Studien 3*, Paderborn, 2014, p. 94에서 재인용.

권에 반대하는 독자들을 염두에 두었던 '일종의 위장술'이라는 점을 분명히 한다. 즉 벤야민의 편지 모음집을 "나치 정권에 저항하는 암호화된 정치적 진술로서의 텍스트"[20]로 간주하고 있다. 부연하자면 벤야민의 책은 일견 책제목에서 연상할 수 있는 '민족주의적 영웅숭배나 애국주의'와는 전혀 무관하다. 이는 이 편지 모음집에는 프랑스혁명 당시 "유럽에서의 전제권력"(IV/1, 162)의 팽창에 맞서 혁명을 옹호하다가 조국 독일에서 추방당한 게오르크 포르스터(Georg Forster)의 편지나 "편협한 애국주의에 맞서 바이에른 학술원에서 연설했던"(IV/1, 195) 독일의 화학자 유스투스 리비히(Justus Liebig)의 편지 등이 실려 있다는 점에서도 의심의 여지 없이 확인된다. 또한 벤야민은 『프랑크푸르트 신문』에 이들 편지를 연재할 무렵에 작성한 것으로 보이는 「옛 편지들의 흔적을 찾아서」(Auf der Spur alter Briefe)라는 제목의 단편글에서 "중요한 편지 수집품을 영웅숭배를 유지하기 위해 오용하는 것"(IV/2, 943)과는 뚜렷이 구별되는 자신의 의도를 강조하고 있다. 여기서 벤야민이 무엇보다도 영웅숭배적 태도에 대해 비판적이었던 이유는 이러한 태도가 자국의 민족주의를 배타적으로 강화하고자 하는 나치의 정치적 의도에 영합할 수 있기 때문이었다.

또한 이러한 출판 의도는 1936년 같은 해에 발표된 벤야민의 대표적인 에세이 「기술복제시대의 예술작품」과 연관지어 파악할 수 있다. 주지하다시피 벤야민은 자신의 예술작품 에세이에서 사진 및 영화와 같이 기술적으로 복제될 수 있는 예술작품의 등장을 계기로 아우라

---

20)  Britt, 앞의 글, 2014, p. 95.

에 기반한 전통적인 예술 개념을 전복하고 새로운 미학 개념의 정립을 시도하고 있다. 벤야민은 이를 통해 궁극적으로는 급변하는 현실과 유리되지 않는 '예술의 정치화'를 표방하고 있으며, 무엇보다도 당시 "창조성과 천재성, 영원한 가치와 비밀"[21]과 같은 전통적인 예술 개념의 토대 위에서 '정치의 심미화'를 획책하는 독일 나치즘에 대항했던 것이다. 이를 위해 벤야민은 나치의 선동적인 구호를 연상하는 미적 개념을 전적으로 지양하고 "파시즘의 목적을 위해서는 전혀 쓸모가 없는"[22] 개념을 유통하고자 한다. 이러한 예술작품 에세이의 정치적 의도는 그의 편지 모음집에도 그대로 반영되어 있다. 즉 벤야민의 편지 모음집 역시 당시 파시즘의 목적에 절대로 유용될 수 없는 '독일적 특징들'을 재정립하고자 한 것이다. 이를 위해 벤야민은 "금박 칠한 고전에 맞서 미학적으로 '초라한' 편지형식을, 고전적인 예술의 자율성에 맞서 삶과 정신에 동시에 '불순하게' 관련되어 있는 편지 교환들"[23]을 주목하는 것이다. 정리하자면 벤야민이 예술작품 에세이에서 '새로운 매체'인 영화에 대한 사유를 중심으로 당시 독일 나치즘의 위협과 대결하고 있다면, 그의 편지 모음집은 고전적인 예술 개념에서 제대로 평가받고 있지 않았던 '옛 매체'인 편지를 활용해 독일 나치즘에 맞서는 저항적 힘을 불러일으키고자 한다.

---

21) 발터 벤야민, 최성만 옮김, 「기술복제시대의 예술작품」, 『기술복제시대의 예술작품/사진의 작은 역사 외』(발터 벤야민 선집 2, 도서출판 길, 2007; 이하 『선집』 제2권), 100쪽.
22) 『선집』 제2권, 100쪽.
23) Mattenklott, 앞의 글, 1999, p. 581.

아도르노에 따르면, 벤야민의『독일인들』은 "국가사회주의자들에 의해 완전히 이데올로기로 전락한 독일 정신의 파괴에 맞서 저항하고 있다".[24] 이처럼 벤야민이 자신의 편지 모음집을 통해 동시대의 폭력적 정치상황에 대한 저항을 은밀히 시도하고 있을 뿐만 아니라 편지 모음집 내에서 정치적·경제적·사회문화적 이유로 고통받고 배척당하면서도 순응하지 않는 인물들이 거듭 등장한다는 점에서 또한『독일인들』은 '(정신적인) 저항의 책'(ein Buch des (geistigen) Widerstandes)[25]으로 평가받을 수 있다. 이와 관련해 벤야민의 편지 모음집을 '암호화된 정치적 텍스트'로 보는 관점은 이 책을 '벤야민의 휴머니즘적 관심'의 산물로 보는 관점과 상호보완적 관계를 형성하고 있다.[26] 즉『독일인들』에서 파시즘의 선동에 맞서고자 하는 벤야민의 정치적 의도는 편지 수집을 통해 독일적 휴머니즘의 참된 면모를 구체적으로 제시하는 작업과 긴밀하게 연계되어 있다. 이때 벤야민이 자신의「역사의 개념에 대하여」(흔히「역사철학테제」로도 알려져 있다)에서 "과거의 진정한 이미지는 휙 지나가버린다"라고 강조했듯이, 독일의 진정한 이미지 역시 "인식 가능한 순간에 인식되지 않으면 영영 다시 볼 수 없게, 섬광처럼 번쩍이며 사라지는 이미지"(I/2, 695)의 위태로운 운명에 놓여 있는 것이다. 이에 벤야민은 독일 나치즘이 내세우는 이른바 '독일적인 것'이 얼마나 이데올로기적인지 우회적으로 비판하면서 이에 맞

---

24) Adorno, 앞의 글, 1981, p. 687.
25) Brodersen, 앞의 글, 1999, p. 586.
26) Britt, 앞의 글, 2014, p. 95 참조.

서 암호처럼 등장하는 '독일적' 휴머니즘의 특징을 구제하고 있다.

## 3. 벤야민의 『독일인들』의 주요 모티프 — 즉물적 사실성, 휴머니티

벤야민은 앞서 언급한 「옛 편지들의 흔적을 찾아서」에서뿐만 아니라 이후 1932년 초반에 편지 모음집의 분량을 늘릴 의도로 작성한 「60편의 편지를 위한 비망록」(Memorandum zu den Sechzig Briefen)에서도 "비록 단 한 통의 독보적이고 중요한 편지만이라도 제대로 평가하기 위해 그것의 모든 사실적 연관과 암시, 세부사항을 헤아리면서 그 편지를 해명한다는 것은, 인간적인 것의 한가운데를 맞히는 것을 의미한다"(IV/2, 950)라고 진술하고 있다. 즉 벤야민의 편지 수집과 이들 편지에 대한 주석작업은 궁극적으로 '인간적인 것'에 대한 올곧은 이해를 지향하고 있다.

벤야민의 편지 모음집은 첫 번째 편지의 작성연도인 1783년부터 마지막 편지의 작성연도인 1883년까지의 "한 세기의 시공간"(IV/1, 151)을 다루고 있다. 벤야민은 『독일인들』 서문에서 이 시공간의 중간 지점인 1832년에 쓰인 카를 프리드리히 첼터(Carl Friedrich Zelter)의 편지를 소개하면서 독일의 시민계급에 대한 평가로서, 이 시대는 "시민계급이 자신의 특색 있는 중대한 말을 역사의 저울 위에 올려놓아야 했던 시대"였으나 "제국수립기와 더불어 보기 흉하게 끝났다"(IV/1, 151)라고 진단한다. 벤야민은 이처럼 이 시대의 주역으로 등장했다가 초라하게 퇴장한 "독일 시민계급의 위대한 유형이 지닌 특징들"(IV/1, 215)을 자신의 편지 모음집에서 탐색하고 있는데, 이를 통해 벤야민은 '독일적 휴머니즘'의 스펙트럼을 펼쳐 보이고자 한다. 즉 벤야민의 독일적 휴머니즘에 대한 관심은 독일 시민계급에 대한 재평가와 맞물려 있다.

브로더젠에 따르면, 벤야민의 편지 모음집에는 "이성, 냉철함과 투명성, 매수되지 않는 강직함, 흠잡을 데 없음과 굽힐 줄 모르는 완강함에서부터 탐구정신과 동정심, 숨길 줄 모르는 솔직함과 정신적 독립성 그리고 충실함과 배려, 연대의식, 우정과 무엇보다도 사랑에 이르기까지"의 특징이 "진정한 독일적 휴머니즘과 연관되어 있는 핵심어[27]로 나열되어 있다. 실제로 독자들은 이들 편지 속에서 이러한 특징을 대변하는 인물들과 대면하고, 브로더젠의 제안처럼 나열된 핵심어들에 근거해 독일적 휴머니즘의 윤곽을 잡을 수도 있을 것이다. 그러나 이러한 핵심어들의 나열만으로는 벤야민이 의도했던 독일적 휴머니즘의 참된 면모를 파악하기 힘들다. 이에 나는 『독일인들』의 텍스트들을 공통적으로 관통하고 있는 주요 모티프를 발견하고 이를 통해 벤야민의 휴머니즘 이해를 추론해보고자 한다. 미리 말하자면, 편지 모음집의 텍스트를 공통적으로 관통하고 있는 주요 모티프는 즉물적 사실성에 대한 가치평가 및 휴머니티의 한계성 인식에 대한 요구이다.

---

27)  Brodersen, 앞의 글, 2006, p. 446.

## 사실성에 대한 가치평가

우선 『독일인들』의 첫 번째 편지인 게오르크 크리스토프 리히텐베르크(Georg Christoph Lichtenberg)의 편지를 살펴보자. 벤야민으로부터 무엇보다도 '즉물적 사실성'(Sachlichkeit)의 측면에서 타의 추종을 불허한다는 평가를 받는 이 편지글은 절제된 인간적 비애를 잘 표현하고 있다. 이 편지에서 리히텐베르크는 학창시절의 친구에게 "내 생애에서 가장 커다란 상실을 겪었답니다"(IV/1, 154)라고 전언하면서 어린 아내와의 첫 만남 이후의 일들에 대해 "상세히 소급해 이야기하는데", 독자들이 간결하고 함축적인 표현을 잘 구사하는 것으로 유명한 그의 편지를 영혼의 울림 없이 읽기는 힘들 것이다. 여기서 벤야민은 무엇보다도 이 편지글의 사실적 성향을 다음과 같이 강조하고 있다. "이들 편지 속에서는 눈물에 젖은 채로 체념해 위축된 필체가 우리를 바라보고 있으며, 이 필체들은 어떠한 새로운 사실성과도 비교되는 것을 피할 필요가 없을 정도로 즉물적 사실성을 증명하고 있다"(IV/1, 153). 리히텐베르크의 편지는 감상주의적 제스처나 천재성에 대한 과시 없이 세부적인 사실의 기록을 통해 가장 인간적인 모습을 전달하고 있다. 이때 벤야민은 19세기 사람들이 사실적인 연관성과 세부적인 것들과 무관하게 피상적으로 "'고전들'을 무분별하게 인용"(IV/1, 153)하고 남용했던 것을 비판하면서 리히텐베르크의 편지에 나타나는 이러한 사실성을 높게 평가하고 있다. 이처럼 전혀 가식적이지 않은 사실성을 보여주는 리히텐베르크의 상세한 이야기가 자신이 사랑하는 소녀의 죽음에 이르러 갑자기 중단되고 그가 "편지를 계속 쓸 수가 없네요"(IV/1, 155)라면서 글을 마치는 것에 대해 양해를 구할 때, 편지의 독자들은 인간적인 삶을 제한하고 있는 구체적인 상황을 외면할 수 없다. 리히텐베르크의 편지에서 그것은 바로 인간이면 누구나 경험하는 사랑하는 사람의 '죽음'인 것이다. 이 편지에서처럼 사실성에 근거한 절제된 의식은 주어진 상황을 감상주의적 태도로 과장하거나 이상주의적 태도로 미화하지 않는다. 여기서 벤야민은 즉물적 사실성에 대한 가치평가가 리히텐베르크의 인간적인 면모가 드러나는 방식을 규정하고 있다는 점에 주목하고 있다. 이 점에서 벤야민의 휴머니즘 이해는 현실적 문제와 동떨어진 낭만적 이상주의나 감상주의와는 거리를 두고 있다. 이는 벤야민이 편지 작성자들의 언어와 태도를 특징짓기 위해 '명확함, 즉물적 사실성, 냉철함'(Klarheit, Sachlichkeit und Nüchternheit)[28] 같은 표현을 자주 사용한다는 점과 연관되어 있다.

### 진정한 휴머니티의 조건과 한계

벤야민의 편지 모음집에 수록되어 있는 편지들은 '진정한 휴머니티'가 무엇인지에 대해 직간접적으로 암시하고 있다. 특히 편지 모음집의 두 번째 편지인 이마누엘 칸트(Immanuel Kant)에게 보내는 동생 요한 하인리히 칸트(Johann Heinrich Kant)의 편지에 대한 벤야민의 소

---

28) Detlev Schöttker, Erfahrung und Nüchternheit, in: Hahn/Wizisla Hrsg., *Walter Benjamins Deutsche Menschen*, Göttingen, 2008, p. 87 참조.

개글에서 『독일인들』의 이와 관련된 문제의식이 매우 명시적으로 제시되어 있는데, 여기서 벤야민은 '진정한 휴머니티'를 직접 언급하고 있다. 이 편지글에서 칸트의 남동생과 그의 가족들은 철학자 칸트에게 안부를 묻고 그의 도움에 고마움을 표하고 자신들에 대한 사랑과 관심을 상기시키고 있는데, 벤야민은 이처럼 일견 평범해 보이는 안부편지에 "진정한 휴머니티를 들이마시고 발산하고 있다"(IV/1, 156)라고 의미 있게 평가하고 있다. 그렇다면 어떤 점이 그렇다는 것인가? 우선 벤야민이 보기에 오늘날 인간의 지위와 그들이 처한 상황이 문제적이다. 전승된 법칙에 종속되어 있는 인간에 대한 기존 관념들을 새로운 인식들이 무너뜨리고 동시에 자연에 대한 이미지도 급격하게 변하고 있기 때문이다. 이러한 시대적 변화를 고려하고 있는 벤야민은 이 편지 소개글에서 '진정한 휴머니티'란 무엇인가라는 질문에 직접적으로 답하기보다는 '휴머니티의 조건과 한계'에 대한 인식의 필요성을 언급하고 있다.

그리고 두 번째 편지의 칸트 가족이 살았던 협소한 집은 이에 대한 구체적인 이미지를 제공한다는 것이다. 즉 벤야민은 "휴머니티에 대해 논할 때, 시민들이 살던 방의 협소함을 잊어서는 안 된다"(IV/1, 157)라는 점을 강조하면서 "빈약하고 제한된 존재와 참된 휴머니티의 상호의존성"(IV/1, 157)이 누구보다도 칸트에게서 명확하게 나타난다고 보았다. 대표적인 독일 계몽주의 사상가인 칸트가 인간 존재 및 사유방식의 한계에 대한 비판적 사유를 전개하고 있다는 점은 잘 알려져 있다. 벤야민에 따르면, 칸트의 계몽주의처럼 시민들의 세계의 협소성, 즉 한계에 대한 인식이 "휴머니티가 숭고한 기능을 펼치는 것"(IV/1, 157)의 전제조건인 것이다. 이러한 의도는 이 두 번째 편지 뿐만 아니라 편지 모음집 전체에 적용된다. 벤야민 식의 진정한 휴머 니즘은 "휴머니티의 조건과 한계"(IV/1, 156)에 대한 인식과 결부되어 서만 비로소 자신의 고유한 기능을 펼칠 수 있다.

## 4. 벤야민의 '독일적' 휴머니즘의 주요 인물 유형과 특징 — 궁핍한 삶과 저항

『독일인들』에 등장하는 주요 인물 유형은 '억압받고 추방당한 자' 들이다. 이들은 모국에서 쫓겨나 망명생활을 하면서 당시 "독일 지식 인들의 비참함"(IV/1, 160)을 몸소 경험한다. 이들 중에서도 특히 게 오르크 포르스터, 요한 고트프리트 조이메(Johann Gottfried Seume), 프리드리히 휠덜린(Friedrich Hölderlin), 그리고 게오르크 뷔히너 (Georg Büchner) 등의 경우에 벤야민이 주목하는 독일적 휴머니즘의 구체적인 이미지가 제공된다.

이들 추방당한 자들은 포르스터처럼 "혁명적인 자유가 얼마나 궁 핍한 상태에 의지하고 있는지"(IV/1, 160) 대변하고 있다. 포르스터는 프랑스혁명의 영향을 받고 1793년 독일의 첫 번째 민주주의 공화국 인 마인츠 공화국이 만들어질 무렵, 이에 적극적으로 가담한 혁명적 계몽주의자였다. 그러나 혁명이 실패한 후 조국으로부터 추방당한 그는 "더 이상 아무것에도 묶여 있지 않고 셔츠 여섯 벌 이외에는 어 떤 것에도 더 이상 주의할 필요가 없는 상황"(IV/1, 162), 즉 경제적으로 어려운 상황에 처해 있었다. 이러한 절망적인 상황에도 불구하고 현실과 타협하지 않고 "자신의 원칙을 철저히 지키며"(IV/1, 161) 차분하게 사태를 파악하는 포르스터의 태도는 매우 인상적이다. 여기서 포르스터가 지향하고 있는 '독립적인 태도'는 "어떠한 것도 소홀히 하지 않는"(IV/1, 161) 충실함에 근거한다. 이것은 포르스터의 표현에 따르면, 관념적인 이념에 열광하는 태도가 아니라 '사실의 감정'(Gefühl der Sache)에 따라 "모든 것을 각오하고 있으며, 모든 일에 대해 대비하고 있는" 자의 태도이다. 이처럼 어떠한 것도 소홀히 여기지 않고 만반의 태세를 갖춘 포르스터는 흰꽃들이 화사하게 만발하기 전에 이미 "나무들에서 피어나는 첫 번째 초록색"(IV/1, 162)에서 더 큰 감동을 발견하고 있다. 즉 그는 자신의 절망적인 상황 속에서도 결코 '연극'으로 대변되는 가상으로 도피하지도 않고 진보에 대한 믿음을 포기하지 않으면서 사실에 충실하게 새로운 변화의 초기 증후를 누구보다도 먼저 감지했기 때문에 억압적 현실과 타협하지 않았다.

벤야민은 저항적인 인물 유형에 속하는 또 다른 인물로서 조이메를 소개하고 있다. 조이메는 이국의 모습을 정확하고 냉철하게 보고하는 여행작가로 알려져 있는데, 대표작으로는 『1802년 시라쿠사로의 산책』(1803)이 있다. 벤야민에 따르면, 그는 "오랫동안 언제나 저항하는 시민의 모습을 보여주는 삶을 살았다"(IV/1, 168). 이는 강제로 군대에 끌려갔던 그가 비록 실패했지만 여러 차례 탈영을 시도했으며, 전역 후에는 개인의 자유권 수호를 위해 애썼다는 전기적 사실에서 입증된다. 여기에 소개되어 있는 조이메의 편지는 그가 옛 약혼녀의 남편에게 보내는 편지글인데, 그는 떠나버린 약혼녀를 비난하거나 자신을 정당화하기 위해 편지를 쓴 것은 아니다. 실연당한 조이메는 편지에서 아무 숨김 없이 정직하게 자신의 입장을 밝히면서 옛 애인의 남편에게 남편으로서의 의무에 충실하고 아내에게 부당하게 행동하지 말 것을 당부하고 "당신은 시대와 사람을 알아야 합니다. 두려움은 안전을 가져다줍니다"(IV/1, 170)라고 충고하고 있다. 벤야민은 조이메의 이 편지를 소개하면서 무엇보다도 "정직성"(Ehrlichkeit)(IV/1, 168)이 그의 저항정신의 성격을 규정짓고 있다는 점을, 즉 "모든 위기에서 보여준 흠잡을 데 없는 태도와 동요하지 않는 확고부동함이 그를 다른 이들과 구별해준다"라는 점을 부각하고 있다. 이 정직함은 무엇보다도 '시대와 사람'에 충실한 거침없는 태도를 연상한다. 조이메의 "매수되지 않은 강직한 시선과 혁명적인 의식"(IV/1, 168)은 공적 영역에서든 사적 영역에서든 간에, 어떠한 역경에도 불구하고 정직한 태도에 근거해 흔들림 없이 견지될 수 있었다. 다시 말해 벤야민의 편지 모음집에서 조이메는 한편으로는 강제징집의 경우처럼 자신이 살고 있는 시대가 강요한 운명에, 다른 한편으로는 실연당한 개인으로서 불운한 사랑이 야기한 고통스러운 운명에 한치의 부끄러움도 없이 맞서 극복하고자 한 인물로 제시된다.

앞선 경우와는 달리, 편지 작성자가 처한 억압적 상황 및 그로 인해 추방당한 상태가 구체적으로 언급되지 않은 경우도 있다. 횔덜린의 경우가 그러하다. 벤야민에 따르면, 횔덜린은 시인의 언어로 "심적 고통과 생활고"가 만연되어 있는 "황폐화한 현실"을 표현하고 있으며 그가 구사하는 언어는 현실의 '고난 공동체'를 측정하는 기호이다. 이로 인해 "쉼 없이 동요하고 방랑하는 횔덜린"(IV/1, 171) 역시 누구보다도 시대에 순응하지 않는 자로서 망명자의 삶을 사는 것이다. 벤야민의 편지 도입글에서 횔덜린은 영웅적인 것이 아니라 고난 공동체를 주목하며, 이 '고난 공동체'에 대한 찬가를 독창적인 방식으로 시도하고 있다고 평가받는다. 편지 모음집에 실린 그의 편지는 "그사이 나는 프랑스에 있으면서 슬프고 외로운 세상을 목격했습니다"(IV/1, 172)라는 문장으로 시작하고 있다. 횔덜린은 "애국적인 의심이 불러일으킨 공포 속에서, 배고픔에 대한 공포 속에서" 살고 있는 남쪽 사람들이 자신들에게 주어진 자연과 기후조건 속에서 "자유분방한 창조정신을 자연적 힘의 폭력으로부터 지켜내는"(IV/1, 172) 그들의 방식에 강한 인상을 받는다.

19세기 독일 문학사에서 뷔히너는 억압적인 정치적 박해를 피해 망명생활을 한 대표적인 작가로 평가받는다. 벤야민이 소개하고 있는 편지에서 뷔히너는 당시 『당통의 죽음』을 집필하다가 국가의 정치적 검열을 피해 달아날 수밖에 없었던 상황에서 출판업자 카를 구츠코에게 "모든 배려를 잊어버리게 하고 모든 감정을 침묵하게 할 정도의 비참함"(IV/1, 214)에 대해 토로하고 있다. 여기서 벤야민은 무엇보다도 19세기에 들어서면서 독일 지식인들이 점점 더 경제적 어려움으로 인해 제약받기 시작한다는 점을 주목하고 있는데, 이 편지에서 뷔히너는 당시 지식인들이 겪는 비참함의 산증인으로서 정치적 박해 못지않게 경제적으로 궁핍한 상태가 야기한 절박한 심정을 대변하고 있다. 그러나 그는 이러한 가혹한 현실에 좌절하지 않고 어떠한 가식도 없이 당당히 세상에 맞서고자 하는 저항적인 인물 유형을 상징하고 있다. 특히 벤야민은 이러한 인물 유형의 재발견이 "도입부에 언급된 [궁핍한 상황에 대한] 일련의 발언이 예측 불가능하게 증가하는 시대를 겪고 있는 사람들에게"(IV/1, 213) 현재적인 의미를 지닌다고 평가하면서 당시 독일 나치가 위협적으로 세력을 확장하고 있는 상황에서 이에 맞설 비판적 저항정신의 등장을 호소하고 있다.

이외에도 "자발적으로 제국수립기의 독일에서 스스로를 추방한"(IV/1, 228) 프란츠 오버베크(Franz Overbeck)와 프리드리히 니체(Friedrich Nietzsche)가 편지 모음집의 마지막 편지의 작성자와 수신자로 등장하면서 대표적인 인물 유형을 각인하고 있다. 한편 이러한 편지 모음집의 인물 유형과 관련해 가장 눈에 띄는 인물은 무엇보다도 요한 볼프강 폰 괴테(Johann Wolfgang von Goethe)와 G. W. F. 헤겔(G. W. F. Hegel)이다. 편지 모음집의 다른 인물들이 생전에 제대로 평가받지 못하고 혹독한 시련을 겪었던 것과는 달리, 괴테와 헤겔은 세상을 떠나기 전에 이미 자신들의 분야에서 최고정점에 도달하고 명성을 누리는 성공을 거두었다. 즉 "명성 없는 명예에 대해/광휘 없는 위대함에 대해/보상 없는 존엄에 대해"(IV/1, 150)라는 편지 모음집의 모토글은 그들과 무관해 보이며, 그들에게 '명성과 광휘 그리고 보상'은 부족하지 않았다. 이 점에서 괴테와 헤겔은 벤야민적 의미에서 그가 수집한 "이 '독일인들' 가운데에서 가장 독일적이지 않은 사람들"[29]로 간주할 수 있다. 동시에 1831년 헤겔의 죽음과 1832년 괴

---

29) Alexander Honold, Deutsches Pathos, in: Hahn/Wizisla Hrsg., *Walter Benjamins Deutsche Menschen*, Göttingen, 2008, p. 135.

테의 죽음이 편지 모음집이 다루는 한 세기에 결정적인 영향을 끼친 주요 사건으로 자리매김되어 있다는 점도 간과해서는 안 된다. 말하자면 이들의 죽음은 고전주의 시대의 종말을 의미할 뿐만 아니라 헤겔의 명성이나 괴테의 광휘는 편지 모음집의 다른 인물들의 명예와 위대함, 그리고 존엄을 인식하는 대조적인 후경(後景)으로 기능하고 있다. 이러한 맥락에서 편지 모음집의 열아홉 번째 편지인 노년기 괴테의 편지는 독특한 의미를 지닌다.

우리는 그렇게 열심히 활동하고 즐거움을 열망하면서도 그 순간에 제공되는 세부적인 것을 좀처럼 소중히 여기거나 붙잡을 줄 모릅니다. 그래서 그렇게 나이가 들어 우리에게 여전히 남은 의무는 우리를 결코 떠나지 않는 인간적인 것을, 적어도 그것의 특성 속에서 인정하고 부족함에 대한 성찰을 통해 마음을 가라앉히는 것인데, 이때 그러한 부족함에 대한 책임이 완전히 떨쳐질 수는 없습니다(IV/1, 210).

페터 빌보크(Peter Villwock)에 따르면, 앞의 편지글은 "괴테가 자신에 대해 제기한 일종의 소송절차"[30]로 간주할 수 있다. 즉 1832년에 쓰인 이 편지에서 괴테가 세상을 떠난 친구에 대해 인간적인 의무를 소홀히 했던 자신의 책임을 인정하고 동시에 이를 변호하고 있다는 것이다. 여기서 인간적인 것은 "마치 망명지로 가듯이"(IV/1, 212) 노

---

30) Peter Villwock, Goethe in Benjamins *Briefe*-Projekt, in: Hahn/Wizisla Hrsg., *Walter Benjamins Deutsche Menschen*, Göttingen, 2008, p. 165.

년기 괴테가 기댈 수 있는 최후의 보루로서 자리매김되고 있다.

벤야민은 동시대의 폭력에 맞서 '독일적' 휴머니즘의 참된 모습을 포착하려 시도했으며, 이를 위해 그는 편지 모음집에 등장하는 주요 인물들의 독일적 휴머니즘의 냉철하고 저항적인 태도를 일상적인 현실의 구체성 속에서 제시하고 있다. 특히 편지 모음집에 수록된 각각의 편지는 독일적 고통의 파토스를 야기하는 삶의 한계상황을 직접적으로 또는 우회적으로 표현하고 있다. 여기서 벤야민이 공통적으로 강조하고 싶은 점은 이 고통의 파토스가 결코 감상적인 태도로 귀결되지 않는다는 것이다. 이와 관련해 벤야민은 열여섯 번째 편지인 빌헬름 그림의 편지에 대한 소개글에서 '감상적인 것'이란 "더 이상 갈 수 없기 때문에 어딘가에 정착한 감정의 절뚝거리는 날개"이며, 감상적인 것의 반대말은 "지칠 줄 모르는 동요"라고 본다. 이 지칠 줄 모르는 동요는 "어떠한 체험과 기억에도 정주하지 않고 부유하면서 하나하나 차례로 스쳐지나간다"(IV/1, 198). 이처럼 독일적 고통의 파토스로 인해 벤야민의 '독일인들'은 어딘가에 정주하거나 중단하기보다는 끊임없이 동요하고 움직이는 존재들이다. 이들은 아무것도 보장되지 않는 불확실하고 고통스러운 상황에 처해 있으면서도 시류에 결코 타협하지 않고 저항적인 태도로 이미지나 가상에 맞서 사실내용에 근거한 가능성을 소홀히 하지 않는다.

벤야민은 이러한 '독일적' 휴머니즘의 저항적이고 비타협적인 태도를 거창한 이념으로 포장하지 않고 일상적인 현실의 구체성 속에서 발견하고 있다. 이들의 정신은 세련된 성공의 이미지 속에서가 아니라 거칠고 서투른 삶 자체에서 확인된다. 벤야민이 계몽주의적 교육

자신 요한 하인리히 페스탈로치(Johann Heinrich Pestalozzi)의 편지를 소개하면서 이 편지의 본질적인 내용이 "인간의 이름으로 자연에 정지를 명하는 것"(IV/1, 165)이라고 설명하고, 그를 "화산과 거친 막돌"(IV/1, 166)에 비유한 것도 이와 같은 맥락이다. 또한 벤야민은 미사여구로 저명인사들을 기념하거나 찬양하고 있지 않으며, 스물한 번째 편지의 발신자인 유명한 외과의사 요한 프리드리히 디펜바흐(Johann Friedrich Dieffenbach)처럼 자신의 무엇인가를 기념하는 일에 서투른 사람의 겸손함을 높게 평가한다. 이것이 의미하는 바가 "익명성에 대한 요구"(Anspruch auf Namenlosigkeit, IV/1, 215)이기 때문이다.

> 나는 요동치고 충격적인 삶 속에서 그렇게나 많은 고통을 보아왔지만, 그러한 삶으로 인해 정신도 육체도 소진되지는 않았습니다. 그것은 마치 나와 함께 지냈던 그 많은 환자가 나를 단련하고 강하게 만든 셈이며, 그래서 나는 새로운 25년을 마주하고 있습니다(IV/1, 216).

이로써 디펜바흐의 충직한 삶이 수많은 사람의 이름 없는 고통 속에서 단련되었고 그가 이를 기꺼이 수행했다는 점이 강조되면서 동시에 거대한 이름에 대한 추종을 경계하는 편지 모음집의 의도가 암시된다.

한편 벤야민은 '독일적' 휴머니즘을 '희망'이라는 단어와 결합함으로써 이 '독일적' 휴머니즘을 하나의 완결된 형식으로 간주한다기보다는 미완의 상태로 제시하고 있다. 즉 '독일적' 휴머니즘을 대변하는 위기의 인간이 자신을 제한하는 조건을 인식하면서 어려운 상황 속에서 개인적 명성과 무관하게 스스로를 절제하고 힘겨운 작업을 중단 없이 진행하는 것은 미래와 연계되어 있는 희망과 관련 있다. 물론 이것은 낙천적 전망을 제시하는 맹목적인 믿음과는 무관하며 '위기에 처한 희망'이다. 이는 앞서 포르스터가 나무들의 "첫 번째 초록색을 기쁘게 바라볼 거요"라는 고백 또는 디펜바흐가 "새로운 25년을 마주하고 있다"라는 진술 등과 일맥상통하며, 무엇보다도 야코프 그림(Jakob Grimm)의 편지에서 그가 "고개를 숙여 목을 멍에 아래에 밀어넣고 기다릴 것입니다. 미래가 가져다줄 것을, 그리고 미래가 그의 대가로 나에게 어떻게 보상할지를 말입니다"라고 진술할 때 좀 더 구체적으로 확인할 수 있다. 여기서 그림은 방대한 어휘사전 집필의 어려움과 불리한 외부요인들에 대해 토로하고 있다. 『독일인들』의 모토 글처럼 그림의 사전작업은 "보상 없는 존엄에 대해" 말해준다. 그림 자신의 표현대로 "더 적은 대가에도 불구하고 그것에 애타게 매달리고 그리고 큰 이득을 주목하지 않는 것은 멍청한 짓"(IV/1, 217f.)이지만, 그림은 사전작업에 자기희생적인 태도로 매진했다. 미래가 그의 작업에 대한 대가를 지불할 것인가? 그의 작업은 "미래가 가져다줄 것"(IV/1, 220)에 의해 보상될 것인가? 벤야민의 '독일적' 휴머니즘은 바로 이와 같은 질문과 밀접히 연관되어 있으며, 이 질문에 대해 가능한 답으로서 그의 유명한 「역사의 개념에 대하여」의 마지막 문장이 연상된다. "왜냐하면 미래에서 매초(每秒)는 메시아가 들어올 수 있었던 작은 문이었기 때문이다"(I/2, 704). 즉 '독일적' 휴머니즘의 인물들은 위기의 순간에 처한 구원의 대상이며, 벤야민은 이들이 "승리한 적들 앞에서 안전하지 못하다"(I/2, 695)라는 점을 인식하고 있다. 이들의 절제된 태도와 냉철한 사실성, 그리고 자기성찰적 인식은 무엇보다도 독일 나치즘의 이데올로기에 봉사하지 않기 때문이다.


## 5. 에세이 「초현실주의」 및 「카를 크라우스」와의 연속성


휴머니즘의 전통에 대한 벤야민의 문제의식은 그의 『독일인들』에만 국한되어 있지 않다. 그는 이미 1929년의 「초현실주의」에서 고전적 휴머니즘을 비판적으로 고찰하고 이러한 휴머니즘의 한계를 극복하기 위해 "인간학적 유물론"(den anthropologischen Materialismus, II/1, 309)을 표방한 바 있다. 인간학적 유물론은 외적 조건으로부터 독립된 내적이고 자율적인 개인 주체에 대한 이상적인 낭만화와 거리를 두고 있으며, 이러한 「초현실주의」의 비판적 휴머니즘의 연장선상에서 그의 편지 모음집의 '독일적' 휴머니즘을 유의미하게 평가할 수 있다. 벤야민은 「초현실주의」에서 자신이 의도한 인간학적 유물론을 대변하고 있는 '이미지 공간'(Bildraum)을 "전면적이고 완전한 현재성의 세계"로 제시하면서, 여기서 무엇보다도 '안락한 방'이 빠져 있는 이 이미지 공간을 고전적 휴머니즘의 전통에서 중시되는 "내적 인간, 영혼, 개인"이 "변증법적 정의에 따라"(II/1, 309) 해체되고 재구성되는 공간으로 설정하고 있다. 즉 벤야민의 비판적 휴머니즘은 '안락한 방'이 상징하는 자율적인 개인 주체 내지 자유로운 영혼에 대한 고전적인 신념과 결별하고 있다.[31] 마찬가지로 벤야민의 『독일인들』이 표방하는 휴머니즘 역시 이러한 '안락한 방'과는 완전히 무관한 인물들에 의해 대변된다. 이들의 삶은 마치 칸트 가족의 '방의 협소함'처럼 경제적 · 정치적 · 사회문화적 외적 상황에 의해 조건지어지고 제한되며 억압받고 있다.

벤야민은 자신의 휴머니즘 이해에 대한 중요한 단서를 제공하고 있는 또 다른 텍스트인 1931년의 에세이 「카를 크라우스」에서 "고전적 휴머니즘에 맞서 저항하고 있는 실재 휴머니즘"(II/1, 364)을 언급한 바 있다. 이 '실재 휴머니즘'(der reale Humanismus)은 무엇보다도 "인간을 실제 삶으로부터 분리시켜 낭만적 자연공간에서 신비화시키려는 경향을 비판"[32]하면서 유토피아적 가치를 추상적 이론의 차원에서 고수하고 있는 고전적 휴머니즘을 극복하고자 한다. 이 점에서 '실재 휴머니즘'은 『독일인들』의 휴머니즘 이해와 맞닿아 있다. 벤야민에 따르면, 이러한 '실재 휴머니즘'은 무엇보다도 "착취 그리고 궁핍과 싸우는 투쟁"(II/1, 365)에 임하는 사람들의 태도에서 분명하게 인식될 수 있다. 벤야민의 이러한 관점은 그의 편지 모음집에도 그대로 반영되어 있는데, 그는 궁핍한 여건 속에서 핍박받고 저항하는 삶을 사는 '독일인들'의 태도에서 '독일적' 휴머니즘을 확인하고 있다. 편지 모음집의 인물들 대부분은 정치적 · 사회적 · 경제적으로 열악한 상황에 처해 있는데, 벤야민은 이들이 이러한 역경 속에서 행동하는 방식을 보여주면서 '독일적' 휴머니즘을 특징짓고자 한다. 이 점에

---

31) 임석원, 「발터 벤야민의 매체이론과 비판적 휴머니즘」, 『괴테연구』 제26권, 2013, 260쪽 참조.
32) 임석원, 같은 글, 2013, 263쪽 참조.

서 벤야민의 편지 모음집은 "독일적 고통의 파토스, 독일로 인해 받는 고통의 파토스"[33]를 중심으로 구성되어 있다. 이러한 맥락에서 벤야민의 편지 모음집은 고전적 휴머니즘의 한계를 극복하고자 하는 비판적 휴머니즘을 표방한다는 점에서 에세이 「초현실주의」와 「카를 크라우스」의 연속선상에 있다.

## 6. 『독일인들』의 구성원칙과 「역사의 개념에 대하여」와의 친화적 상관성

벤야민의 「역사의 개념에 대하여」(Über den Begriff der Geschichte, 1940)의 핵심적인 질문 중의 하나는 '과거의 진정한 이미지'[34]가 어떻게 구성될 수 있는가이다.[35] 무엇보다도 벤야민은 역사적 주체가 이 '과거의 진정한 이미지'를 위기의 순간에 포착함으로써 비로소 각자 자신의 '현재'와 새롭고 정당한 관계를 맺을 수 있다고 보았다. 여기에서는 벤야민의 「역사의 개념에 대하여」의 주요 테제에 대한 이해에 기반해 그의 편지 모음집의 의미와 구성적 특징을 고찰해보고자 한다. 이 편지 모음집을 '하나의 철학적 작업'으로 규정한 아도르노는

---

33) Honold, 앞의 글, 2008, p. 136.
34) 발터 벤야민, 최성만 옮김, 「역사의 개념에 대하여」, 『역사의 개념에 대하여/폭력비판을 위하여/초현실주의 외』(발터 벤야민 선집 5, 도서출판 길, 2008; 이하 『선집』제5권), 334쪽.
35) Jeanne Marie Gagnebin, "Über den Begriff der Geschichte", in: Burkhardt Lindner Hrsg., *Benjamin-Handbuch. Leben-Werk-Wirkung*, Stuttgart, 2006, p. 284 참조.

이 책이 "선택과 배치를 통해 벤야민의 철학이 효력을 발휘하게 만들고자 한다"[36]라고 평가한 바 있다.

벤야민은 1937년 1월 게르숌 숄렘에게 『독일인들』을 선물로 보내면서 다음과 같은 헌사를 썼다. "게르하르트, 너는 이 방주에서 너의 유년에 대한 기억을 위한 방 한 칸을 발견할 거야. 이 방주를 나는 파시즘적 대홍수가 차오르기 시작할 때 만들었지."[37] 벤야민은 이처럼 자신의 편지 모음집을 파시즘의 위험에 직면해 과거의 기억을 수집하고 구제하는 '방주'로 파악하고 있다. 이와 같은 벤야민의 관점에 따르면, 독일과 독일인의 진정하고 참된 이미지는 당시 나치즘의 야만적인 폭력 앞에서 역사적 구제대상으로서 '지금 이 순간' 포착되지 않으면 영영 사라져버릴 위기에 처해 있다. 또한 벤야민은 1931년 9월과 11월 사이에 작성된 것으로 추정되는 타자본에서 편지 모음집 서문에 소개하고 있는 편지글과 관련해 "독일적 의미에서 휴머니즘적이라고 특징지을 수 있는 태도를 지금 이 순간 다시 불러내는 것이, 오늘날 독일에서 발언을 주도하는 자들이 그 태도를 점점 더 명백히 포기할수록 점점 더 적절해 보이는데, 바로 그 태도를 생생하게 표현하는 것"(IV/2, 955)이 그가 수집한 모든 편지의 공통점이라고 밝히고 있다. 모음집의 이러한 의도를 주목한 알브레히트 쇠네(Albrecht Schöne)에 따르면, 벤야민의 편지 모음집은 그가 나중에 「역사의 개념에 대하여」에서 이론적으로 정립할 것을 미리 실행하고 있는 것이

---

36) Adorno, 앞의 글, 1981, p. 689.
37) Schöne, 앞의 글, 1986, p. 361.

다.[38] 이에 여기서는 편지 모음집을 그의 「역사의 개념에 대하여」의 역사철학적 방법론과 긴밀히 연관시켜 분석하면서 맹아적인 상관관계를 살펴보고자 한다.

벤야민은 「역사의 개념에 대하여」에서 역사가에게 "자신의 시대가 과거의 특정한 시대와 함께 등장하는 성좌구조를 포착"[39]해야 하는 과제를 부여하고 있다. 마찬가지로 그의 편지 모음집 역시 이러한 역사적 과제를 염두에 두고 있다. 벤야민이 편지 모음집과 관련된 유고 원고인 「독일 편지들 I」의 도입글에서 일련의 편지들을 출판하는 의도가 "오늘날 사람들이 뿌연 안개 뒤편에서 기꺼이 찾고자 하는 '비밀스러운 독일'의 용모를 보여주는 것"(IV/2, 945)이라고 밝힐 때, 과거의 편지들이 표현하고 있는 것이 '오늘날' 독일이 처한 상황과 맞닿아 있다는 점이 뚜렷하게 암시되어 있다. 여기서 벤야민은 "이 편지들을 일견하는 것만으로도 충분히 당시처럼 오늘날 그러한 독일 — 유감스럽게도 여전히 비밀스러운 독일 — 이 있다는 점을 보여줄 수 있을 것이다"(IV/2, 946)라고 단언하고 있다. 일례로 벤야민은 뷔히너의 편지에 대한 주석글에서 뷔히너 등의 "독일 시인과 사상가들"을 불행하게 만든 '고난의 사슬'에 대한 "일련의 발언이 예측 불가능하게 증가하는 시대를 겪고 있는 사람들에게 〔이 사건들의 현재성은〕 눈이 부실 만큼 분명하게 이해될 수밖에 없다"(IV/1, 213)라고 강조한다. 이때 벤야민은 과거의 편지글의 현재성을 크게 두 가지 역사적 사건

---

38) Schöne, 앞의 글, 1986, p. 355.

39) 『선집』 제5권, 349쪽.

과 결부시키고 있다. 첫째는 독일 시민계급의 부흥과 몰락이다. 이에 대해 벤야민은 편지 모음집 서문에서 괴테의 죽음을 추모하는 첼터의 편지를 소개하면서 다음과 같이 직접 언급하고 있다.

이 편지 모음집이 끌어안은 한 세기의 중간 시점에 태생한 이 편지의 시선은 시민계급이 위대한 자리를 점유했던 이 시대의 출발점 — 괴테의 유년시절 — 을 바라보고 있다. 또한 이 글은 — 괴테의 죽음을 계기로 — 바로 이 시대의 종말을 바라보는 시선도 제공하는데, 이때 시민계급은 단지 그 자리를 유지하고 있을 뿐이다. 그 자리를 차지했던, 당시 지녔던 그 정신을 더 이상 간직하고 있지는 않았다. 시민계급이 자신의 특색 있는 중대한 말을 역사의 저울 위에 올려놓아야 했던 시대가 있었다. 그렇지만 바로 그 말 이상을 하기는 힘들었다. 그 결과 이 시대는 제국수립기와 더불어 보기 흉하게 끝났다(IV/1, 151).

벤야민에 따르면, 괴테의 죽음을 추모하는 첼터의 이 편지에서 시민계급의 위대한 시작을 회상하는 시선과 제국수립기에 보잘것없이 퇴색한 이들의 무력한 종말을 예감하는 시선이 겹쳐진다는 것이다. 또한 벤야민은 베르너 크라프트에게 보낸 편지에서 편지 모음집 전반부에 등장하는 편지 발신자인 조이메를 "시민계급의 가장 경탄받을 만한 인물 중의 한 명"이라고 평가하면서 이러한 훌륭한 태도가 그의 편지글에서 표현되고 있다고 진술한 바 있다.[40] 이처럼 편지 모

---

40) Benjamin, 앞의 책, 2008, p. 245.

1934년 독일 뉘른베르크에서 열린 나치 전당대회

음집이 "독일 시민계급의 위대한 유형이 지닌 특징"(IV/1, 215)을 탐색하는 과정에서 독자들은 '독일인들의 증언' 속에서 — 예를 들어 디펜바흐의 1847년 편지에서처럼 — "우리는 이때 아마도 '시인과 사상가'의 집단으로부터 얼마나 멀어지고 있는지"를 당혹스럽게 인식하게 된다. 여기서 벤야민은 디펜바흐의 이 편지가 건드리고 있는 것이 "어제와 오늘의 사건"(IV/1, 215)이라는 점을 분명히 밝힌다.

둘째, 편지 모음집은, 앞서 벤야민의 헌사에 등장하는 '파시즘적 대홍수'라는 표현에서 알 수 있듯이, 무엇보다도 그의 동시대 유럽 사회에 파시즘이 팽배하기 시작한다는 점을 주시하고 있다. 왜냐하면 시민계급의 몰락과 더불어 점차 "독일적 의미에서 휴머니즘적이라고 특징지을 수 있는 태도"로부터 멀어지고 있는 야만적인 시대가 등장하고 있기 때문이다. 따라서 벤야민의 편지 모음집의 현재성은 당시 나치즘에 맞서는 저항정신을 다시 불러내려는 시도와 은밀히 결부되어 있다.

이러한 의도로 옛 편지들을 수집한 벤야민이 미완성 파사젠베르크 작업(1927~40)에서 수집가의 활동에 대해 진술한 다음의 내용은 그의 편지 모음집에 대한 해석에도 그대로 적용된다.

수집에서 결정적인 것은 대상물이 모든 본래적 기능으로부터 분리되어 그것과 동일한 대상과 사유될 수 있는 만큼 가장 밀접하게 관계 맺는 것이다. 이것은 유용성과는 정반대의 것이며 완전함의 특이한 범주에 속한다. 이 '완전함'이란 무엇을 뜻할까? 이것은 하나의 새로운 고유하게 생성된 역사적인 시스템, 즉 수집품 속으로 배열됨으로써 단순한 있음의 완전히 비합리적인 것을 극복하고자 하는 위대한 시도이다(V/1, 271).

여기서 벤야민은 수집가의 활동이 하나의 역사적 의미망을 새롭게 형성한다는 점을 강조한다. 즉 '단순한 있음'의 상태에 머물러 있는 대상들이 그것들의 "본래적 기능으로부터 분리되어" 수집품 속에서 재배열됨으로써 비로소 역사적으로 유의미해진다는 것이다. 수집대상들은 단순히 그 자신이 아닌 그 이상의 것이 된다. 이 점에서 수집가가 대상들과 맺는 관계는 역사가, 특히 「역사의 개념에 대하여」의 유물론적 역사가가 "과거 속에서 희망의 불꽃을 점화할 재능"[41]을 발휘해 역사적 사건과 맺는 관계와 크게 다르지 않다. 말하자면 이러한 수집가적인 태도는 그의 역사철학적 테제에 그대로 스며들어 있다.

주지하다시피 벤야민 스스로 수집가적 기질을 지니고 있었으며, 그의 편지 모음집 『독일인들』 역시 그의 수집활동의 대표적인 산물이다. 당시 벤야민이 슐레겔의 편지를 편지 모음집에서 제외하면서 편지 모음집에 부여하고 싶었던 '완결성'은 앞서 언급한 수집품의 '완전함'처럼 역사적 의미망의 새롭고 고유한 형성을 지향하고 있으며, 이때 당시 독일의 '비합리적인' '단순히 있음'의 상황에 대한 벤야민의 비판적 입장이 거듭 암시되고 있다.

앞서 언급했듯이 벤야민은 편지 모음집에 방주의 구원적 기능을 부여했는데, 이는 벤야민의 주석글에서 '인용'이 차지하는 비중이 높

---

41) 『선집』 제5권, 335쪽.

을 뿐만 아니라[42] 편지 모음집의 수집된 편지들이 그 자체로 '인용'으로 간주될 수 있다는 점과 연관해 설명할 수 있다. 왜냐하면, 벤야민이 「역사의 개념에 대하여」 3번에서 분명히 밝혔듯이, 구원된 인류에게는 그들의 과거가 언제나 인용 가능해야 하기 때문이다. 벤야민이 편지 모음집에 미리 적용하고 있는 구성원리로서의 '인용하기'는 「역사의 개념에 대하여」의 '연대기 기술자'와 마찬가지로 사건들의 "크고 작음을 구별하지 않고" "일찍이 과거에 일어난 그 어떤 것도 역사에서 상실되어서는 안 된다는 진리"[43]를 중시한다. 예를 들어 벤야민은 그동안 주목받지 못한 편지들을 수집하고 클레멘스 브렌타노(Clemens Brentano)의 편지처럼 "인쇄되어 출판된 적이 없다. …… 그래서 문헌에 적혀 있는 그대로 충실히 다시 베껴 옮기고"(IV/1, 175) 인용함으로써, 동시대의 야만적인 폭력에 의해 추방되거나 위축되어 버린 "비밀스러운 독일의 용모"를 보여주고 구원하고자 한다. 그리고 벤야민의 인용하기는 단순히 지배적인 질서 속에서 규범화되어버린 '고전들'을 관습적인 방식으로 인용하는 것과는 구분되어야 한다. 이 점은 벤야민이 편지 모음집의 첫 편지로 설정되어 있는 리히텐베르크의 편지에 대한 주석글에서 "'고전들'을 무분별하게 인용하고 궁정 극장에서 상연한 19세기 사람들"(IV/1, 153)과 뚜렷이 구분되는 그의

---

42) 예를 들어 브렌타노의 편지에 대한 벤야민의 주석글은 브렌타노의 또다른 편지의 한 구절을 인용하면서 시작하고, 이 편지의 수신자인 아힘 폰 아르님(Achim von Arnim)의 편지글을 인용하면서 끝난다. 또한 벤야민은 야코프 그림의 편지에 대한 주석글에서 짧은 도입부를 제외하고는 대부분 그림의 『독일어 사전』의 서문을 인용하고 있다.

43) 『선집』 제5권, 332쪽.

태도를 높게 평가하고 있다는 사실에서 한층 더 분명해진다.

미하엘 디어스(Michael Diers)는 벤야민의 편지 모음집의 의도를 추론하면서 특히 그의 「사진의 작은 역사」와의 연관성을 설득력 있게 제시하고 있다. 이 사진 에세이가 편지 모음집의 편지들이 신문에 게재되는 시기와 일정 기간 겹쳐 있는 1931년 가을에 문예지 『문학세계』(*Literarische Welt*)에 세 차례에 걸쳐 나눠 게재되었다는 점에서 서로 영향을 주고받았을 가능성은 충분히 예상된다. 특히 벤야민의 사진 에세이에서 상세히 다루어지고 있는 아우구스트 잔더(August Sander)의 사진집 『시대의 용모. 20세기의 독일인들을 찍은 사진 60장』(*Antlitz der Zeit. Sechzig Aufnahmen deutscher Menschen des 20. Jahrhunderts*, 1929)이 벤야민의 편지 모음집의 구상에 영향을 주었다는 디어스의 추론은 상당히 설득력이 있다.[44] 무엇보다도 벤야민이 자신의 편지 모음집에서 "비밀스러운 독일의 용모"(IV/2, 945)를 보여주고자 한다고 밝힐 때, 이 언어표현은 잔더의 사진집 제목을 연상시키기 때문이다. 특히 벤야민이 편지 모음집을 통해 독일 시민계급이 주도권을 잡고 다시 그 주도권을 상실하기까지의 한 시대 전체를 언어적으로 표현하려는 시도는 한 시대의 진정한 모습의 포착이라는 측면에서 자신이 살고 있는 20세기를 시각적으로 보여주고자 했던 잔더의 사진집의 맥락과 일맥상통한다. 또한 벤야민의 사진 에세이에서도 편지 모음집이 주목하고 있는 "제국주의적 부르주아지가 점점

---

44) Michael Diers, Einhandlektüre, fortgesetzt. Zur politischen Physiognomie der Briefanthologie, in: Hahn/Wizisla Hrsg., *Walter Benjamins Deutsche Menschen*, Göttingen, 2008, p. 36.

더 타락"[45]해가는 역사적 시기가 유의미하게 다루어지고 있다. 따라서 벤야민의 편지 모음집을 그의 사진 에세이와 연관해 파악할 수 있을 것이다.

그러나 한 시대의 참된 용모를 보여준다는 의도의 공통점에도 불구하고 잔더의 사진집과 벤야민의 편지 모음집이 각각 기반하고 있는 매체들은 상이하다. 앞서 언급했다시피 벤야민은 「역사의 개념에 대하여」에서 '과거의 진정한 이미지'를 순간적으로 포착하려는 역사적 유물론자의 태도와 방법을 제시하고 있는데, 이 역사적 유물론자의 방법론을 벤야민의 편지 모음집은 사진 매체와는 확연히 구분되는 방식으로 실행하고 있다. 물론 역사적 이미지가 마치 섬광처럼 나타났다가 유일무이하게 사라져버린다면, 이러한 사정은 무엇보다도 그의 사진 에세이에서 순간적으로 사라지는 이미지를 붙잡아 고정시키는 해결책으로 간주되고 있는 사진 매체를 주목하게 만든다. 사진의 등장과 더불어 "이미지를 고정시키는 일"[46]이 기술적으로 해결되었기 때문이다. 이 점에서 사진 이미지가 「역사의 개념에 대하여」에서 벤야민이 염두에 두었던 "과거를 역사적으로 표현한다는 것"[47]에 기여하고 있음은 틀림없다. 그러나 이러한 역사적 이미지의 포착이 1839년 루이 다게르(Louis Daguerre)의 사진 발명 이후에야 비로소 가능해진 것은 아니며, 사진의 등장으로 인해 궁극적으로 해결된 것도

---

45) 『선집』 제2권, 181쪽.
46) 같은 책, 153~54쪽.
47) 『선집』 제5권, 334쪽.

아니다. 역사적 유물론자들이 단순히 "과거에 대한 '영원한' 이미지를 제시"하는 것이 아니라 "과거와의 유일무이한 경험을 제시"[48]하는 것을 추구한다면, 사진 에세이에서의 벤야민의 평가처럼 "사라져가는 아우라를 모든 덧칠 기법을 〔……〕 통해 조작"[49]하고 있는 1880년 이후의 사진술은 역사적 유물론자에게 적절하지 않을 것이다. 이와 관련해 옛 매체인 편지를 수집한 벤야민의 편지 모음집 역시 특정한 역사적 시기에 형성된 독일 시민계급의 지나간 이미지를 생생하게 포착하려는 시도로 평가받고 있다는 점이 시사하는 바가 크다. 특히 이 편지 모음집은 「역사의 개념에 대하여」의 역사적 유물론자가 중시하는 단자론적 구성의 원칙을 단적으로 보여주고 있기 때문이다. 역사적 유물론자는,

균질하고 공허한 역사의 진행과정을 폭파하여 그로부터 하나의 특정한 시대를 끄집어내기 위해 그 기회를 포착한다. 이런 식으로 그는 한 시대에서 한 특정한 삶을, 필생의 업적에서 한 특정한 작품을 캐낸다. 이러한 방법론에서 얻어지는 수확은, 한 작품 속에 필생의 업적이, 필생의 업적 속에 한 시대가, 그리고 한 시대 속에 전체 역사의 진행과정이 보존되고 지양되는 것이다.[50]

---

48) 앞의 책, 347쪽.
49) 『선집』 제2권, 181쪽.
50) 『선집』 제5권, 348쪽.

역사적 유물론자인 벤야민에게 각각의 개별 편지는 한 시대 전체를 내부에 간직하고 있는 단자들로 간주될 수 있다. 이와 같은 맥락에서 벤야민은 포르스터의 편지글에 대해 "거의 모든 개별 편지가 하나의 전체인데, 호칭에서부터 서명에 이르기까지 무한정 범람하면서, 이러한 범람은 삶의 주변부까지 가득 채운 경험으로부터 나왔다"(IV/1, 160)라고 격찬한다. 무엇보다도 벤야민은 편지의 독자들이 "이러한 단자의 구조 속에서 〔……〕 억압받은 과거를 위한 투쟁에서 나타나는 혁명적 기회의 신호를 인식"[51]하게 되길 기대했을 것이다.

> 언어의 벌거벗은 암석이 이미 어디서나 드러나 있는, 가파르게 높은 곳에서 그 말들은, 마치 삼각법 측량의 신호기처럼 "기호의 최상의 방식"이며, 이 언어 기호를 가지고 시인이 측량하는 나라들은 "심적 고통과 생활고" 때문에 그에게 마치 그리스의 관할지방처럼 펼쳐졌다. 그러나 꽃피는 이상적인 곳이 아니라 황폐화한 현실의 모습이고, 서구 민족성, 무엇보다도 독일 민족성과 함께하는 고난 공동체는 역사적 변화의 비밀, 즉 그리스적 정신의 성체 변화의 비밀이다. 이러한 비밀이 횔덜린의 마지막 찬가가 다룬 대상이다(IV/1, 171f.).

여기서 벤야민은 횔덜린의 편지글이 시인의 언어로서 "마치 삼각법 측량의 신호기처럼 '기호의 최상의 방식'"을 따르면서 서구 민족과 독일 민족들이 겪은 '고난 공동체'의 '역사적 변화'에 대한 비밀을, '황

---

51) 『선집』 제5권, 348쪽.

폐화한 현실'을 인지할 수 있는 계기를 제공한다고 평가하고 있다. 즉 하나의 개별적인 편지글 속에서 하나의 특정한 시대의 용모가 포착된다.

또한 앞서 이미 언급한 "이 편지 모음집이 끌어안은 한 세기의 중간 시점에 태생"한 1832년 첼터의 편지글 역시 '시민계급의 도약과 몰락'이라는 하나의 특정한 시대를 집약적으로 보여주고 있는 대표적인 사례이다. 그런데 여기서 또한 주목해야 할 것은 벤야민이 상대적으로 덜 알려진 편지들을 주로 수집한 점이다. 물론 괴테나 횔덜린 또는 뷔히너의 편지처럼 잘 알려진 편지들도 있다. 그러나 전혀 알려지지 않은 편지들이 이 유명한 편지들 옆에 나란히 놓이고 기존과 다른 의미망을 펼친다. 예를 들어 리히텐베르크의 편지와 유사한 내용이 쓰여 있는 레싱의 편지가 더 유명하지만, 벤야민은 "아마도 이미 그렇게 유명하지 않은 리히텐베르크의 편지"[52]로 편지 시리즈를 개시한다. 괴테나 그림 형제처럼 잘 알려진 인물들의 편지인 경우에도 앞의 첼터의 편지처럼 노년기의 비교적 덜 주목받은 시기에 쓴 편지들이다. 말하자면 벤야민의 편지 모음집에서는 잘 알려진 편지들보다는 거의 알려지지 않은 채로 사라지고 있는 편지들이 하나의 특정한 시대의 모나드로서 기능하고 있다.

이와 관련해 요한 하인리히 포스(Johann Heinrich Voss)의 편지는 개인적인 글쓰기가 집단적 시대정신과 어떻게 맞닿아 있는지 인상적

---

52) Barbara Hahn, Die Folgen eines seltsamen Buches, in: Hahn/Wizisla Hrsg., *Walter Benjamins Deutsche Menschen*, Göttingen, 2008, p. 73.

으로 보여주고 있다.

　요한 하인리히 포스가 다음에 이어지는 편지에서 친구 장 파울에게 전달한 내용은 셰익스피어를 독일에서 재탄생시킨 근원으로 독자들을 안내한다. 편지 작성자는 호메로스(Homeros) 번역자인 요한 하인리히 포스의 둘째 아들인데, 탁월한 정신의 소유자는 아니었다. 〔……〕 일종의 자연적 원천이 가장 적막한 실개천에서부터, 이름 없는 습지로부터, 좀처럼 적셔지지 않는 물줄기로부터 양분을 공급받는 것과 마찬가지로, 정신적인 원천 역시 그러하다. 그것은 씨앗과 피가 솟아나는 위대한 열정을 먹고살 뿐만 아니라 잘 알려진 '영향'을 받는다기보다는 힘겨운 일상의 땀을, 감격해 흐르는 눈물을 먹고산다. 그 후 물방울은 곧 흘러가는 강물에 휩쓸려 사라진다. 다음에 이어지는 편지는 — 독일에서의 셰익스피어 수용사에 대한 독특한 증거인데 — 그러한 물방울 중 일부를 간직하고 있다 (IV/1, 186).

　벤야민에 따르면, 앞의 편지를 작성한 포스가 정신적으로 뛰어난 역량을 지닌 위인은 아니지만, 그의 편지는 "독일에서의 셰익스피어 수용사에 대한 독특한 증거"로서 역사적 흐름 속에서 "셰익스피어를 독일에서 재탄생시킨 근원"을 간직하고 있다. 말하자면 이 편지에는 당시 셰익스피어를 수용하고 재탄생시킨 독일의 시대정신이 표현되어 있다. 포스의 편지는 대략 1780년대 후반 무렵의 유년시절에 대한 회상으로 시작하고 있으며, 이 회상은 그가 열네 살 때 독일 질풍노도기의 작가이자 호메로스와 오시안(Ossian) 번역자였던 프리드리히

레오폴트 폰 스톨베르크-스톨베르크(Friedrich Leopold von Stolberg-Stolberg)의 권유로 1793년 크리스마스 기간에 셰익스피어를 읽었던 경험으로 이어진다.

> 그 이후로 셰익스피어의 『템페스트』와 크리스마스, 그리고 스톨베르크는 나의 환상 속에서 서로 구별될 수 없을 정도로 녹아들었고 또는 하나로 자라났습니다. 성스러운 예수가 온다면 나는 내적 필연성에 이끌리어 그 『템페스트』를 읽어야 합니다(IV/1, 187).

여기서 내적 필연성으로 연결된 '셰익스피어'와 '성스러운 예수' 그리고 '스톨베르크'가 하나의 성좌구조를 형성하고 있다. 동시에 우리는 앞의 편지글을 통해 당시 독일에서 셰익스피어의 재탄생이 의미하는 바가 '성스러운 예수'의 이미지와 겹쳐진다는 점을 추론할 수 있다. 이는 당시 18세기 말 프랑스혁명이라는 역동적인 시대상황과 관련되어 다시금 역사적 구원이라는 특정한 시대상을 함의할 수도 있다.

한편 포스의 편지는 벤야민의 편지 모음집이 「역사의 개념에 대하여」 부기에서 비판적으로 언급된 "사건들의 순서를 마치 염주처럼 손가락으로 헤아리는 일"[53]과는 전혀 무관하다는 점을 극적으로 보여주고 있다. 브로더젠이 지적하고 있듯이, 벤야민은 편지 모음집 서문에서 편지들이 연대기순으로 소개되고 있다고 명시적으로 밝히고는

---

53) 『선집』 제5권, 349쪽.

있지만, 실제로는 세 통의 편지가 이러한 연대기적 순서를 따르지 않고 있다.[54] 이 중에서도 포스의 편지가 가장 극단적으로 연대기적 질서를 폭파하고 있다. 포스의 편지 작성연도는 18세기 말이 아니라 1817년이다. 부연하자면 벤야민은 의도적으로 편지의 작성연도를 표기하지 않은 채[55] 포스의 1817년 편지를 이 편지보다 먼저 쓰인 조이메의 편지와 휠덜린의 편지 사이에 위치시키고 있는 것이다.[56] 이로써 포스의 편지는 1817년 당시 유럽의 구체제로 회귀하는 반동적 정치가 팽배하기 시작한 시대로부터 떨어져나와 혁명적 열기로 가득한 세기의 전환기 속에서 재(再)맥락화되고 있다. 말하자면 앞서 언급한 이 편지의 성좌구조는 "매수되지 않는 강직한 시선과 혁명적인 의식"(IV/1, 168)을 대변하는 조이메의 1798년 편지와 "쉼 없이 동요하고 방랑하는"(IV/1, 171) 휠덜린의 1802년 편지 사이에서 매우 유의미하게 읽혀질 것이다. 이처럼 마치 "균질하고 공허한 역사의 진행과정을 폭파"하려는 듯이 포스의 편지를 연대기적 질서에서 떼어내 재배치하고 있는 벤야민은, 이때 누구나가 마치 유물론적 역사가처럼 "그 자신의 시대가 과거의 특정한 시대와 함께 등장하는 성좌구조를 포

---

54) Momme Brodersen, Die Entstehung der *Deutschen Menschen*, in: Hahn/Wizisla Hrsg., *Walter Benjamins Deutsche Menschen*, Göttingen, 2008, p. 17 참조.

55) 편지 모음집 관련 노트에서 이 편지의 작성연도를 기록해두었던 벤야민은 이후 작성연도를 밝히지 않은 채로 『프랑크푸르트 신문』에 해당 편지를 실었다(Benjamin, 앞의 책, 2008, p. 247 참조).

56) 이후 벤야민 전집 편집자들은 벤야민의 의도와는 무관하게 포스의 편지를 연대순에 따라 클로디우스의 1811년 편지 다음에 싣고, 편지 앞머리에도 작성연도인 1817년을 추가로 표기하고 있다.

착"[57)]할 수 있다는 점을 주목하고 있다.

더 나아가 벤야민에 의해『독일인들』의 개별 편지들이 하나의 전체를 이루어 역사적 성좌구조로서 상기될 수 있다. 이 역사적 성좌구조는 편지들의 상호관계 속에서 형성되는데, 특히 이러한 긴장구도는 무엇보다도 편지 모음집 서문에서 명시적으로 주장되는 연대기적인 질서와 공공연히 어긋나 있는 편지들에서 재차 인식되고 있다. 앞서 살펴본 포스의 편지가 이 편지 앞에 소개된 조이메의 편지와 나란히 읽힘으로써 이들이 서로 대조적인 인물 유형임이 더욱 뚜렷하게 제시된다. 즉 "모든 위기에서 보여준 흠잡을 데 없는 태도와 동요하지 않는 확고부동함"(IV/1, 168)을 보여주는 조이메와 "모든 정신적 독립심"(IV/1, 186)과는 무관한 포스가 강한 대조를 형성하고 있으며, 이러한 대립적인 긴장감이 편지 모음집의 성좌구도를 더욱 팽팽하게 유지하고 있다.

한편 편지 모음집 후반부에서 야코프 그림의 1858년 편지가 스물세 번째 편지인 메테르니히의 1854년 편지보다 먼저 나오는 것 역시 편지 모음집의 전체 구도 속에서, 즉 이 편지 모음집의 주요 모티프인 '시민계급의 몰락'과의 관련 아래 이해할 수 있다. 야코프 그림은 그의 편지보다 앞서 소개된 편지 발신자인 겸손하고 활동적·공적 삶의 전형인 디펜바흐와 더불어 시민계급의 덕목을 대변하는 인물이다. 이와는 대조적으로 유럽의 구체제로 복귀하려는 반혁명적인 1814~15년의 빈 회의를 주도하고 1848년 3월 혁명으로 실각한 이후

---

57) 『선집』제5권, 349쪽.

에도 부유한 삶을 계속 영위했던 메테르니히는 공익보다 사익을 추구하고 불의와 기회주의에 타협하고 "활동하지 않음"(Untätigkeit, IV/1, 221)을 대변하는 인물인데, 이처럼 독일 시민계급의 적이었던 그는, 하지만 당시 몰락하는 시민계급에 결여되어 있는 정치적 통찰력의 소유자이기도 했다. 이에 대해 벤야민은 다음과 같이 논평하고 있다.

다음과 같은 죄르지 루카치의 진술은 광범위한 영향을 끼친 바 있다. 즉 독일의 시민계급은 그의 첫 번째 적수 ─ 봉건주의 ─ 와 싸워 아직 그를 바닥에 쓰러뜨리지 않았을 때, 벌써 프롤레타리아 ─ 그의 마지막 적수 ─ 가 그의 앞에 서 있었다는 것이다. 메테르니히의 동시대인들은 이에 대해 할 말이 많을 수 있겠다. 〔……〕 국가 통치술은 그〔메테르니히─인용자〕에게는 하나의 미뉴에트였다. 이에 따라 햇빛 속에서 작은 먼지들이 춤을 춘다. 그렇게 메테르니히는 정치를 파악했으며, 이 정치를 전성기의 시민계급조차도 환영으로서 꿰뚫어보지 못하고 능숙하게 제어할 수 없었다(IV/1, 221f.).

여기서 메테르니히가 꿰뚫어보았던 정치의 '환영'은 무엇을 의미할까? 이어지는 편지에서 "과거로의 시선 이외의 다른 시선"(IV/1, 222)을 요구하지 않는 메테르니히는 "미래는 더 이상 나에게 속해 있지 않습니다. 그리고 현재는 나에게 만족감을 거의 주지 않습니다"(IV/1, 222)라고 판단하면서 "많은 위대한 계몽이 미래의 판단에 맡겨져 있습니다"(IV/1, 223)라는 점을 인식하고 있다. 이러한 인식은 벤야민이 「역사의 개념에 대하여」에서 정립하고 있는 역사관과 친화적 유사성을 띠고 있다. 벤야민은 「역사의 개념에 대하여」 12번에서 당시 파시즘에 제대로 맞서야 할 사회민주주의자들이 해방의 가능성을 미래 세대에 넘겨주고 현재의 고통을 감내하면서 현재의 "노동자계급에게 미래 세대들의 구원자 역할을 부여하는 것을 좋아했"[58]던 역사적 타협주의를 비판하고 있다. 즉 벤야민은 무엇보다도 과거를 바라보는 현재의 시선을 중시하면서 머나먼 미래에 기대를 거는 이상주의적 믿음을 거부하고 있다. 분명히 반동적이고 억압적인 정치가였던 메테르니히는 편지 모음집에 등장하는 '억압받는 저항적인 시민'들과 극단적으로 대립하는 인물임에도, 이들 시민계급이 19세기 후반부에 점차 탁월성을 결여한 원인을 인식하게 해준다는 점에서 편지 모음집의 전체적인 구성에 필요하다. 이러한 맥락에서 메테르니히의 편지가 디펜바흐와 야코프 그림의 편지 사이에 위치하는 것은 적절하지 않으며 오히려 그림의 편지에 이어지는 것이 시민계급의 몰락이라는 역사적 사건의 진행 방향에 부합할 것이다. 여기서 이 점을 고려했을 벤야민의 의도성을 추론할 수 있다.

이제 편지 모음집의 편지들 중에서 가장 먼저 쓰였지만,[59] 다섯 번째 편지로 소개되고 있는 페스탈로치의 1767년 편지에 주목해보자.

---

58) 『선집』 제5권, 343쪽.
59) 편지의 작성연도는 1767년인데, 벤야민이 주석글에서 이 편지가 1761년에 출판된 장-자크 루소(Jean-Jacques Rousseau)의 『신엘로이즈』보다 6년 후에 쓰였다는 점을 명시하고 있다는 점에서 벤야민 역시 편지의 작성연도를 충분히 인지하고 있었다고 추정된다.

이 편지의 이른바 '잘못된' 위치에 대해 브로더젠은 이것이 벤야민의 단순한 실수에서 기인한 것이 아닐 확률이 높다고 추론한다.[60] 그에 따르면, 정치적인 함의로 가득 채워져 있는 편지 모음집의 첫 편지로 소개되기에는 페스탈로치의 편지가 내용상 연애편지로 분류될 수 있다는 점에서 적합하지 않다고 벤야민이 판단했을 가능성이 있다는 것이다. 앞서 강조되었듯이 벤야민의 책은 독일 나치즘에 대한 비판적 저항정신을 고취하기 위한 정치적인 의도를 숨기고 있다. 그러나 편지 모음집이 페스탈로치의 편지를 통해 표현하고 있는 '사랑'이라는 인간적인 경험 역시 시대의 정치적 격변에서 마냥 동떨어져 있는 것만은 아니다. 그런데 여기서 브로더젠의 추론에 한 가지 의문을 덧붙이자면, 페스탈로치의 편지가 왜 '다섯 번째' 자리에 배치된 것일까? 바바라 한(Barbara Hahn)은 편지 모음집에서 페스탈로치의 편지를 비롯해 단 세 편의 편지만이 정확한 작성일자 없이 소개되고 있다는 점을 지적하고 있다.[61] 다시 말해 페스탈로치의 편지와 마찬가지로 조이메의 편지와 포스의 편지에서도 작성연도는 표기되어 있지 않다. 각각 1767년과 1798년, 그리고 1817년에 쓰인 이 세 편의 편지글이 차례로 이어지고, 이로써 이 편지들은 편지 모음집 내에서는 자무엘 콜렌부슈(Samuel Collenbusch)의 1795년 1월 편지와 횔덜린의 1802년 12월 편지 사이에 자리매김되고 있다. 이 시기는 1794년 급진적 자코뱅파의 로베스피에르의 공포정치가 끝나고, 이후 1799년에

---

60) Brodersen, 앞의 글, 2008, pp. 17~18.

61) Hahn, 앞의 글, 2008, pp. 72~73.

나폴레옹이 집정관이 되기 전까지 부르주아 시민계급이 여전히 혁명을 주도했던 프랑스혁명의 마지막 단계와 겹쳐진다. 따라서 벤야민의 편지 모음집에서 이 혁명적 역사의 시대는 과거와 현재와 미래의 시간들이 이질적으로 교차하는 '구성의 대상'[62]이 되고 있다. 페스탈로치의 편지는 마치 「역사의 개념에 대하여」 5번처럼 "현재와 더불어 사라지려 하는 과거의 복원할 수 없는 이미지"[63]를 간직하고 있으면서 바로 이 순간에 인용 가능해진 과거로 등장한다. 그리고 "미래를 회상 속에서 가르친다"[64]라는 유대교의 전통을 연상시키는 포스의 편지에서는 혁명적 격동기의 와중에 '성스러운 예수'와 결부된 유년 시절의 행복한 경험이 마치 「역사의 개념에 대하여」 16번처럼 "시간이 멈춰서 정지해버린 현재"처럼 회상되고, 이로 인해 편지 모음집의 연대기적 연속성이 폭파되고 있다. 이 혁명의 시대 속으로 이들 편지가 마치 혁명적 가능성을 지시하는 "메시아적 시간의 파편들"[65]처럼 박혀 있음으로써, 당시 뼈아픈 실연을 경험하고 이를 극복한 확고부동한 태도의 조이메가 살았던 이 혁명의 시대는 더 이상 균질하게도 공허하게도 경험되지 않을 것이며 단지 위기와 절망의 시대로만 인식되지도 않을 것이다. 여기서 벤야민은 바로 이 혁명의 시대가 '원래 어떠했는가'를 인식하려고 한다기보다는 균질하지도 공허하지도 않은 "과거와의 유일무이한 경험"[66]을 제시하고자 한 것이다.

---

62) 『선집』 제5권, 345쪽.

63) 같은 책, 334쪽.

64) 같은 책, 350쪽.

65) 같은 책, 349쪽.

「역사의 개념에 대하여」에서와 마찬가지로 『독일인들』에서도 '진정한' 전승의 문제는 중요하다. 「역사의 개념에 대하여」 6번에서 확인되듯이, 무엇보다도 어떻게 '과거의 진정한 이미지'를 붙잡을 수 있느냐하는 질문에서 '전승'의 문제가 결정적으로 작용한다. 여기서 벤야민은 "어느 시대에서나 전승을 제압하려 획책하는 타협주의로부터 그전승을 낚아채려는 시도가 이루어져야만 한다"[67]라고 경각심을 불러일으킨다. 왜냐하면 "예기치 않게 나타나는 과거의 이미지를 붙드는일"은 승리하는 적들이 장악한 전승의 과정 속에서 좌초할 수 있기때문이다. 그래서 "역사적 유물론자는 가능한 한도 내에서 그러한 전승에서 비켜선다". 벤야민도 당시 승리하고 있는 독일 나치즘의 야만적 전승에서부터 벗어나 거의 주목받지 못한 편지들을 수집했으며, 이때 기존 전승에서 나타나지 않은 '과거의 이미지'가 출현한다. 예를들어 벤야민은 슐레겔의 편지가 전달하는 은밀한 내용 속에서 편지발신자가 "'우리 세대에 전승되어온 이미지'보다 비할 바 없이 더 고귀하게 나타난다"(IV/1, 232)는 점을 보여준다. 이때 유물론적 역사가가 역사에 대해 마치 "결을 거슬러 솔질하는 것을 자신의 과제로 본다"[68]라고 했듯이, 벤야민의 주석글은 수집된 편지글을 일목요연하게 소개하고 설명하는 글이라기보다는 하나의 비판적 문제제기에 가깝다는 점에 유의해야 한다. 이에 편지의 독자 역시 "편지와 비판적

---

66) 『선집』 제5권, 347쪽.
67) 같은 책, 334쪽.
68) 같은 책, 336쪽.

코멘트 사이의 복합적인 힘겨루기"(ein komplexes Widerspiel von Brief und kritischer Glosse)[69]를 염두에 두고 때때로 해당 편지를 거슬러 읽어야 한다.

벤야민은 무엇보다도 편지 발신자들이 처한 경제적인 어려움을 거듭 강조하고 있는데, 이는 벤야민의 유물론적 역사관이 반영된 결과이다. 무엇보다도 벤야민이 편지 모음집의 두 번째 편지에서 이미 표명하고 있듯이, "휴머니티에 대해 논할 때, 시민들이 살던 방의 협소함을 잊어서는 안 된다"(IV/1, 157)라는 인식론적 요구는 물질적 존재 기반이 인간의 의식 일반을 규정짓는다는 유물론적 명제에서 출발하고 있다. 벤야민은 여기서 칸트 철학으로 대변되는 독일의 휴머니즘 정신이 물질적 조건과 한계에 대한 인식, 즉 "빈약하고 제한된 존재와 참된 휴머니티의 상호의존성"(IV/1, 157)에 대한 인식 없이는 제대로 파악할 수 없다는 점을 강조하고자 한다. 예를 들어 "저의 경제적 사정이 저를 압박합니다"(IV/1, 178)라고 고백하고 있는 물리학자 요한 빌헬름 리터(Johann Wilhelm Ritter)의 편지에서, 경제적 어려움으로 인해 "모든 배려를 잊어버리게 하고 모든 감정을 침묵하게 할 정도의 비참함이 있다"(IV/1, 214)라는 점을 극적으로 표현하고 있는 극작가 뷔히너의 편지에서 "휴머니티의 조건과 한계"(IV/1, 156)에 대한 유물론적 역사관이 지배적으로 나타난다.

그럼에도 벤야민의 관점은 「역사의 개념에 대하여」 4번처럼 이러

---

69) Günter Oesterle, Erschriebene Gelassenheit, in: Hahn/Wizisla Hrsg., *Walter Benjamins Deutsche Menschen*, Göttingen, 2008, pp. 91~92.

한 "투박하고 물질적인 사물들을 둘러싼 투쟁"에서 "섬세하고 정신적인 것"을 단순히 "승리자에게 떨어지는 전리품"[70]으로 간주하는 입장과 엄밀히 구별된다. 벤야민에게 포르스터나 조이메 같은 편지 작성자들은 바로 이 「역사의 개념에 대하여」 4번에서 강조하고 있는 "확신, 용기, 유머, 간계, 불굴의 태도"[71]의 화신들이며, 『독일인들』에 등장하는 인물들은 대부분 '억압받고 궁핍한 상황 속에서도 굴하지 않고 저항하는 자'이다. 이 점에서 「역사의 개념에 대하여」 12번의 "역사적 인식의 주체는 투쟁하는, 억압받는 계급 자신이다"[72]라는 벤야민의 단언은 그가 편지 모음집을 기획한 의도에 전적으로 부합한다. 편지 모음집은 지배계급인 "승리자에게 감정이입"[73]을 거부하고 있으며, 승리자의 역사에 대한 저항적인 태도로 점철되어 있다.

여기서 벤야민은 조이메의 "모든 위기에서 보여준 흠잡을 데 없는 태도와 동요하지 않는 확고부동함"을 부각하면서 그동안 기존 독일 문학사에서 "희미한 환영 같은 현존재"로 평가절하되어 간과되어왔던 그를 재평가하고 있다. 벤야민은 이른바 '위대한' 시인들이 가시적으로 진열되는 독일 문학사를 거부하고 있다. 이처럼 편지의 주요 인물들의 "확신, 용기, 유머, 간계, 불굴의 태도"는, 「역사의 개념에 대하여」 4번에 따르면, "일찍이 지배자들의 수중에 떨어졌던 모든 승리를 새로이 의문시할 것이다".[74] 이에 대한 또다른 예로 포르스터의

---

70) 『선집』 제5권, 333쪽.
71) 같은 책, 333쪽.
72) 같은 책, 343쪽.
73) 같은 책, 336쪽.

편지를 언급할 수 있다.

우리가 계속 살아가고 우리의 상황을 안전하게 보장하는 데에 필요한 어떠한 것도 소홀히 하지 않는다면, 그것이 우리가 항상 정중하고 독립적인 태도를 유지할 수 있게 하는 유일한 방도일 거라고 나는 믿고 있소. 〔……〕

나는 모든 것을 각오하고 있으며, 모든 일에 대비하고 있소. 이것이 더 이상 아무것에도 묶여 있지 않고 셔츠 여섯 벌 이외에는 어떤 것에도 더 이상 주의할 필요가 없는 내가 처한 상황의 이점이오. 다만 내게 유일하게 남아 있는 불편한 점은, 내가 모든 것을 운명에 맡겨야만 한다는 점이오. 그리고 나는 그것을 기꺼이 할 거요. 왜냐하면 근본적으로 사람은 이러한 신뢰를 가지는 한, 자신을 결코 불행하다고 느끼지 않을 것이기 때문이오. 나는 다시 〔봄에〕 나무들에서 피어나는 첫 번째 초록색을 기쁘게 바라볼 거요. 나에게는 그것이 개화하는 꽃의 흰색보다 훨씬 더 감동적이오(IV/1, 161f.).

벤야민은 포르스터가 독일 편지문학의 새로운 이정표를 찍었다고 평가하면서 독일 마인츠 공화국 혁명에 적극적으로 가담한 후 조국 독일로부터 추방당해 궁핍한 망명생활 속에서도 절망하지 않고 의연한 모습을 보여주는 그의 편지를 소개하고 있다. 벤야민에 따르면, 그는 "자신이 살던 시대에 독일의 지식인이 겪은 비참함"을 몸소 경

---

74)  앞의 책, 333쪽.

험하는 혹독한 생존투쟁 속에서도 확신과 유머를 잃지 않았고, "자신의 원칙을 철저히 지키고, 〔……〕 적들이 성공할 것이라고 믿지 않는다"(IV/1, 161f.). 즉 그는 당시 프랑스혁명의 공포정치에도 불구하고 혁명의 이상에 대한 확신을 거두지 않았다. 벤야민은 포르스터가 프랑스혁명에 동조한 '민족의 배반자'로 낙인찍혀 이후 독일제국 및 나치 정권 아래에서 대중으로부터 외면당하고 제대로 평가받지 못하던 시점에 그를 "혁명적인 자유"(IV/1, 160)를 대변하는 존재로 재조명하고 있다.


## 7. '희망의 불꽃'을 점화하는 옛 편지들

앞서 언급했듯이 일찍이 쇠네는 벤야민의『독일인들』과 그의「역사의 개념에 대하여」사이의 친화성을 타당하게 지적하고 있다. 쇠네는 무엇보다도 현재적인 사건을 은밀하게 암시하면서 성서 텍스트에 주석을 다는 유대교의 비의적인 해석 전통인 '미드라시'(Midrash)에 근거해 그의 편지 모음집이「역사의 개념에 대하여」와 마찬가지로 과거의 지나간 것이 현재적인 영향을 끼치게 하는 구제비평적 역사철학을 따르고 있다고 평가한다.[75] 쇠네에 따르면, 바로 이러한 역사철학적 관점 아래에서 "역사가가 여기서 다시 점화하고자 하는" '희망의 불꽃'이 공통적으로 "그의 편지 모음집의 옛 텍스트들 속에 포함되어

---

75) Schöne, 앞의 글, 1986, p. 357 이하 참조.

있는 것"[76]이라고 볼 수 있다.

실제로 편지 모음집에서 '희망'이라는 표현은 직간접적으로 반복해 등장한다. 대표적인 예는 특히 벤야민이 가장 좋아하는 편지로 알려진 콜렌부슈의 편지이다. [77] 아도르노는 이 편지에 대한 벤야민의 주석글이 "벤야민에게 '희망'이라는 단어가 어떠한 파토스를 지니고 있는지 한마디도 발설하지는 않는다. 〔괴테의〕 소설 『친화력』에 대한 벤야민의 해석처럼 그 편지의 중심에는 이 '희망'이라는 단어가 있다"[78]는 점을 강조하고 있다. 즉 벤야민이 이 편지를 선호하는 이유는 편지 작성자의 '희망'에 대한 긍정적인 태도와 무관하지 않을 것이다. "희망이 심장을 기쁘게 합니다"(IV/1, 163)라고 시작하는 이 편지에서 독일 부퍼탈의 경건주의자이자 의사인 콜렌부슈는 도덕과 종교에 대해 칸트가 "모든 희망과 완전히 무관한 순수한 믿음"을 주장하는 것에 대해 비판적인 견해를 피력하면서 "희망찬 믿음"(IV/1, 164)을 지지한다.

물론 이 희망찬 믿음은 「역사의 개념에 대하여」 10번에서 비판적으로 언급된 "진보에 대한 완고한 믿음"[79]과는 무관하다. 아도르노가 언급했듯이 오히려 벤야민의 에세이 「괴테의 친화력」의 마지막 진술처럼 "오로지 희망 없는 자들을 위해 우리에게 희망이 주어져 있다"[80]는 점을 편지 모음집은 제시하고 있다. 이 점에서 이른바 '적들

---

76) Schöne, 앞의 글, 1986, p. 356.
77) Adorno, 앞의 글, 1981, p. 689 참조.
78) Adorno, 같은 글, 1981, p. 689.
79) 『선집』 제5권, 340쪽.

의 승리'를 대변하고 있는 메테르니히의 편지에 이어지는 마지막 두 편의 편지는 중요하다. 왜냐하면 메테르니히로 대변되는 적들에 맞서 패배해 절망적인 시민계급에 주어져 있는 '희망'을 이들 편지가 은밀히 간직하고 있기 때문이다.

이 편지 모음집에서 벤야민은 스물네 번째 편지의 작성자인 유머가 풍부한 고트프리트 켈러(Gottfried Keller)를 마치 앞서 소개된 메테르니히와 같은 적들이 만들어낸 "구름을 밀어내고 말없이 오랜 기간 준비하다가 돌연 톱니처럼 예리한 익살로 후텁지근함을 찢어버리고 둔탁하게 천둥소리를 울리는 주피터"(IV/1, 224)로 제시하고 있다. 스위스 출신인 켈러는 19세기 독일의 시민적 사실주의를 대표하는 작가이자 당대의 대표적인 독일어권 산문작가로 평가받고 있다. 1848년 3월 혁명 당시에 정치시의 영향을 받고 작가의 길을 걷기 시작한 그는 독일에 7년 동안 체류하면서 그의 전반기 주요 작품들을 발표했으며, 1855년 스위스로 귀국한 뒤 정치인으로서 공직을 맡아 일하다가 1876년에 은퇴하고 다시 집필활동을 시작했다. 이미 벤야민은 「고트프리트 켈러: 그의 역사 비판본 전집 출간을 기념하며」 (1927)에서 그를 "독일어권에서 나온 서너 명의 위대한 산문작가 가운데 한 사람"[81]으로 명명한 바 있다. 벤야민은 뛰어난 편지 작성자였던 그의 1879년 편지에서 "침전된 난센스를 조금 포함하는 언술"과

---

80) 발터 벤야민, 최성만 옮김, 『괴테의 친화력』(발터 벤야민 선집 10), 도서출판 길, 2012, 192쪽.

81) 발터 벤야민, 최성만 옮김, 『서사·기억·비평의 자리』(발터 벤야민 선집 9, 도서출판 길, 2012; 이하 『선집』 제9권), 210쪽.

"썩기 시작하고 비천해진 것을 바라보는 켈러의 오류 없이 확실한 시선"(IV/1, 224)을 포착하고 있다.

요르단은 확실히 위대한 재능을 가진 자야. 그러나 그 오래되고 유일무이한 니벨룽의 노래를 폐물로 천명하고 그것의 현대적인 기형아를 그 자리에 밀어넣는 것은 사슴가죽 같은 영혼을 필요로 하지. 내게 그 니벨룽의 노래는 실로 해마다 점점 더 사랑스러워지고 경외감을 주고 있으며, 나는 모든 부분에서 점점 더 많은 의식적인 완성도와 위대함을 발견한다네. 앞서 말한 취리히에서의 낭독이 끝나고 사람들이 강당 밖으로 나오자, 그 음유시인은 문 아래에 서 있었지. 그리고 모든 사람이 그의 옆을 지나쳐 가야만 했어. 내 앞에 킨켈이 걸어가고 있었다네. 그 역시 낭독의 대가이자 '아름다운 남자'인데, 그때 나는 그 둘이 서로 짧게 고개 숙여 인사하고 마치 여자들이 서로를 향해 웃듯이 웃는 것을 보았어. 나는 그렇게 키가 큰 두 사내이자 약삭빠른 녀석들이 서로를 그렇게 저열하게 다룰 수 있는지 놀라웠지. 여행하며 돌아다니는 낭독자 생활이 어느 정도 시인들을 형편없이 상하게 만든 것이 틀림없어. 〔……〕
당신의 새해인사에 진심으로 감사드리며, 내가 나의 여생에 지고 있는 빚을 가지고 앞으로 나가길 바란다네. 왜냐하면 거래가 불확실해지기 시작하기 때문이네. 한 세대가 다음 세대로 넘어가면서 사람들이 투쟁에 무능력해지거나 심지어 떠나간다네. 당신에게 마찬가지로 최상의 일이 있기를 기원하며, 무엇보다도 당신이 편지에서 나에게 알려준 그 불가사의한 우환에 대해 마음을 가라앉히길 기원하네. 그것에 대해 우리는 당분간 믿고 싶지 않다네(IV/1, 225ff.).

켈러의 말년에는 "유일무이한 니벨룽의 노래"를 시대취향에 맞게 각색한 '현대적인 기형아'들이 나타나 인기를 누리고 있었다. 이에 대해 켈러는 그렇게 "시인들을 상하게 만든" 시대의 저열함을 비판하고 있다. 여기서 앞서 언급한 '전승'의 문제가 중요하게 대두되는데, 이때 켈러는 이러한 열악한 상황 속에서 니벨룽의 노래의 "점점 더 많은 의식적인 완성도와 위대함을 발견"하는 후세대의 역할에 충실하고 있다. 이 점에서 켈러는 "둔탁하게 천둥소리를 울리는 주피터"로서의 후세대를 대변한다. 이처럼 벤야민은 "한 세대가 다음 세대로 넘어가면서 사람들이 투쟁에 무능력해"지는 상황 속에서도 "앞으로 나가"고자 하는 켈러의 태도에서 '희망'을 보고 있다.

편지 모음집의 마지막 편지의 발신자와 수신자는 시대비판적 저항정신을 대변하면서 "자발적으로 제국수립기의 독일에서 스스로를 추방한"(IV/1, 228) 오버베크와 니체이다. 이 편지에서 오버베크 역시 켈러와 마찬가지로 "분별력 있는 후세대들을 대표하는 자"(IV/1, 228)의 전형으로 등장한다. 벤야민은 오버베크가 니체를 위해 조력하는 중재자 역할을 했던 위대한 인물이었다고 평가하고 있다.

최근에 특히 당신의 편지들과 그 안에서 스스로 표현되는 심한 고통이 답장을 쓰고자 하는 거의 고통스러운 충동을 만들어내지만, 이러한 충동조차도 그 자잘한 일들로 인해 한동안 마비상태가 됩니다. 내가 당신에게 다만 말할 수 있는 것은, 당신이 모든 것에도 불구하고 승리하는 것이 당신의 친구들에게도 진지한 관심사라는 점입니다. 이는 일상적인 의미에서 당신에게 충직한 모든 이를 위해서, 당신을 또한 특별한 의미에서 "삶의 대변자"로 소중히 여기는 자들을 위해서입니다. 굉장히 어둡게 당신 위에 순간적으로 당신의 과거와 미래가 걸려 있습니다. 〔……〕 당신의 '자라투스트라'에 대한 소식은 극도로 나를 불쾌하게 합니다. 나는 단지 당신이 초조함에 마음을 가누지 못해 어쩔 줄 몰라 중단하지 않기를, 또 는 적어도 우리가 가령 어떤 일의 진척을 위해 묘안이 어떻게 마련되어야 할지 지켜봐야만 하는 상황에서 즉시 계속해 그 일의 진척을 위해 생각해 야 하는 경우를 제외하고는 단절에 빠지지 않기를 바랄 뿐입니다. 당신이 나에게 그 시작품의 발생에 대해 써준 것이 나를 당신의 가치에 대한 신 뢰로 가득 채워줍니다. 그리고 작가로서의 당신의 건강 회복에 대해 나는 새로이 이러한 종류의 저작으로부터 희망을 갖게 되었습니다(IV/1, 229ff.).

1883년에 『자라투스트라는 이렇게 말했다』 제1부를 완성한 니체는 당시 오버베크에게 보낸 1883년 3월 6일자 편지에서 "나는 '사라질' 것입니다"라고 밝히면서 괴로워했다. 이에 오버베크는 이렇게 의기 소침한 니체에게 사기를 북돋워주는 위와 같은 답장을 해주었다. 이 러한 맥락에서 절망적인 니체에게 희망과 믿음을 충실히 갖고 있던 오버베크의 존재는 중요하다. 오버베크야말로 "오로지 희망 없는 자 들을 위해" 우리에게 주어져 있는 희망을 이야기하는 후세대의 중재 자 역할을 충실히 하고 있으며, 바로 이 지점에서 '희망의 불꽃'이 점 화하는 것이다. 이로써 니체가 "단절에 빠지지 않"고 1884년에 『자라 투스트라는 이렇게 말했다』 제2부와 제3부를 집필하고 마지막 제4부 를 1885년에 완성했다는 점은 유의미하다. 말하자면 좀 더 나은 사회로 나아가고 있지만 곧 무너지기 일보 직전의 위기와 절망의 순간에 희망의 불꽃을 점화하는 것은 과거를 바라보는 현재의 후세대의 과제로서 주어져 있다.

지금까지 살펴본 벤야민의 편지 모음집의 구성상의 특징과 의도는 그의 사유세계 전반과 긴밀히 연결되어 있으며, 무엇보다도 그의 역사철학적 방법론의 맹아를 구체적으로 선취하고 있다. 즉 옛 매체인 편지를 수집한 벤야민의 『독일인들』은 특정한 역사적 시기에 형성된 독일 시민계급의 지나간 이미지를 생생하게 포착하려는 시도이며, 이때 「역사의 개념에 대하여」의 역사적 유물론자가 중시하는 모나드적 구성의 원칙을 단적으로 보여주고 있다. 다시 말해 벤야민은 수집된 편지들을 한 시대 전체를 내부에 간직하고 있는 모나드들로 간주하며, 더 나아가 편지 모음집의 개별 편지들이 하나의 전체를 이루어 역사적 성좌구조의 구성요소로서 상기되도록 배치하고 있다. 이로써 벤야민의 옛 편지 텍스트들 역시 「역사의 개념에 대하여」가 점화하고자 한 '희망의 불꽃'을 은밀히 간직하고 있으며, 이렇게 벤야민은 미시적인 개별 편지들에서 발견했던 '희망의 불꽃'에 대한 역사철학적 사유를 이후 유물론적 역사서술이라는 거시적 차원에서도 중단 없이 이어가고 있다.

■ 옮긴이의 말

이 책에 실린 텍스트의 원전은 벤야민의 『전집』 제4권(Walter
Benjamin, *Gesammelte Schriften*, Bd. Ⅳ, Frankfurt a. M., 1972)에서 취했으
며, 벤야민의 『비평 전집』 제10권(Walter Benjamin, *Werke und Nachlaß*.
*Kritische Gesamtausgabe*, Bd. 10, *Deutsche Menschen*, Frankfurt a. M., 2008)을
참조해 1936년 초판본의 형식적 특징을 충실히 반영하고자 했다.

벤야민은 자신이 출판하는 책의 표지나 텍스트 편집에도 관심을
가지고 세부적인 부분까지 관여한 것으로 유명하다. 그의 편지 모음
집 『독일인들』의 경우에도 예외는 아니다. 하지만 벤야민 사후에 재
출판된 판본이나 벤야민 『전집』에 실려 있는 판본은 1936년 초판본과
상당히 다르게 편집되어 있다. 예를 들어 벤야민은 서문과 그것에 딸
린 편지글을 이후 이어지는 편지글 스물다섯 편과 구분하기를 원했
는데, 그 결과 특이하게도 서문 부분과 편지글 사이에 '내용'(Inhalt)이

자리 잡고 있다. 하지만 이 '내용'에는, 일반적인 목차 페이지와는 달리 쪽수가 병기되어 있지는 않다. 그리고 서문은 이탤릭체로, 서문에 바로 이어지는 첼터의 편지는 정자체로 되어 있지만, 편지들을 소개하는 벤야민의 도입글은 한 포인트 작은 크기의 정자체로, 그리고 각각의 편지글은 첼터의 편지의 경우와 같은 크기의 정자체로 되어 있다. 나는 이번 번역서가 이 초판의 인쇄방식상의 특징을 최대한 충실히 담아낼 수 있기를 원했다. 그리고 편지들의 순서 역시 1936년 판본에 따라 정해졌음을 밝힌다. 무엇보다도 포스의 1817년 편지가 벤야민『전집』에서는 연대기순에 따라 클로디우스의 1811년 편지 다음에 등장하지만, 이번 번역서에서 이 편지는 1936년 판본에서처럼 조이메의 1798년 편지와 횔덜린의 1802년 편지 사이에 실려 있다. 이로써 이렇게 편지들을 배열한 벤야민의 은밀한 의도가 국내 독자들에게도 전달되기를 바란다.

1932년의 한 편지에서 벤야민은 출판되지 못한 채 "폐허와 파국의 장소"를 표시하고 있는 자신의 좌절된 책들에 대해 비관하거나, 1935년의 한 편지에서 "가끔 그 부서져 실패한 책들에 대한 꿈을 꿉니다"라고 상심한 적이 있는데, 이때 그의 이 출판기획에는 우리에게 잘 알려져 있는『파사주 작업』과『1900년경 베를린의 유년시절』외에도 편지 모음집『독일인들』이 중요하게 포함되어 있었다. 그는 이처럼 편지 모음집에 상당한 애착을 가지고 있었고, 다행스럽게도 이 편지 모음집을 이들 책 중에서 유일하게 살아생전에 출판할 수 있었다. 그러나 이 책을 국내외의 벤야민 연구자들은 오랫동안 비중 있게 다루지 않았다. 나 역시 이번 번역작업을 계기로 비로소 이 책을 꼼꼼하게 읽게 되었고, 그의 편지들 속에서 어느 누구보다도 인상적으로 개인적 경험을 집단적 역사경험으로 전이하는 벤야민의 진면모를 새삼 확인할 수 있었다.

벤야민의 편지 모음집에는 괴테나 헤겔처럼 국내 독자들에게 잘 알려진 인물뿐만 아니라 우리에게 거의 알려지지 않은 아주 생소한 인물 역시 많이 등장하는데, 이를 통해 비로소 독일인의 '비밀스러운 용모'가 드러나고 있다. 아마도 이 점에서 이들 편지가 독일의 편지문학의 백미로서 국내 독자들의 관심을 끌 수도 있을 것이다. 하지만 그의 편지 모음집은 단순히 독일적인 것에 대한 민족학적 관심사에만 머물러 있지 않다. 상이한 시공간을 매개하는 벤야민의 『독일인들』은 정신적 · 물질적으로 궁핍한 시대에 절망하는 모든 이에게 보내는 굽힐 줄 모르는 저항과 결코 포기하지 않는 희망의 메시지이다. 그리고 이 편지 모음집의 독자들이야말로 이 편지들의 수신자로 설정되어 있다. 그래서 벤야민의 바람처럼 국내 독자들 역시 역사적 시간 속에서 정제되어 나타나는 '단순한 말들'이 점화시키는 희망의 불꽃을 그가 수집한 편지들 속에서 포착할 수 있었으면 한다.

나는 이 책을 번역하는 내내 벤야민의 텍스트뿐만 아니라 상이한 문체적 특색과 어조의 여러 다른 편지 발신자들의 텍스트에서 종종 번역하기 쉽지 않은 구절과 마주치곤 했다. 이러한 번역과정에서 생긴 의문점을 해결하는 데에 라이너 푈메르크(Rainer Völlmerk) 교수와 얀 크로이첸베르크(Jan Creutzenberg) 교수가 기꺼이 조언을 마다하지 않았다. 이 자리를 빌려 이들에게 진심으로 고마운 마음을 전한다. 그리고 번역을 주선해주신 최성만 선생님과 벤야민 『선집』 출판을 위

해 언제나 물심양면으로 힘써주는 도서출판 길의 이승우 편집장에게
도 감사드린다. 그리고 예상보다 길어진 번역작업 내내 항상 곁에 있
어준 아내와 어린 딸도 한없이 고마울 따름이다.

2021년 가을

**임석원**

# ●차례 ●

# 독일인들

# 독일인들*

일련의 편지들
데틀레프 홀츠**의 선별과 소개글
(1936)

\* 『독일인들』은 Walter Benjamin, *Gesammlte Schriften*, Bd. IV-1, pp. 149~233를 텍스트로 삼았다.

\*\* 부제에 있는 '데틀레프 홀츠'(Detlef Holz)는 벤야민이 독일 내 책의 유통과 판매를 위해 사용한 필명이다.

명성 없는 명예에 대해
광휘 없는 위대함에 대해
보상 없는 존엄에 대해

# 서문

이 책에 실린 스물다섯 통의 편지는 한 세기의 시공간을 아우르고 있다. 첫 번째 편지는 1783년에, 마지막 편지는 1883년에 쓰인 것이다. 편지들은 연대기순으로 정렬되어 있다. 〔그러나 서문에 이어지는〕다음 편지글은 이들 편지의 연대기적 정렬에서 벗어나 있다. 이 편지 모음집이 끌어안은 한 세기의 중간 시점에 태생한 이 편지의 시선은 시민계급이 위대한 자리를 점유했던 이 시대의 출발점 — 괴테[1]의 유년시절 — 을 바라보고 있다. 또한 이 글은 — 괴테의 죽음을 계기로 — 바로 이 시대의 종말을 바라보는 시선도 제공하는데, 이때 시민계급은 단지 그 자리를 유지하고 있을 뿐이다. 그 자리를 차지했던,

---

1) Johann Wolfgang von Goethe, 1749~1832 : 독일의 작가. 질풍노도의 시기부터 독일 고전주의까지 걸쳐 있는 그의 시, 소설, 드라마 작품들은 오늘날까지도 독일 문학을 대표하고 있다.

당시 지녔던 그 정신을 더 이상 간직하고 있지는 않았다. 이 시대는 시민계급이 자신의 특색 있는 중대한 말을 역사의 저울 위에 올려놓아야 했던 때였다. 그렇지만 바로 그 말 이상을 하기는 힘들었다. 그 결과 이 시대는 제국수립기[2]와 더불어 보기 흉하게 끝났다. 다음의 편지가 쓰이기 전에 오랫동안 일흔여섯 살의 괴테는 이 종말을 직시했으며, 이를 첼터에게 다음과 같은 말로 전했다. "세상은 부(富)와 속도를 숭배하고 누구나 그것을 얻으려고 애씁니다. 철도, 급보, 증기선 그리고 모든 가능한 통신시설을 기반으로 교양세계는 결국 과잉교육으로 흐르고 그 결과 평범한 수준에 머물게 되지요. 〔……〕 원래 이 시대는 뛰어난 머리를 가진 사람들, 이해가 빠르고 실용적인 사람들을 위한 시대인데, 이들은 비록 최상의 능력을 부여받지는 못했지만, 그래도 어떤 능숙함을 겸비해 대중에 대해 우월함을 느낍니다. 가능한 한 우리가 속해 있는 심적 태도에 충실해봅시다. 우리는, 아마도 소수의 사람들과 함께, 그렇게 쉽사리 되돌아오지 않을 한 시대의 마지막 사람들이 될 것입니다."[3]

---

2) 제국수립기는 1871년부터 1874년까지의 기간을 말한다. 보불전쟁(1870~71)에서 프로이센이 승리해 통일이 이루어진 독일에서는 이 기간 동안 급격한 산업발전과 과감한 재정투자가 진행되었다.

3) 괴테가 1825년 6월 6일에 쓴 편지이다.

# 카를 프리드리히 첼터[4]가 폰 뮐러 수상[5]에게 보낸 편지

베를린, 1832년 3월 31일

오늘에야 비로소 제가, 매우 존경하는 분이여, 당신이 참으로 우정

---

4) Carl Friedrich Zelter, 1758~1832 : 독일의 작곡가. 당대에 문화정치적으로 가장 큰 영향력을 행사한 인물로 평가받는다. 1802년 바이마르에서 괴테와 친해진 후에 둘 사이의 편지 교환이 30년 동안 지속되었으며 괴테의 시에 멜로디를 붙여 곡을 만들었다. 첼터는 괴테와 서로 너나들이하는 몇 안 되는 사람 중의 한 명이었다.

5) Friedrich von Müller, 1779~1849 : 독일의 정치가. 1806년 카를 아우구스트 대공의 위임을 받아 프랑스 군대와의 협상을 맡았는데, 그의 협상능력 덕에 공국의 독립을

어린 마음으로 참석해주신 것에 대해 감사를 드릴 수 있네요.[6] 이번 참석의 계기가 어떠하더라도 말이지요.

고대하고 두려워할 만한 일은 아시다시피 기필코 오는 법이지요. 때를 알리는 종이 울렸습니다. 그 현자는 마치 기브온(Gibeon)의 태양[7]처럼 멈춰 있습니다. 왜냐하면 보시다시피 그의 아래에서 지상의 힘들이 발밑의 먼지라도 얻고자 애썼다면, 헤라클레스의 기둥 위에서 우주를 거닐었던 그 남자는 등을 대고 길게 드러누워 있기 때문입니다.

제가 무어라고 말씀드릴 수 있을까요? 당신에게? 그곳 모두에게? 그리고 어디에서나? 그가 나보다 먼저 세상을 떠나고, 나는 이제 매일 점점 그에게 가까워지고 그를 따라잡을 것이며, 그렇게 여러 해 동안 우리 사이의 58킬로미터 공간을 유쾌하고 생기 있게 만들어주었던 우아한 평화를 영원케 할 것입니다.

지금 제가 부탁드릴 일이 있습니다. 저에게 소식을 전하는 친절을 그만두지 말아주십시오. 당신은 제가 알아도 되는 것을 가늠할 수 있을 것입니다. 왜냐하면 당신은 한번도 훼손된 적이 없는 우리 두 사람의 관계, 즉 물리적 거리로는 서로 멀리 떨어져 있기는 하지만 본

---

유지할 수 있었다. 이후 작센-바이마르-아이제나흐 대공국의 국가수상을 지냈다. 특히 괴테와 매우 가깝게 지낸 친구로서 그가 괴테와 나눈 대화를 기록한 책은 중요한 문학적 사료로 평가받는다.

6)  괴테는 1832년 3월 22일에 세상을 떠났다.

7)  「구약성서」 「여호수아」 제10장 제12절에 따르면, 여호수아가 "해야, 기브온 위에, 〔……〕 그대로 서 있어라"라고 외치자, 그가 가나안의 아모리족을 완전히 멸할 때까지 태양이 중천에 떠 있는 기적이 일어났다고 한다.

질적으로 일치하는 친밀한 관계를 잘 알고 있기 때문입니다. 저는 마치 주인이자 부양자인 남편을 잃은 미망인 같습니다! 그렇지만 애도해서는 안 됩니다. 저는 그가 가져다준 부귀에 대해 경탄해야만 합니다. 저는 그 보물을 보존해야 하며, 그로부터 생긴 이자들이 원금이 되도록 해야 합니다.

용서해주세요, 고귀한 친구여! 저는 정녕 탄식해서는 안 됩니다. 그렇지만 노안(老眼)이 말을 듣지 않고 자신이 옳다고 하네요. 저는 괴테가 우는 것을 한번 본 적이 있는데, 이를 근거로 저 스스로를 정당화해야겠습니다.

**첼터**

# 내용

　사람들이 알고 있는 그 유명한 편지에서 레싱[1]은 아내가 세상을 떠난 후 에셴부르크(Eschenburg)에게 다음과 같이 썼다. "아내가 세상을 떠났습니다. 이 경험을 저는 지금 했습니다. 제가 그와 같은 경험을 더 이상 할 수 없다는 점에서 기쁘네요. 그리고 매우 가벼운 기분입니다. 또한 다행스럽게도 제가 당신과 브라운슈바이크에 있는 우리의 남아 있는 친구에게서 위

---

1) Gotthold Ephraim Lessing, 1729~1781 : 독일의 극작가·사상가. 독일 드라마를 프랑스 문학의 영향으로부터 벗어나게 하는 데에 기여했으며, 관용과 휴머니즘의 원칙을 수호했다는 평가를 받는다.

로의 말을 확실히 받아도 되겠지요."[2] 이것이 전부이다. 이와 같은 탁월한 간단명료함을 리히텐베르크가 이보다 더 길게 조금 나중에 쓴 편지에서도 보여주고 있다. 이 편지는 그가 비슷한 이유로 유년시절의 친구에게 보낸 것이다. 리히텐베르크는 자신의 집으로 데려온 어린 소녀의 생활형편에 대해 그렇게 상세히 말하고, 그녀의 유년시절에까지 그렇게 멀리 거슬러 올라가 이야기하다가, 병이나 병세에 대해 한마디 말도 없이 그렇게 갑작스럽고 충격적으로 이야기 도중에 중단하는데, 이는 마치 죽음이 연인뿐만 아니라 그녀에 대한 기억을 붙잡는 펜까지도 낚아채 잡아간 듯했다. 일상적 시류 속에서는 감상주의 정신으로, 그리고 문학작품에서는 천재적 능력을 가진 자들로 가득 채워져 있던 주변세계 속에서 불굴의 산문작가들(이들 중 레싱과 리히텐베르크가 단연 돋보인다)은 프로이센의 정신을 프리드리히 왕의 군대보다 더 순수하고 인간답게 명백히 표현하고 있다. 그 정신을 레싱은 다음과 같이 표현하고 있다. "나는 그것을 또한 언젠가 다른 사람들처럼 잘 갖고 싶었다. 그러나 그 일은 나에게 잘 풀리지 않았다." 그리고 그 정신은 리히텐베르크에게 다음과 같은 잔혹한 표현을 불어넣고 있다. "의사들은 다시 희망하고 있다. 그러나 내 생각에는 모든 게 이미 지나갔다. 왜냐하면 나는 나의 희망을 위한 황금을 얻지 못할 것이기 때문이다." 이들 편지 속에서는 눈물에 젖은 채로 체념해 위축된 필체가 우리를 바라보고 있으며, 이 필체들은 어떠한 새로운 사실성과도 비교되는 것을 피할 필요가 없을 정도로 즉물적 사실성(Sachlichkeit)을 증명하고 있다. 아마도 정반대로 어떠한 새로운 사실성도 이 편지들의 사실성과의 비교를 원

---

2)  레싱의 1778년 1월 10일자 편지이다.

하지 않을 것이다. 말하자면 만약 아직 사용되지 않은 채 남아 있는 새로운 태도가 있다면, 이 시민들의 태도야말로 전혀 소모되지 않은 신선한 태도이며, "고전들"을 무분별하게 인용하고 궁정극장에서 상연한 19세기 사람들에 의해 남용되지 않은 채 남아 있었다.

## 게오르크 크리스토프 리히텐베르크[3]가 G. H. 아멜룽[4]에게 보낸 편지

괴팅겐, 1783년 초

*나의 매우 친애하는 친구에게,*

나는 그것을 참으로 독일적인 우정이라고 부르겠습니다. 사랑스러운 친구여. 나를 기억해준 당신에게 수천 번 감사를 드립니다. 나는

---

3) Georg Christoph Lichtenberg, 1742~99 : 독일의 물리학자이자 문필가. 독일 최초의 실험물리학 교수. 전기적 현상을 연구해 리히텐베르크 도형을 발견했다. 특히 독일 아포리즘의 창시자로 평가받는다. 평생 동안 척추기형으로 고생했고 이로 인해 꼽추가 되었으며 체구가 작았다. 칸트와 스피노자의 영향을 받은 그는 후기 계몽주의의 대표자로 여겨지고 있으며, 자연현상뿐만 아니라 주변세계와 인간에 대해서도 예민한 관찰력을 발휘했다.

4) Gotthilf Hieronymus Amelung, 1742~1800 : 독일의 목사. 리히텐베르크가 다름슈타트에서 학교를 다닐 때 유일한 학창시절 친구로 알려져 있다. 그가 25년 동안 리히텐베르크와 주고받은 편지 중에는 리히텐베르크가 그의 사랑하는 연인 마리아 도로테아 슈테하르트(Maria Dorothea Stechardt, 1765~82)의 때이른 죽음을 애도하는 편지도 포함되어 있다.

당신에게 곧장 답장을 쓰지는 못했습니다. 하늘은 알겠지요, 나에게 어떤 일이 있었는지 말입니다! 당신은 나의 이 고백을 듣는 첫 번째 사람, 아니 첫 번째 사람이어야 합니다. 나는 지난여름, 그러니까 당신의 마지막 편지 직후에 내 생애에서 가장 커다란 상실을 겪었답니다. 내가 당신에게 말하는 것이 인간이 반드시 겪어야만 하는 것은 아닙니다. 나는 1777년에 — 이 '7'이라는 숫자는 정말 쓸모가 없네요 — 한 소녀를 알게 되었습니다. 그녀는 이곳 도시 출신으로, 중산층 가정의 딸입니다. 당시 그녀의 나이는 열세 살이 조금 지났지요. 나는 그때까지 내 삶에서 그녀에게서 보는 것과 같은 그러한 아름다움과 온순함의 선례를 본 적이 없었습니다. 내가 비록 많은 것을 봐왔지만 말입니다. 내가 그녀를 처음 보았을 때 그녀는 대여섯 명의 다른 아이들과 같이 있었습니다. 그들은 이곳 아이들처럼 울타리 위에서 행인들에게 꽃을 팔고 있었지요. 그녀가 나에게 꽃다발 하나를 내놓자 나는 그것을 샀습니다. 내 곁에는 세 명의 영국인이 있었는데, 그들은 내 집에서 하숙을 하고 있었어요. "전능한 신이여, 참으로 잘생긴 소녀네요"라고 그중 한 명이 말했답니다. 나도 마찬가지로 그 점을 알아챘지요. 그리고 나는 우리 고향이 얼마나 소돔 같은 곳인지 알고 있었기 때문에, 이 훌륭한 피조물을 이러한 장사일에서 그만두게 하는 것에 대해 진지하게 생각했지요. 나는 마침내 그녀와 단둘이 말하면서 나의 집을 방문해 달라고 부탁했습니다. 그녀는 남자의 방에는 가지 않는다고 말했지요. 그러나 그녀는 내가 교수라고 말하는 것을 듣고는 어느 날 오후에 그녀의 어머니와 함께 나를 찾아왔습니다. 간단히 말해 그녀는 꽃장사를 그만두었습니다. 그리고 하루 종일 내 곁에 있었습니다. 나는 그 빼어난 육체 안에 내가 오래전부터 찾아왔지만 아직 발견하지 못했던 바로 그 영혼이 깃들어 있다는 점을 알게 되었습니다. 나는 그녀에게 쓰기와 셈하기를 가르쳐주었고 그녀를 감상적인 허영꾼으로 만들지 않으면서 그녀의 오성(悟性)을 더욱 발전시켜줄 수 있는 여러 분야의 다른 지식들도 가르쳐주었습니다. 내가 1,500탈러 넘게 주고 구매한 물리학 장치는 처음에 그 광채로 인해 그녀의 관심을 자극했고 결국 그 장치의 사용이 그녀의 둘도 없는 즐거움이었습니다. 이제 우리가 알고 지내는 관계는 최고정점에 이르렀지요. 그다음 우리는 서로를 매우 잘 알게 되었지요. 그녀는 밤늦게 돌아가 다음 날 다시 찾아와서 하루 종일, 예를 들어 넥타이 매기에서부터 공기주입에 이르기까지 나의 일을 정돈하기 위해 애썼지요. 나는 그러한 천상의 온순한 성품을 이전에는 생각지도 못했지요. 결과적으로 당신이 이미 추측한 바대로 그녀는 1780년 부활절부터는 완전히 내 집에 머물렀습니다. 이 생활방식에 대한 그녀의 애착이 엄청났기 때문에 그녀는 교회 예배와 저녁만찬에 참석하는 경우를 제외하고는 단 한번도 계단을 내려오지 않았지요. 우리는 한결같이 함께 있었습니다. 그녀가 교회에 있을 때면 나에게는 마치 나의 눈과 모든 감각을 멀리 보내버린 것처럼 느껴졌지요. 한마디로 말해, 그녀는 성직자의 결혼 축복 없는(이 표현을 용서해주세요, 훌륭하고 친애하는 친구여) 나의 아내였지요. 그래도 나는 그러한 결합에 동의한 이 천사를 지극히 커다란 감동 없이는 바라볼 수 없었습니다. 그녀가 나를 위해 모든 것을, 이것의 중요성을 아마도 전혀 알지 못한 채로, 희생했다는 점 때문에 나는 견디기 힘들었지요. 그래서 나는 내 집에서 **친구들**과 식사할 때 그녀도 식탁에 함께 앉게 했고, 그녀에게 분위기에 걸맞은 의상을 반드시 챙겨주었으며, 그녀를 날이 갈수록 더욱 사랑하게 되었습니다. 나의 진지한 의도는 나와 그녀를 또한 세상 사람들 앞에서 결합하는 것이었는데, 그녀가 이 점을 차츰 나에게 이따금씩 상기시켜주기 시작했습니다. 오, 그대 위대한 신이시여! 이 천상의 소녀가 내 곁에서 1782년 8월 4일 저녁 해질 무렵에 세상을 떠났답니다. 나는 가장 유능한 의사를 불렀고, 세상에 있는 모든 것을, 모든 일을 하였지요. 양해해주세요, 친애하는 분이여, 내가 여기서 글을 마치는 걸 허락해주십시오. 편지를 계속 쓸 수가 없네요.

G. C. 리히텐베르크

다음 편지의 정신을 제대로 알아채기 위해서는 빚과 네 명의 아이들 이
외에는 가진 것이 거의 없는 발트 지역의 어느 목사집의 아주 궁핍한 살림
살이뿐만 아니라 이러한 살림살이가 있었던 집도 눈여겨봐야 한다. 이 집
은 슐로스그라벤 거리에 있는 칸트의 집이다. 누구도 이 집에서 "벽지로
도배되거나 화려하게 칠한 방, 회화 수집품, 동판화, 풍족한 가재도구, 멋
지거나 어느 정도 값나가는 가구들을 본 적이 없으며, 여느 집에서처럼 단
지 가구에 불과할 뿐인 책장도 본 적이 없었다. 게다가 이 집에서는 돈을
마구 허비하는 유람여행이나 뱃놀이를 할 생각이 없으며, 몇 년이 지난다

해도 그 밖의 어떠한 종류의 유희거리도 생각하지 않을 것이다". 집 안에는, "평화로운 고요가 지배하고 있었고 [……] 층계를 올라 왼쪽으로 아주 단순하고 치장되어 있지 않은 채 그을린 부분이 있는 현관 복도를 지나면 커다란 방이 있었다. 이 방은 [손님을 맞이하는] 객실이었는데, 전혀 호사스럽지 않았다. 소파 하나와 아마포로 덮어씌운 의자 몇 개, 서너 개의 사기그릇이 있는 유리장 하나, 은과 예비용 돈을 보관하는 탁자장 그리고 그 옆에 온도계와 콘솔장이 있었다. 이들 가구가 전부였으며, 흰 벽의 한쪽 부분을 차지하고 있었다. 그렇게 사람들은 아주 단순하고 볼품없는 문을 지나서 마찬가지로 초라한 상수시성으로 들어갔다. 이곳에 들어가기 위해 노크하는 사람들은 '들어오세요!'라는 반가운 인사로 초대받았다". 아마도 다음의 편지글을 쾨니히스베르크로 가져온 젊은 대학생에게도 그러했을 것이다. 의심의 여지없이 이 편지글은 진정한 휴머니티(Humanität)를 들이마시고 발산하고 있다. 완전한 모든 것이 그러하듯이 이 글은 동시에 자신이 그렇게 완벽하게 표현하고 있는 대상이 처한 조건과 한계에 대해서도 무언가를 말하고 있다. 휴머니티의 조건과 한계? 이는 틀림없으며, 그리고 그것들이 다른 한편으로는 중세적인 존재상황과 두드러지게 대조되는 것만큼이나 우리들에 의해 분명하게 가려내어 정리될 것 같다. 중세시대가 인간을 우주의 중심에 세워놓았다면, 새로운 연구방법과 인식에 의해 내부로부터 폭파된 채로, 자연의 수많은 요소와 수많은 법칙에 사로잡혀 있는 이 인간은 지위와 존속의 측면에서 우리에게 똑같이 문제적인데, 게다가 자연에 대해 우리가 갖고 있는 이미지는 가장 급진적인 변화 속에 있다. 그리고 이제 계몽주의를 되돌아보자. 계몽주의에서 자연법칙은 자연의 이해 가능한 질서와 결코 어디서도 모순되지 않았으며, 계몽주의는 이 질서를 규칙이라는 의미에서 이해했고, 그 질서에 종속된 것들을 상자 속에, 학문을 〔전문 분야의〕 칸막이 속에, 소유물을 작은 상자 속에 넣어 낱낱이 열거했는데, 그러나 〔예외적으로 인간의 경우에는〕 오로지 이성의 재능에만 근거해서 〔다른〕 피조물에 대해 인간을 부각하기 위해 호모 사피엔스로서 피조물과 대비했다. 이런 식으로 편협함(Borniertheit)이 있는 곳에서 휴머니티는 그의 숭고한 기능을 펼칠 것이며, 이것이 없다면 휴머니티는 위축될 것이라는 선고를 받았다. 빈약하고 제한된 존재와 참된 휴머니티의 상호의존성이 다른 어디에서보다도 칸트에게서 분명하게 나타난다면, — 칸트는 학교장과 호민관 사이의 중간에 정확히 위치한다 — 칸트의 남동생이 보낸 편지는 철학자의 저서에서 의식화되어 있는 생활감정이 민족 내에 얼마나 깊이 뿌리내리고 있는지 보여준다. 간단히 말해, 휴머니티에 대해 논할 때, 시민들이 살던 방의 협소함을 잊어서는 안 된다. 계몽주의가 이 방 안으로 빛을 비쳐주었다. 동시에 이로써 더 깊은 사회적 조건이 표명되었는데, 이들 조건에 기반해 칸트와 그의 형제자매의 관계가 형성되었다. 그가 그들에게 베풀어준 돌봄과, 무엇보다도 그가 유언자로서 그의 의도와 그 밖의 그의 살아생전에 그들에게 제공한 지원에 대해 놀라울 정도로 솔직하게 알려주는 태도, 그래서 그는 아무도, 다시 말해 그의 형제자매 중 누구도, "그들의 수많은 자식도 — 그들 중 일부는 이미 또한 아이들을 키우고 있으며 — 이들 모두가 가난에 시달리지 않도록 하였다".[5] 그리고 그는 세상에서의 그의 자리가 빌 때까지도 그렇게 계속할 것인데, 왜냐하면 그런

---

5) 이마누엘 칸트가 1796년 12월 17일에 남동생 요한 하인리히 칸트에게 보낸 편지의 일부이다.

다음에도 바라건대 그의 친척과 형제자매를 위해 아마도 적지 않은 무엇인가가 또한 남아 있을 것이기 때문이라고 덧붙여 쓰고 있다. 조카들이 이 편지에서처럼 또한 나중에 경애하는 삼촌에게 "글로써 〔······〕착 달라붙은" 점은 납득할 만하다. 비록 그들의 아버지가 이미 1800년에 철학자보다 먼저 세상을 떠났지만, 칸트는 원래 동생의 몫으로 생각해두었던 것을 그들에게 물려줬다.


## 요한 하인리히 칸트[6]가 이마누엘 칸트[7]에게 보낸 편지

알트라덴, 1789년 8월 21일

*나의 가장 사랑스러운 형!*

우리가 여러 해 동안 서로 편지 왕래 없이 지내다가 이후에 다시 가까워진 것이 그리 옳지 않은 것은 아닐 거예요. 우리 둘 다 이제 늙었으니, 곧 우리 중의 하나는 영원 속으로 건너가겠지요. 그러니 당연히 우리 둘 다 언젠가 우리가 보낸 시간에 대한 기억을 다시 새롭게 떠올릴 거예요. 앞으로 우리가 때때로 — 비록 드물게 일어나더라

---

6) Johann Heinrich Kant, 1735~1800 : 이마누엘 칸트의 남동생. 쾨니히스베르크에서 공부하고 쿠를란트(Kurland)에서 교육자로 일하다가 1781년에 목사가 되었다.
7) Immanuel Kant, 1724~1804 : 대표적인 독일 계몽주의 철학자로, 주요 저서에 『순수이성 비판』, 『실천이성 비판』, 『판단력 비판』 등이 있다.

도, 몇 년 또는 5년(lustra) 이상 그렇게 흘러가버리지만 않는다면 상관없지요 — 어떻게 지내는지 안부인사하며(quomodo valemus)[8] 서로 연락한다는 조건하에 말이에요.

8년 전부터 나는 학교의 굴레를 던져버리고, 여전히 나의 알트라덴의 목사관에 있는 농촌 공동체의 마을 선생으로 지내고 있어요. 그리고 나의 성실한 가족을 위해 소박하나마 만족스럽게 나의 경작지의 수입으로 먹여살리고 있어요.

말하자면 어느 학파에도 속하지 않는 시골의 조야한 미네르바이지요(Rusticus abnormis sapiens crassaque Minerva).[9]

나는 착하고 품위 있는 아내와 함께 행복한 결혼생활을 하고 있어요. 그리고 나는 외모가 준수하고 심성이 바르고 공손한 네 명의 아이들이 장차 착하고 올바른 사람들이 될 거라고 확실히 기대할 수 있어 기뻐요. 정말로 힘들었던 나의 공직생활에도 그들의 선생님이 되는 것만은 힘들지 않아요. 우리의 사랑스러운 아이들을 가르치는 일은 나와 나의 아내에게 이곳의 외로움 속에서 사회적인 교류생활의 결핍을 대체해주고 있어요. 이것이 나의 언제나 그렇듯이 단순한 나의 삶에 대한 스케치예요.

자, 그럼 가장 사랑스러운 형! 형이 언제나 원하는 것처럼 간결명료하게 — 모든 이의 편의를 위해 그릇된 일을 하지 않도록(ne in publica Commoda pecces), 학자와 문필가로서 — 나에게 알려주세요.

---

8) 'how are we doing?'의 라틴어 표현이다.

9) 고대 로마 시인 호라티우스(Horatius)의 시에서 유래한 표현이다.

지금까지 형의 건강은 어떠했는지, 지금은 어떠한지, 그리고 학자인 형이 세계와 후세의 계몽을 위해 아직 마음속에 품고 있는 생각이 무엇인지 말이에요. 그런 다음에는 나의 친애하는 누나들과 그들의 가족들, 그리고 나의 작고한 존경할 만한 삼촌 리히터의 유일한 아들은 어떻게 지내는지 알려주세요. 기꺼이 형의 답장을 위한 우편비를 지불할 테니까요. 편지는 8절지 크기 정도면 되겠지요. 그런데 바트존이 쾨니히스베르크에 있는데, 그가 분명히 형을 방문할 거예요. 그는 틀림없이 곧 다시 쿠를란트로 돌아올 거예요. 그가 나에게 내가 그토록 간절히 원하는 형의 편지를 가져다줄 수 있을 것 같아요.

형에게 이 편지를 건네준 젊은이의 이름은 라보프스키인데, 라드치빌의 작은 도시 비르젠의 고귀하고 올바른 폴란드 출신의 개신교 목사의 아들이에요. 그는 오데르 강변의 프랑크푸르트에서, 장학생으로 아버지와 같은 것을 공부할 계획이에요. 좋아! 지금으로서는 충분해!(Ohe! jam satis est!) 신이 오래오래 형을 지켜주고 이 편지에 대한 답장에서 형이 건강하고 만족스럽게 살고 있다는 기분 좋은 소식을 전해주시길! 가장 신실한 마음으로 조금의 가식도 없이(nicht perfunctorie) 형을 진정으로 사랑하는,

동생 요한 하인리히 칸트가

나의 사랑스러운 아내가 형을 남매처럼 안아주고 형이 몇 년 전에 보내준 가정부(Hausmutter)에 대해 여전히 고마워하고 있어요. 그리고 지금 나의 사랑스러운 아이들이 이 편지에 '자식들이라고'(à la file)

자칭하고 싶어 해요.


(다음 글은 큰딸이 직접 쓴 거예요.)


예, 존경하는 큰아버지, 그리고 친애하는 고모들,[10] 우리가 전적으로 원하는 것은 큰아버지가 우리의 존재를 알고, 우리를 좋아하고 잊어버리지 않는 거예요. 우리는 마음에서 우러나와 큰아버지를 사랑하고 존경해요. 우리 모두가 보내드립니다. 우리 모두 손수 서명합니다.


*아말리 샬로타 칸트*
*민나 칸트*
*프리드리히 빌헬름 칸트*
*헨리에테 칸트*[11]


---

10) 〔원주〕 쾨니히스베르크에 살고 있는 칸트의 누이 두 명을 말한다.
11) 아말리는 1775년, 민나는 1779년, 프리드리히는 1781년 그리고 헨리에테는 1783년에 태어났다.

1792년 프랑스군이 마인츠를 점령할 무렵, 게오르크 포르스터는 선제후의 도서관 사서였다. 당시 그는 30대였다. 풍족한 삶은 그에게 이미 지나간 과거사였다. 한때 풍족한 시절에 그는 이미 어린 나이에 아버지를 따라 범선을 타고 세계일주 항해 — 제임스 쿡(James Cook, 1728~79)의 항해 (1773~75) — 에 동행했었고, 그러나 또한 그는 이미 어린 나이에 — 번역일과 임시직을 하면서 — 생존투쟁의 혹독함도 맛보았다. 그는 자신이 살던 시대에 독일의 지식인이 겪은 비참함을 그후 오랜 방랑시절 동안 충분히 알게 되었다. 횔덜린이나 야코프 미하엘 라인홀트 렌츠(Jakob Michael

Reinhold Lenz, 1751~92)와 같은 시민처럼 말이다. 그러나 그의 불행은 어느 작은 저택의 가정교사가 겪은 것과는 다르다. 그의 불행의 무대는 유럽이었다. 그래서 그는 이 불행을 초래한 상황에 대한 유럽의 반응을 근본적으로 이해한, 거의 유일한 독일인으로 미리 결정되어 있었다. 1793년 그는 마인츠 도시의 파견 대표로서 파리로 갔고, 독일이 마인츠를 재점령하고 포르스터를 추방함으로써 그의 귀국이 차단된 후에는 1794년 1월에 세상을 떠날 때까지 그곳 파리에 머물렀다. 때때로 그의 파리 편지들의 일부가 출판되었다. 그러나 별 성과는 없었다. 왜냐하면 그의 편지글은 하나의 전체이기 때문인데, 독일의 편지문학 내에서 좀체 그와 같은 것을 찾아볼 수 없을 뿐만 아니라 거의 모든 개별 편지가 하나의 전체인데, 호칭에서부터 서명에 이르기까지 무한정 범람하면서, 이러한 범람은 삶의 주변부까지 가득 채운 경험으로부터 나왔다. 혁명적인 자유가 무엇이며 그것이 얼마나 궁핍한 상태에 의지하고 있는지에 대해 당시에 누구도 포르스터처럼 잘 파악하기는 어려웠으며, 아무도 그처럼 표현하지 않았다. "나에게는 고향도, 조국도, 아는 이도 더 이상 없다. 그 밖에도 나에게 속했던 모든 것이 나를 떠나 다른 것들과 연결되었다. 그리고 내가 지나간 것을 생각하고 나 자신이 아직 어딘가에 속박되어 있다고 여길 때면, 그것은 단지 나의 선택이자 내가 생각하는 방식일 뿐, 강제적인 상황은 아니다. 나의 운명이 좋게 바뀌고 행복하게 바뀐다는 것은 나에게 많은 것을 줄 수 있을 것이다. 그런데 운명이 나쁘게 바뀌는 경우일지라도, 내가 더 이상 우편료를 지불할 수 없을 처지에 놓인다 해도 이 편지들을 쓰는 즐거움을 빼앗아가는 것 이외에는 아무것도 내게서 빼앗아갈 수 없다."[12]

# 게오르크 포르스터[13]가 자신의 아내에게 보낸 편지

파리, 1793년 4월 8일

나는 당신의 새로운 편지를 기다리지 않고, 당신에게 또 편지를 쓴
다오. 나의 천사여. 다만 당신이 진정되고 염려 없이 지낸다는 점을
알았으면 좋을 뿐이오. 나에게 일어날 수 있는 모든 일에도 불구하고
나는 완전히 평온하고 침착하다오. 첫째로, 마인츠가 봉쇄되었다 하
여 모든 것을 잃어버린 것은 아니라오. 내가 더 이상 마인츠에 있는
나의 지인들로부터 한 통의 편지도 받지 못한다고 해서 그 점이 나를
그렇게 괴롭히지는 않겠지요. 이러한 상실로 인해 처음에 느낀 고통
은 지나가버렸지요. 구해낼 수 있는 것을 가능하다면 구해낼 수 있기

---

12)  1793년 7월 7일 포르스터가 아내에게 보낸 편지의 일부이다.

13)  Johann Georg Forster, 1754~94 : 독일의 탐험가이자 근대적인 여행문학의 선구
사. 1777년에 제임스 쿡 선장과 함께한 항해(1772~75)를 기록한 『세계일주 항해』
(*Die Reise um die Welt*, 영어 제목은 *Voyage round the World*)를 영국에서 출판하고 이
후 1778~80년에 베를린에서 독일어판을 출판함으로써 이름을 알렸다. 이후 독일
마인츠에서 도서관 사서로 일하다가 1793년 초부터 마인츠 공화국 수립에 적극적으
로 참여했다. 마인츠 공화국은 시민적 민주주의 헌법에 기초한 독일 최초의 공화국
이라는 역사적 평가를 받고 있다. 독일 최초의 민주주의 의회인 국민의회
(Nationalkonvent) 의원이었던 그가 마인츠 공화국을 대표해 마인츠 공화국을 프랑
스에 합병하기 위한 협상자로서 프랑스 파리에 체류하는 동안, 1793년 7월 프랑스
에 맞선 연합군이 마인츠를 재점령함으로써 마인츠 공화국은 사라지고 포르스터는
망명생활을 시작했다. 포르스터는 파리에서 궁핍한 망명생활을 하던 중에 마흔 살
의 나이에 폐렴으로 세상을 떠났는데, 당시 프랑스혁명의 공포정치에도 불구하고 혁
명의 이상에 대한 확신을 거두지 않았다. 독일제국 및 나치 정권 아래에서 '민족의
배반자'로 낙인찍혀 대중으로부터 외면당했으며 제대로 평가받지 못했다.

위한 방책을 퀴스틴[14]을 통해 강구한 이후로는 나는 더 이상 그것에 대해 생각하지 않는다오. 나에게 남아 있는 것이 단지 나 자신밖에 없을지라도, 나는 당신을 위해 일할 것이며 그래서 곧 모든 것이 회복되도록 할 것이오. 나의 작은 소유물의 값어치는 300금화를 넘지 않는다오. 왜냐하면 내가 증서, 그림과 책 중에서 잃어버린 것은 전혀 계산하고 싶지 않기 때문이오. 지금 나는 일할 의지가 충분히 있고 능력이 있으면 먹을 빵에 대해 걱정할 필요가 없는 곳에 있소. 나의 동료 대표의원 두 명은 사정이 더 좋지 않소. 그사이에 우리는 세비(歲費)를 받고 있소. 다른 방도로 우리를 위한 편의가 마련될 때까지 그럴 것이오. 이미 오래전에 나는 여행자처럼 살아가는 데에, 그리고 더 이상 다혈질적인 희망을 품지 않고 살아가는 데에 익숙해지고자 한다오. 나는 그것이 철학적으로 맞다고 생각하고, 그 속에서 진보를 만들어낼 거요. 또한 우리가 계속 살아가고 우리의 상황을 안전하게 보장하는 데에 필요한 어떠한 것도 소홀히 하지 않는다면, 그것이 우리가 항상 정중하고 독립적인 태도를 유지할 수 있게 하는 유일한 방도일 거라고 나는 믿고 있소.

모든 것은 멀리서 보면 좀 더 가까이 볼 때와는 다르게 보일 것이오. 이 격언이 매우 끈질기게 떠오른다오. 나는 아직 나의 원칙을 철저히 지키고 있소. 그러나 내가 보기에 이 원칙에 충실한 자들은 거의 없다오. 모든 것은 맹목적이고 격정적인 분노이며 질주하는 당파

---

14) Adam-Philippe de Custine, 1740~93 : 프랑스혁명 당시의 장군. 그가 이끈 프랑스 혁명군이 1792년 10월 21일에 독일 마인츠를 점령했다. 이후 적과 함께 반혁명을 시도한 음모를 꾸몄다고 고발당해 파리의 단두대에서 처형되었다.

적 정신이고 모든 것은 빠르게 끓어오르는데, 이것은 결코 이성적이고 차분한 결과에 도달하지 않소. 한편으로 나는 통찰과 재능을 찾아내지만, 그것은 용기도 없고 힘도 없소. 다른 한편으로 나는 육체적 에너지를 발견하지만, 이 에너지는 무지함에 이끌려서 단지 매듭을 정말로 끊어내야만 하는 곳에서만 바람직하게 작용한다오. 그렇지만 흔히 사람들은 매듭을 풀어야 할 때에 그것을 끊어내버린다오. 지금은 모든 것이 곧 결정날 첨예한 순간이오. 물론 나는 적들이 성공할 것이라고 믿지 않소. 그러나 국민들은 또한 항상 저항해 들고 일어나야만 하는 것에 대해 결국 지치게 될 것이오. 따라서 누가 가장 오랫동안 버티는가가 관건일 테지요. 만일 프랑스가 지금 자신의 의도를 관철하지 않는다면, 유럽에서 전제권력이 완전히 참을 수 없는 상태가 틀림없이 될 것이라는 착상이 언제나 나를 매우 화나게 만들고 있소. 그래서 나는 덕목과 권리와 정의에 대한 모든 믿음과 격리되지 않은 채로 그 착상에 대해 생각할 수 있고, 그러한 희망이 수포로 돌아가는 것을 지켜보기보다는 차라리 이 모든 것에 절망하고 싶소. 여기서 차분히 생각하는 자들은 거의 없거나 그러한 자들은 숨어 있다오. 민족은 이전에 그랬던 모습 그대로라오. 경솔하고 변덕스러우며, 견고하지 않고, 온기가 없으며, 사랑도 없고, 진리도 없다오. ― 오직 머리와 환상뿐이며, 심장도 감정도 없소. 이 모든 것에도 불구하고 이 민족은 대단한 일을 벌이고 있소. 왜냐하면 바로 이 차가운 열기로 인해 그들(프랑스인들)은 영원한 불안감을 느끼고 온갖 고귀한 자극에 고무되는 것처럼 가장하기 때문인데, 여기에는 그러나 단지 이념의 열광만 있지 사실의 감정은 없소.

나는 아직 극장을 찾아가 연극을 본 적이 없소. 나의 늦은 식사 탓에 연극시간을 맞춰 갈 수가 없소. 또한 나는 연극에 흥미를 거의 느끼지 않고, 지금까지의 작품들은 나의 관심을 끌지 못했소. 아마도 나는 한동안 여기에 머물 것이며, 어쩌면 사람들은 내가 어느 사무실에서 일하도록 하거나, 어쩌면 나를 멀리 보내버릴 것이오. 나는 모든 것을 각오하고 있으며, 모든 일에 대비하고 있소. 이것이 더 이상 아무것에도 묶여 있지 않고 셔츠 여섯 벌 이외에는 어떤 것에도 더 이상 주의할 필요가 없는 내가 처한 상황의 이점이오. 다만 내게 유일하게 남아 있는 불편한 점은, 내가 모든 것을 운명에 맡겨야만 한다는 점이오. 그리고 나는 그것을 기꺼이 할 거요. 왜냐하면 근본적으로 사람은 이러한 신뢰를 가지는 한, 자신을 결코 불행하다고 느끼지 않을 것이기 때문이오. 나는 다시 〔봄에〕 나무들에서 피어나는 첫 번째 초록색을 기쁘게 바라볼 거요. 나에게는 그것이 개화하는 꽃의 흰색보다 훨씬 더 감동적이오.

　우리는 1798년에 그려진 자무엘 콜렌부슈[15]의 소형 초상화를 가지고 있
다. 그는 마른 중간키에, 흰 곱슬 머리카락 위에 벨벳 모자를 쓰고 있다.
콧수염 없는 귀족적인 코, 친절해 보이는 열린 입, 힘찬 턱, 한때 앓았던
천연두의 흔적이 있는 얼굴, 백내장으로 인해 흐릿해진 눈. 이것이 그가 세
상을 떠나기 5년 전의 모습이다. 그는 처음에는 뒤스부르크에서, 나중에는
바르멘에서 그리고 마지막에는 게마르케에서 살았다. 다음의 편지는 그가

---

15)　Samuel Collenbusch, 1724~1803 : 독일 성서주의자이자 경건주의의 대표적인 인물.

게마르케에서 살던 시절에 쓴 편지이다. 그의 직업은 의사였고, 목사는 아니었으나 부퍼탈의 경건주의자[16]들의 주요 지도자였다. 그의 정신적 영향은 의견을 말로 전달할 때 그리고 또한 많은 분량의 편지 교환에서 작용했다. 편지 교환의 장인적인 스타일은 괴팍한 개성으로 가득 차 있다. 그렇게 그는, 예를 들어 지역 공동체에서 회자되는 그의 격언에서처럼 편지글에서도 맥락 내에서 강조하는 말들을 마찬가지로 강조하는 다른 말들과 독특한 선긋기로 연결하는데, 이때 이 두 개의 말은 조금이라도 서로 관계있는 것처럼 보이지는 않는다. 콜렌부슈의 편지 중에서 칸트에게 보낸 일곱 통의 편지가 남아 있다. 그러나 그중에서 극히 일부만 부쳤을 것이라고 추측할 뿐이다. 다음의 편지는 〔칸트에게 쓴〕 일련의 편지 중 첫 번째 편지이자 칸트가 받아본 편지이다. 그러나 사람들에게 알려진 범위 내에서, 칸트는 이에 대해 답장을 보내지 않았다. 두 남자는 정확한 의미에서 동년배이다. 그들은 1724년 태어났다. 콜렌부슈는 칸트보다 1년 전, 즉 1803년에 세상을 떠났다.

---

16) 경건주의는 17, 18세기 독일의 루터파 교회의 개혁운동 중의 하나였다. 경건주의 운동은 교회 내 세속화에 맞서 프로테스탄트 종교의 헌신적 이상을 새롭게 하고자 했다.

## 자무엘 콜렌부슈가 이마누엘 칸트에게 보낸 편지

*나의 친애하는 교수님께,*

1795년 1월 23일

희망이 심장을 기쁘게 합니다.

나는 나의 희망을 1,000톤의 금을 받더라도 팔지 않을 것입니다.

나의 믿음은 놀랍게도 신으로부터 좋은 것을 많이 바랍니다.

나는 노쇠한 70대 남자이고, 거의 눈이 멀었고, 의사로서 판단컨대, 나는 얼마 안 되어 완전히 눈먼 자가 될 것입니다.

나는 또한 부유하지도 않습니다. 그러나 나의 희망은 매우 커서 어떤 황제하고도 내 처지를 바꾸고 싶지 않습니다.

이 희망이 나의 심장을 기쁘게 합니다!

나는 올여름에 도덕과 종교에 대한 당신의 글을 두세 번 낭독했습니다. 내가 받아들일 수 없는 점은 당신이 거기에 쓴 것이 진심일까 하는 점입니다. 모든 희망과 완전히 무관한 순수한 믿음, 그리고 모든 사랑과 완전히 무관한 순수한 도덕, 이것은 학자들의 공화국에서 발생하는 기이한 현상입니다.

그렇게 무엇인가를 집필하는 최종 목적은, 아마도 기이한 모든 것에 대해 놀라워하는 습관을 가진 사람들의 성향을 보고 즐거워하기 위한 욕구일 것입니다. 나는 희망으로 가득 찬 믿음에 호감을 가지고 있으며, 이 믿음은 자기 자신과 이웃 사람을 개심(改心)시키는 사랑을 통해 활동하고 있습니다.

기독교에서는 어떠한 규약도 어떠한 할례도 어떠한 음경의 포피도 중요하지 않다고 하는데, 「갈라티아 신자들에게 보낸 서간」 제5장에 쓰여 있습니다. 승려도, 예배도, 순례도, 생선 먹기 등도 중요하지 않습니다. 나는 사도 요한을 믿습니다.

　「요한의 첫째 서간」 제4장 제16절: 신은 사랑이다. 그 사랑 안에 머무르는 사람은 신 안에 머물고, 신은 그 사람 안에 머문다.

　신은 그의 이성적 피조물을 개심시키는 사랑입니다. 신에 대한 이러한 믿음과 이웃을 개심시키는 사랑에 대한 이러한 믿음 속에 있는 자는 신으로부터 이 세상에서는 성직자의 축복(「에페소 신자들에게 보낸 서간」 제1장 제3~4절)으로, 미래의 세계에서는 개인적인 영광과 부유한 유산으로 보답받을 것입니다. 나의 이성과 의지가 이 희망찬 믿음을 모든 희망과 완전히 무관한 어떤 믿음과 혼동하는 것은 불가능합니다.

　나는 당신이 신으로부터 어떠한 좋은 것도 기대하지 않는다는 점을 유감스럽게 생각합니다. 이 세상에서도 미래의 세상에서도 말이죠. 나는 신에게 많은 좋은 것을 기대합니다. 나는 당신이 나와 동일한 신조를 갖기를 바라며 존경과 애정을 표시하며 이만 줄입니다.

　　　　　　　　　　　　　　　　　　당신의 친구이자 시종인
　　　　　　　　　　　　　　　　　　자무엘 콜렌부슈

게마르케, 1795년 1월 23일

추기:

성서는 피조물을 개심시키는 사랑의, 단계적이고 상승하고 있는, 스스로와 일치하고 연관되어 있는 완전한 계획입니다. 예를 들어 나는 죽은 자의 부활을 신이 그의 피조물을 개심시키는 사랑의 실행으로 간주합니다.

나는 이것이 기쁩니다.

구술 전승에 따르면, 페스탈로치는 자신의 무덤에 거친 막돌 이외의 다른 기념석이 세워지는 것을 원치 않았다. 그 자신이 또한 단지 거친 막돌이었다는 것이다. 페스탈로치는 자연을 고상하게 만들려고 하기보다는 — 이 막돌처럼 — 인간의 이름으로 자연에 정지를 명하고자 했다. 이것이 또한 다음에 이어지는 편지의 본질적인 내용이다. 인간의 이름으로 열정을 정지하는 것 말이다. 겉보기에 완전히 즉흥적인 대단한 성과들이 자주 그러하듯이 — 다음 편지는 독일 문필계의 대가다운 연애편지에 속한다 — 이것도 어떤 모범(Vorbild)과의 대결이다. 그런데 페스탈로치가 모범으로 삼은

것은 로코코의 아름다운 영혼과 아이들의 종파로서, 반쯤은 경건주의에 열광하고, 반쯤은 양치기 생활의 정취를 풍겼다. 'pastoral'이라는 단어의 이중적인 의미처럼 전원적·종교적 편지가 있는데, 그는 여기서 이와 같은 편지와 경쟁하고 있다. 이때 그는 물론 이 장르의 고전적인 서간집인 루소의 『신엘로이즈』[17] — 이 편지가 쓰이기 6년 전에 이미 나왔다 — 에 대해 거리를 두지 않은 것은 아니다. 1826년 자서전에 쓰여 있기를, "루소의 책은 탈선에 빠지게 하는 탁월한 흥분제였다. 성실하고 애국자적인 신조의 고귀한 비약이 요즘 우리의 탁월한 젊은이들을 탈선으로 이끌고 있다". 문체상의 문제 외에도 — 이러한 문제는 "위험한 사교 전도자"를 거부하는 어법에 의해 극복될 것이다 — 개인적인 문제는 간과할 수 없으며, 여기서 이 문제를 사랑의 전술이 해결해야만 한다. 상대방을 친칭(親稱)인 "너"(du)로 지칭할 수 있는 권리를 얻는 것이 중요하다. 이러한 목적에 양치는 여자 도리스의 이상적인 모습이 도움을 준다. 그녀는 글 후반부에 등장한다. 페스탈로치가 처음으로 '너'를 사용한 시기에 수취인의 자리를 차지한 사람은 그녀임이 틀림없다. 이 편지의 구성에 대해서는 이 정도로 하자. 그러나 여기 사랑에 대해 쓴 문장들이 나타난다는 것을 누가 간과하겠는가 — 그리고 무엇보다도 특히 사랑이 깃드는 장소에 대해 진술하는 문장이 있다. 이들 문장은 지속성의 측면에서 호메로스의 문장과 견줄 수 있다. 단순한 말들은, 사람들이 즐겨 믿듯이, 단순한 심성을 지닌 사람에게서 항상 나오는 것은 아니다. 페스탈로치의 심성은 다른 사람들보다 단순하지 않았다. 단순한 말들은 오히려 역사적으로 형성된다. 왜냐하면 단지 단순한 것만이

---

17)  1761년 출간되었다.

지속될 가망이 있는 것과 마찬가지로, 역으로 말하자면 최상의 단순성은 단지 바로 이 오래 지속된 시간의 생산물이기 때문이다. 이 오래 지속된 시간에 페스탈로치의 저작들도 참여하고 있다. "점점 더 시간이 진척될수록 점점 더 페스탈로치의 모든 저서가 중요해질 것이다"라는, 그의 '전집' 편집자의 언급은 옳다. 그는 종교와 도덕성에 의해서만이 아니라, 특히 경제적인 면을 고려해 교육을 사회적 형편에 따라 조정한 최초의 인물이다. 또한 여기서도 그는 루소의 지배를 받는 시대보다 멀리 앞서 서둘러 나아갔다. 왜냐하면 루소가 자연을 최상의 것으로 칭송하고 그것을 통해 사회를 새롭게 세울 것을 가르친다면, 페스탈로치는 자연에 사회를 파멸시키는 이기심이 있다고 여기기 때문이다. 그러나 그의 비할 데 없이 탁월한 점은 가르침에 있다기보다는 그가 가르치기 위해 생각과 행동 측면에서 발견한 언제나 새로운 연결고리에 있다. 무궁무진한 근원, 이로부터 그의 말들은 예측할 수 없이 거듭 새롭게 부딪히며 새어나오는데, 이 무궁무진한 근원은 그의 첫 번째 전기작가가 그를 회상한 이미지와 가장 의미심장하게 연관되어 있다. "화산처럼 그는 멀리까지 비쳤고 호기심 있는 자들의 주목을 불러일으켰으며 찬미자들을 놀라게 하고 관찰자의 탐구정신 그리고 지구의 여러 지역에 살고 있는 인간 애호가들(Menschenfreunde)의 동참을 불러일으켰다." 이것이 페스탈로치였다. 그는 화산과 거친 막돌이었다.

# 하인리히 페스탈로치[18]가 안나 슐테스[19]에게 보낸 편지

만일 로마 교회의 경건한 지위에 있는 성스러운 성직자가 수도복의 가공하지 않은 천으로 손을 감싸지 않은 채로 어느 소녀에게 손을 내민다면, 그는 참회해야 합니다. 그리고 만일 소년이 소녀에게 키스에 대해 이야기하면서 키스를 해주거나 받지 않는다면, 그는 당연히 참회해야 합니다. 그래서 나 역시 참회해 나의 소녀가 화를 내지 않길 바랍니다. 왜냐하면 소녀가 괜찮은 소년을 사랑한다고 그 소년이 믿고 있다는 점을 그 소녀가 알았을 때 비록 그녀는 화를 내지는 않지만, 그러나 만일 소년이 키스에 대해 말하기만 한다면, 소녀는 분명히 화를 낼 것입니다. 왜냐하면 사람들이 사랑하는 모든 이에게 키스하는 것은 아니며, 소녀들의 키스는 그녀의 여자친구들의 입에만 하도록 정해져 있기 때문입니다. 따라서 소년이 소녀를 키스하도록

---

18) Johann Heinrich Pestalozzi, 1746~1827 : 스위스의 교육학자이자 사회개혁가. 요한 야코프 보드미(Johann Jakob Bodmer, 1698~1783)의 계몽주의 사상을 비롯해 장-자크 루소의 교육소설 『에밀』(1762)과 계몽주의적 교육학의 영향을 받았으며 아내인 안나 슐테스와 함께 1773~74년 마흔여 명의 고아들을 돌보기 시작했다. 그러나 그의 〈가난한 아이들을 위한 교육시설〉은 1779년 경제적 어려움으로 문을 닫았고 이후 1780년부터 20년 동안 저술작업에 전념했다. 1800년 부르크도르프(Burgdorf)에 교육시설을 세우고 독자적인 교육방법과 이론을 발전시켰다. 그의 교육이념은 자연에 따르는 교육을 통해 '머리와 가슴과 손의 힘과 기질'을 조화롭게 펼치는 것이었다.

19) Anna Schulthess, 1738~1815 : 요한 하인리히 페스탈로치의 아내. 위의 편지가 쓰인 연도는 1767년이며 안나 슐테스는 1769년에 페스탈로치와 결혼했다. 페스탈로치가 급진적인 교육 비전을 추구하면서 재정적인 실패를 거듭하는 동안 아내인 안나는 그를 도와 고아원 살림을 도맡았으며, 그녀가 아이들을 돌보는 태도가 페스탈로치의 교육이념에 많은 영감을 주었다.

유혹하고자 시도하는 것은 크고 중대한 죄입니다. 소년이 단 한 명의 소녀를, 더군다나 그가 사랑하는 소녀를 그렇게 하도록 유혹하고자 시도한다면 그 죄는 가장 큽니다.

소년은 그가 사랑하는 소녀를 단둘이 보기를 결코 희망해서는 안 됩니다. 순수하고 죄 없는 사랑의 장소는 소란스러운 모임장소와 불안한 도시의 방입니다. 무엇보다도 '오두막' 주위에 한적한 길과 숲과 초원 그리고 풀밭, 그늘을 드리운 나무들과 호수가 있기 때문에 이러한 오두막을 '애인의 거처'(séjour des amants)로 간주하는 자는 위험한 사교(邪敎) 전도사였습니다. 그곳의 공기가 그토록 맑고, 기쁨과 환희 그리고 쾌활함이 넘치는데, 어떻게 그곳에서 소녀가 애인의 악한 키스에 저항할 수 있어야 한단 말입니까? 그러지 못합니다. 자신의 애인을 만나보길 원하는 겸손한 청년이 있을 곳은 도시 한가운데입니다. 무더운 여름밤, 그는 애인을 바로 증기로 자욱한 방 안의 작열하는 기와지붕 아래에서 기다립니다. 여기에는 산들바람의 속삭임에 맞서 벽으로 둘러싸인 요새가 세워져 있습니다. 열기와 증기 그리고 같이 있는 사람들과 두려움은 젊은이가 예의바르고 품행에 맞게 조용히 있게 할 것이며, 이곳에서는 종종 시골에서는 전대미문인 덕목, 가장 위대한 덕목에 대한 증거가 나타납니다. 말하자면 그 덕목은, 젊은이가 자신의 애인과 함께 있을 때, 그를 잠들게 만듭니다.

그 때문에 나는 참회해야 하며, 이는 정말로 왜냐하면 나는 단둘만의 산책과 키스를 원했기 때문입니다. 그러나 나는 야비한 죄인이고 나의 여인은 그것을 알고 있습니다. 그녀는 나의 참회를 단지 위선적인 참회라고 일컫겠지요. 아마도 그러나 그녀는 다른 것을 원치는 않을 것입니다. 그 때문에 나는 참회하지 않을 것입니다. 그리고 도리스가 화를 낸다면, 나도 화를 내고 그녀에게 이야기할 것입니다.

"내가 무슨 일을 했지? 너(Du)는 나의 편지를 내 허락 없이 읽었어. 그 편지는 네 것이 아니었어. 내가 나 자신을 위해 편지를 쓰면 안 되는가 그리고 또한 내가 원하는 대로 쓰고 키스에 대해 꿈꾸면 안 되는가? 너도 알다시피, 나는 키스를 하지도 키스를 훔치지도 않을 거야. 너는 알고 있지. 내가 대담하지 않다는 점을. 단지 나의 펜이 대담할 뿐이지. 만일 너의 펜이 나의 펜과 싸운다면, 단지 글로 써서 종이로 된 비난으로 나의 종이로 된 대담함을 처벌하기를. 그러나 우리에게 모든 싸움은 전혀 상관이 없어. 네가 원한다면, 너의 펜이 나의 펜에 대해 화를 내도록 해. 하지만 너의 얼굴을 더 이상 분노로 찌푸리지 말고 더 이상 오늘처럼 내가 너로부터 떨어져 있게 하지 마."

나는 영광스럽게도 매우 공손하고 예의에 맞게 편지를 마치는 인사를 드리고 한평생을,


너의 가장 순종적인 시종인

H. P.가

예로부터 매수되지 않은 강직한 시선과 혁명적인 의식이 독일 문학사의 심판대 앞에서 용서받기 위해서는 이에 합당한 이유가 필요한데, 아직 젊거나 천재인 경우가 그러한 이유에 해당된다. 둘 중에 내세울 게 없는 정신의 소유자들, 즉 포르스터나 조이메처럼 남성적이고 엄밀한 의미에서 산문적인 정신의 소유자들은 일반 교양교육의 연옥에 있는 희미한 환영 같은 존재에 불과했다. 조이메가 위대한 시인이 아니었다는 점은 분명하다. 그러나 이 점이 그를 독일 문학사의 가시적인 지점에서 소개되는 다른 많은 이와 구별짓는 것은 아니다. 모든 위기에서 보여준 흠잡을 데 없는 태도와

동요하지 않는 확고부동함이 그를 다른 이들과 구별해준다. 그는 이러한 확고부동한 태도로 — 그는 이전에 헤센의 모병관에 의해 군대에 끌려갔는데 — 장교복을 벗은 후에도 오랫동안 언제나 저항하는 시민의 모습을 보여주는 삶을 살았다. 18세기에 "정직한 남자"라는 표현이 의미한 바를 텔하임(Tellheim)[20]에게서만큼이나 확실하게 조이메에게서도 제대로 읽어낼 수 있었다. 다만 조이메가 장교의 명예를 『리날도 리날디니』[21]에 등장하는 동시대인들의 존경을 받은 강도(强盜)의 명예로부터 그렇게 멀리 떨어뜨려 놓지 않았다는 점에서 차이가 있는데, 그리하여 그는 시라쿠사로 가는 산책길에서 다음과 같이 고백했다. "친구여, 만일 내가 나폴리 사람이었다면, 나는 격분한 정직함 때문에 노상강도가 되어 정부 장관을 강탈하는 일부터 시작하고 싶은 유혹에 빠졌을 거야." 이 산책길에서 그는 한 여성과의 불행한 관계로 인해 생긴 부작용을 극복했다. 그녀는 그에게 유일한 여자였는데, 그는 그녀에게 점차 가까이 다가갔고 그러나 단 한번도 정말로 가까이 다가간 적은 없었다. 그녀는 조이메의 자리를 다음에 이어지는 편지의 수신자인 남자로 대체하면서 그에게 상처를 입혔다. 조이메는 팔레르모 근처의 펠레그리노산을 등반한 일을 묘사하면서 이 실연을 어떻게 극복했는지 이야기해주었다. 그는 생각에 잠겨 걸으면서 그 여자의 이미지가 새겨 있는 마스코트를 꺼냈다. 그는 그 오랜 세월 동안 이 마스코트

---

20) 레싱의 희곡 『민나 폰 바른헬름』(1767)의 남자 주인공. 퇴역한 텔하임 소령은 명예를 소중히 여긴 인물로 그려졌다.

21) 리날도 리날디니(Rinaldo Rinaldini)는 크리스티안 아우구스트 불피우스(Christian August Vulpius, 1762~1827)의 환상소설 『리날도 리날디니』(1797~1800)라는 동명 소설의 주인공이며, 고귀한 강도로 알려져 있다.

를 간직하고 다녔다. 그는 그것을 손가락 사이에 꺼내 들며 그것이 부서져 있음을 돌연 알아보았다. 그리고 그 조각들을 마스코트의 틀 세팅과 함께 깊은 절벽 아래로 던져버렸다. 이것이 그가 자신의 대표작의 다음 구절에 자신의 사랑에 대해 세워놓은, 훌륭하고 진정으로 타키투스적인 비문의 모티프이다. "예전에 나는 그녀의 작은 이미지라도 보면 그것을 뒤쫓아다니고 싶어 했었지. 지금도 아직은 진짜 그녀의 모습을 보고 뒤쫓아가고 싶긴 하다네."


## 요한 고트프리트 조이메[22])가 자신의 옛 약혼녀의 남편에게 보낸 편지[23)]

*귀하께!* [24)]

우리는 서로 알지 못합니다. 그러나 나의 서명이 당신에게 말해줄

---

22) Johann Gottfried Seume, 1763~1810 : 독일의 저술가. 대표작으로 『1802년 시라쿠사로의 산책』(*Spaziergang nach Syrakus im Jahre 1802*, 1803)이 있다. 1801~02년에 이탈리아 시칠리아 동쪽 해안의 시라쿠사까지 7,000킬로미터를 걸어서 여행했다. 1805~06년의 두 번째 유럽 여행에서는 러시아와 핀란드, 스웨덴을 다녀와 여행기를 출판했다. 타지(他地)의 문화를 정확하고 냉철하게 관찰하고 기록하는 조이메의 주관적이고도 고집스럽고 정치적이며 비판적인 여행기는 이후 여행문학에 많은 영향을 주었다. 특히 북아메리카와 독일에서의 강압적인 군복무 경험으로 인해 개인과 민족의 자유에 대한 권리를 옹호하기 위해 애썼다. 말년에는 경제적 사정도 악화되었고 발의 통증뿐만 아니라 신장병도 앓았다. 사후인 1813년에 미완성 자서전인 『나의 인생』(*Mein Leben*)이 친구인 출판업자 게오르크 요아힘 괴셴(Georg Joachim

거예요. 우리가 완전히 서로 모르는 사이는 아니라는 것을 말이죠. 나와 당신 아내의 지난 시절의 관계에 대해 당신이 모를 수는 없으며, 몰라서도 안 되며, 모를 필요도 없습니다. 나와 좀 더 일찍 알게 되었더라면, 당신은 나쁘게 생각하지 않았을 것입니다. 나는 어느 누구의 행복도 방해하지 않을 것입니다. 부인이 나에 대해 전적으로 잘 행동했는지에 대해 나는 당신과 마찬가지로 [제대로] 판결을 내릴 수 없습니다. 우리 둘 다 이에 대해 상관이 있기 때문입니다. 나는 기꺼이 그녀를 용서하고 그녀의 행운을 기원합니다. 내 마음이 무엇인가 다른 것을 소원한 적은 없습니다. 그런데 나의 몇몇 친구는 [나에게 실연의 상처를 남긴 그녀에게] 일이 그렇게 된 것에 대해 나에게 축하인사를 하곤 합니다. 그들은 내가 그렇게 생각하도록 설득하곤 하지요. 그러나 나의 심장은 이러한 설득에 피를 흘립니다. 당신은 나를 잘 알지 못하기에 나에 대해 섣불리 판단을 내려서는 안 됩니다. 나는 안티노오스도 아니며 이솝도 아닙니다. 그러나 뢰더 양은, 특히 그녀가 나에게 매우 소중한 약속을 했을 때, 정직하고 선량한 남자를 만났다고 틀림없이 믿었을 것입니다. 하지만 그것에 대해서는 말하지

---

Göschen, 1752~1828)과 크리스티안 아우구스트 하인리히 클로디우스(Christian August Heinrich Clodius, 1772~1836)에 의해 보완·출간되었다.

23) 조이메는 자신과 헤어지고 다른 남자와 결혼한 옛 약혼녀 빌헬미네 뢰더가 자신과 약혼했던 과거가 드러나 곤경에 처하자 그녀를 돕기 위해 그녀의 남편에게 편지를 써서 사태를 수습하고자 애쓴 것으로 추정된다. 독일 뤼첸(Lützen)의 향토박물관에 있는 '고트프리트 조이메 전시실'에 조이메가 뢰더에게 보낸 연애편지가 보관되어 있다.

24) 독일어 'Mein Herr'을 직역하면 '나의 주인'이지만, 일반적으로 다른 사람을 부를 때 쓰는 표현이므로 '귀하께'로 의역한다.

맙시다! 나를 정당화하는 일은 내게는 어울리지 않습니다. 다른 사람을 비난하는 일은 더욱더 어울리지 않고요. 열정이 하는 일을 열정이 했던 것이지요. 나는 당신의 친구가 아닙니다. 우리가 처한 상황은 이것을 용납하지 않지요. 그러나 나는 정직하기에 내가 마치 당신의 친구인 것과 같은 상황이 당신에게 그만큼 좋을 것입니다. 당신 스스로는 그 일에서 그렇게 전혀 진지하지 않은 젊은 사람처럼 행동했습니다. 나는 당신에게 행운이 있기를 바랍니다. 당신은 그것이 필요할 것입니다. 당신의 아내는 좋은 사람입니다. 나는 그녀를 세심하게 관찰했습니다. 그리고 나는 품위 없는 여자에게 마음을 빼앗길 정도의 사람은 아닙니다. 우리 사이에 어떤 처벌받을 만한 일이 일어나지 않았다는 점에 대해 내 성격과 지금의 행동방식이 당신에게 반드시 보증해줄 것입니다. 당신은 그녀의 몇몇 잘못을 용서해야 하며 스스로 잘못을 저지를 필요는 없습니다. 내게 중요한 일은 당신 두 사람이 행복한 것입니다. 만일 당신이 인간의 마음에 대해 무엇인가를 알고 나를 그냥 평범한 사람으로 간주하지 않는다면, 당신은 그것을 납득하실 거예요. 일반적인 소식을 전해들을 수 있을 정도로 당신들이 어떻게 사는지에 대해 전해들을 수 있겠지요. 왜냐하면 나는 베를린에서 완전히 이방인은 아니기 때문입니다. 나는 베를린에 종종 있었지요. 나는 지금 다시 무관심해질 수 없습니다. 이 점을 그녀는 예전에 믿었어야 했고 그 당시에 조치를 취했어야 했습니다. 당신이 유행에 따라 결혼생활을 한다면, 그것은 나에게 가장 끔찍한 일이 될 것입니다. 당신에게 부탁하건대, 당신의 행복과 내게 남아 있는 안식을 생각한다면 또한 무엇보다도 우리에게는 반드시 소중한 사람의 행복을 생각한다면, 결코, 결코 경솔하지 마십시오. 당신은 남자입니다. 당신에게 모든 것이 달려 있습니다. 빌헬미네의 평판이 나빠진다면, 나는 나 자신을 위해 끔찍하게 복수할 것입니다. 용서해주시고 무례하다고 여기지 마십시오. 당신은 시대와 사람을 알아야 합니다. 두려움은 안전을 가져다줍니다. 나는 내 의지에 따라 당신의 아내를 다시는 만나지 않을 것입니다. 당신 자신도 항상 당신의 의무를 이행한다면, 당신은 진지한 순간에 항상 그녀에게 나에 대한 기억을 환기할 것입니다. 그것은 그녀에게 효과가 있을 것이며 당신에게 해를 끼치지 않을 것입니다. 나의 영혼 속에는 이러한 상황에서 단지 사랑 또는 경멸이 살 수 있습니다. 나는 나 자신을 압니다. 첫 번째 것인 사랑은 갱년기가 되면 우정이 될 수 있습니다. 그리고 하늘이 당신과 나를 두 번째 것인 경멸로부터 보호하기를. 그것의 징후는 끔찍할 것입니다.

나는 부인이 지금 나에 대해 또는 아마도 정말로 나에게 불리하게 무엇을 말할지 그녀의 영혼을 들여다보고 읽어낼 수 있습니다. 솔직히 내가 바라는 것은, 그녀가 후회하면서 나를 생각하지 않는 것입니다. 귀하께는 그 점을 지속적인 주의력을 가지고 살피는 것이 당신의 고유한 관심사입니다.

내가 당신을 위해 어떤 수고도 할 수 없을 것이라는 점은 매우 있을 법합니다. 마치 당신이 나의 사고방식에 거의 도움을 줄 수 없는 것과 마찬가지지요. 그러나 당신이 내가 그것을 할 수 있다고 믿는다면, 나는 그것을 기쁘고 열렬히 할 동기를 충분히 가지고 있을 것입니다. 나는 답변도 고마움도 기대하지 않습니다. 다만 내가 가능한

한 냉정하게 말한 것을 나의 영혼과 더불어 또는 합당한 침착함을 가지고 바라보십시오. 그러면 당신은 모든 것을 매우 자연스럽게 알아낼 것입니다.

내가 당신을 매우 존중함을 당신에게 진심으로 확약합니다. 그리고 존중받을 만한 자격을 갖추는 것이 당신에게 틀림없이 중요할 것입니다. 편안하고 행복하게 지내십시오! 이 소망 또한 전적으로 진심에서 우러나온 것입니다. 비록 이 소망이 남자가 느껴야 할 정도보다 다소 더 많은 애수와 함께 생기지만요.

그리마에서

조이메

요한 하인리히 포스가 다음에 이어지는 편지에서 친구 장 파울에게 전
달한 내용은 셰익스피어를 독일에서 재탄생시킨 근원으로 독자들을 안내
한다. 편지 작성자는 호메로스 번역자인 요한 하인리히 포스의 둘째 아들
인데, 탁월한 정신의 소유자는 아니었다. "그에게는 힘차게 목적을 향해
밀어붙이는 자립적인 천성이 부족했다. 그는 아버지에게 품고 있던 천진난
만한 사랑과 존경으로 인해 마침내 모든 정신적 독립심을 박탈당했다. 그
는 아버지를 최상의 모델로 여겼는데, 그만큼 아버지의 가치관에 아무런
저항 없이 순종했고 김빠진 목소리로 아버지의 견해를 따라 말하고 아버지

를 대신해 편지에 답장을 쓰거나 연구 중인 아버지의 시중을 들며 도울 수 있음에 만족했다."[25] 그가 처음에는 참을성 있게, 그다음에는 부지런하게 일하며 셰익스피어 번역에서 아버지의 후원을 얻는 데에 성공했을 무렵, 그는 인생에서 가장 큰 기쁨을 느꼈을지도 모른다. 일종의 자연적 원천이 가장 적막한 실개천에서부터, 이름 없는 습지로부터, 좀처럼 적셔지지 않는 물줄기로부터 양분을 공급받는 것과 마찬가지로, 정신적인 원천 역시 그러하다. 그것은 씨앗과 피가 솟아나는 위대한 열정을 먹고살 뿐만 아니라 잘 알려진 '영향'을 받는다기보다는 힘겨운 일상의 땀을, 감격해 흐르는 눈물을 먹고산다. 그 후 물방울은 곧 흘러가는 강물에 휩쓸려 사라진다. 다음에 이어지는 편지는 ─ 독일에서의 셰익스피어 수용사에 대한 독특한 증거인데 ─ 그러한 물방울 중 일부를 간직하고 있다.

## 요한 하인리히 포스[26]가 장 파울[27]에게 보낸 편지

하이델베르크, 12월 25일[28]

어제와 오늘 나는 초년의 유년시절을 회상했는데, 아직도 그로부

---

25) Franz Muncker, "Johann Heinrich Voss", in: *Allgemeine Deutsche Biographie*, vol. 40, 1896, p. 348.

26) Johann Heinrich Voss, 1779~1822 : 독일의 고전문헌학자이자 번역가. 하이델베르크 대학의 그리스어─라틴어 문학 교수를 지냈다. 동생 아브라함과 함께 아버지 요한 하인리히 포스(1751~1826)가 기획한 셰익스피어 드라마 번역작업에 참여했다.

터 빠져나올 수 없습니다. 내가 얼마나 경외감을 가지고 아기 예수를 추모했는지 여전히 생생하게 기억하고 있지요. 나는 아기 예수를 불그스레한 금빛의 날개를 달고 있는 보라색의 작은 천사로 상상했습니다. 그러나 감히 그의 이름을 말하지는 않았습니다. 나의 할머니에게만 말할 수 있었습니다. 나에게는 할머니가 더 존경스럽게 여겨졌습니다. 크리스마스 밤을 며칠 앞두고 나는 조용히 생각에 잠겼습니다만 조급해하지는 않았습니다. 하지만 성스러운 시간이 다가오자, 점점 초조해져 거의 심장이 터질 정도였습니다. 오, 마치 수백 년의 세월이 흘러 비로소 종이 울려퍼진 듯했습니다. — 그리고 몇 년이 지난 뒤 스톨베르크[29]가 오이틴에 살고 있는 이래로, 나의 크리스마

<hr />

평소 병약했던 포스는 1822년 수종(水腫)으로 요절했는데, 그의 주요 업적인 아이스킬로스 비극 번역은 사후 그의 아버지에 의해 완성되어 1826년에 출판되었다.

27) 1936년 출판본에는 편지의 작성연도인 '1817년'이 표기되어 있지 않았다. 이후 벤야민 전집 편집자들은 벤야민의 의도와 무관하게 편지 앞머리에 작성연도를 추가로 표기했으며, 편지의 위치를 클로디우스의 1811년 편지 다음으로 옮겼다.

28) Jean Paul, 1763~1825 : 독일의 소설가. 본명은 요한 파울 프리드리히 리히터(Johann Paul Friedrich Richter)이다. 경제적으로 어려운 처지에 놓여 가정교사를 시작했다. 오늘날 독일 고전주의와 낭만주의 사이의 아웃사이더 작가로 알려졌는데, 이는 그의 작품에 나타나는 기이한 사건과 독특한 풍자 그리고 유머 감각 때문이다. 주요 작품으로 『헤스페루스』(Hesperus, 1795), 『거인』(Titan, 1800~03), 『개구쟁이 시절』(Flegeljahre, 1804~05) 등이 있다. 특히 『헤스페루스』는 당대에 상당한 인기를 누렸다.

29) Friedrich Leopold von Stolberg-Stolberg, 1750~1819 : 독일의 질풍노도 시기의 시인이자 번역가, 법률가. 그는 호메로스와 오시안의 번역으로 잘 알려져 있으며, 프리드리히 고틀리프 클롭슈토크(Friedrich Gottlieb Klopstock), 마티아스 클라디우스(Matthias Claudius), 요한 고트프리트 헤르더(Johann Gottfried Herder) 등에게서 종교적 영향을 강하게 받았다. 말년에는 『예수 그리스도 종교의 역사』(1806~18)를 집필하면서 보냈다.

스에 대한 기쁨은 다른 모습으로 다가왔습니다. 나는 말로 표현할 수 없을 정도로 그를 사랑했으며, 그와 함께 있는 것을 어떤 놀이보다도 더 좋아했습니다. 내가 놀기 좋아하는 아이였는 데도 말입니다. 그의 악수는 나를 내면 깊은 곳까지 전율시켰습니다. 이 남자는 나에게 매우 일찍부터 영어를 가르쳐주었고, 내가 열네 살 무렵 그는 내가 셰익스피어를 읽어야 하는데, 『템페스트』부터 읽으라고 권유했습니다. 이 권유는 대략 크리스마스 6주일 전에 있었습니다. 그리고 크리스마스의 두 번째 날에 나는 데메테르와 헤라의 가면극 장면에 이르렀습니다.[30] 당시에 나는 매우 병약했지요. 나의 어머니는 스톨베르크에게 나를 가끔씩 산책에 동행해줄 것을 부탁했습니다. 이날, 그 일이 일어났지요. 나는 막 그 가면극을 읽으려고 했습니다. 그때 마차가 멈추고 스톨베르크가 나를 다정하게 불렀습니다. "얘야. 이리 오렴, 사랑스러운 하인리히." 나는 마치 미친 사람처럼 밖으로 돌진해 마차에 탔습니다. 이제 나의 심장은 일렁거리고 뒤집혔습니다. 맙소사, 내가 불쌍한 스톨베르크에게 셰익스피어에 대해 얼마나 수다를 떨었던지. 친절한 그는 모든 것을 참은 채 받아주었고 셰익스피어가 나에게 불을 지핀 것에 대해 기뻐했습니다. 집으로 돌아오는 길에 나의 유일한 걱정은 마차가 식사시간인 12시 전에 문 앞에 멈출 수도 있다는 것이었습니다. 그러나 다행스럽게도! 12시 30분 무렵, 우리는 아직 피소 다리 근처에 있었습니다. 이제 나는 스톨베르크 집에서 식사를 해도 되었습니다. 나는 그의 옆자리에 앉았습니다. 나는 아직도

---

30) 〔원주〕 이들은 아리엘이 페르디난드와 미란다를 위해 불러낸 정령들이다.

그 음식들을 기억하고 있습니다. 내가 어스름 무렵에 셰익스피어에게 되돌아왔을 때 셰익스피어가 나에게 얼마나 맛있었는지. 그 이후로 셰익스피어의 『템페스트』와 크리스마스, 그리고 스톨베르크는 나의 환상 속에서 서로 구별할 수 없을 정도로 녹아들었고 또는 하나로 자라났습니다. 성스러운 예수가 온다면 나는 내적 필연성에 이끌리어 그 『템페스트』를 읽어야 합니다. 내가 비록 그 책을 암기하고 있고 마법의 섬에 사는 모든 풀과 줄기를 알고 있지만 말입니다. 그대 소중한 장 파울이여, 그 일은 오늘 오후에 다시 벌어질 것입니다. 나의 죽음의 시간이 예수 축제날과 겹치기를, 그 죽음의 시간이 셰익스피어의 『템페스트』를 읽고 있는 나를 놀라게 하길 바랍니다.

한 세기가 시작할 무렵의 횔덜린 편지 중에, 그의 남아 있는 시들과 비교해 그 어디에서도 뒤떨어지지 않는 문장을 포함하지 않은 경우는 거의 없다. 그러나 이렇게 명작으로 선별될 만한 점이 이들 편지가 지니고 있는 최상의 가치는 아니다. 오히려 최상의 가치는 편지의 비범한 투명성에 있으며, 이 투명성 덕분에 소박하고 헌신적인 편지들은 횔덜린 작업장의 내면으로 향하는 시선을 허락한다. 이 '시인의 작업장'(Dichterwerkstatt)이라는 표현은 대개는 낡아빠진 메타포에 불과하지만, 여기에서는 자신의 의미를 회복하는 데 쓰인다. 이는 횔덜린이 이 기간 동안 후기 시작품에서처럼

대가다운 정밀한 기법으로 언어를 사용하는 모든 실행에 ― 그것이 일상적인 편지쓰기이든 간에 ― 예외없이 전념을 기울인 결과였다. 그가 기회가 있을 때 이따끔씩 쓴 편지글에 나타나는 긴장감 때문에 가장 눈에 띄지 않는 업무용 편지조차 ― 가족에게 보내는 편지는 말할 것도 없이 ― 매우 범상치 않은 문서 자료에 가깝다. 다음에 이어지는 뷜렌도르프에게 보낸 편지가 그러하다. 카시미르 울리히 뷜렌도르프는 쿠를란트[31] 사람이었다. 횔덜린은 언젠가 "우리는 **하나의** 운명을 가지고 있다"라고 그에게 편지를 쓴 적이 있다.[32] 그 말이 열광적이고 상처받기 쉬운 심성을 대하는 외부세계의 태도와 연관되어 있는 한, 그 말은 존속할 것이다. 시문학적인 면에서는 두 사람 사이에 최소한의 유사성을 찾아볼 수는 없지만 ― 다음에 이어지는 편지가 간직하고 있는 ― 쉼 없이 동요하고 방랑하는 횔덜린의 이미지가 라트비아의 어느 신문이 뷜렌도르프에게 헌사한 부고문에서 고통스러울 정도로 거칠게 나타나고 있다. "신은 그에게 특별히 훌륭한 재능을 주었습니다. 그러나 그는 정신병에 걸렸습니다. 그는 어디서나 사람들이 그의 자유를 **빼앗아가려** 한다고 두려워했기 때문에 20년 이상을 떠돌아다녔습니다. 수없이 쿠를란트 전역을, 그리고 여러 차례 리보니아(Livonia)도 도보로 횡단했습니다. 존경하는 독자들은 〔……〕 그가 시골길을 책보따리를 들고 지나가는 모습을 보았을 것입니다." 횔덜린의 편지는 그의 후기 찬가들이 능숙하게 구사했던 단어에 전적으로 기대어 쓰여 있다. 향토적이고 그리스적인 방식, 땅과 하늘, 대중성과 만족감이 그런 단어들이다. 언

---

31) 발트해 연안의 라트비아 남부지역.

32) 1801년 12월 4일자 편지.

어의 벌거벗은 암석이 이미 어디서나 드러나 있는, 가파르게 높은 곳에서 그 말들은, 마치 삼각법 측량의 신호기처럼 "기호의 최상의 방식"이며, 이 언어 기호를 가지고 시인이 측량하는 나라들은 "심적 고통과 생활고" 때문에 그에게 마치 그리스의 관할지방처럼 펼쳐졌다. 그러나 꽃피는 이상적인 곳이 아니라 황폐화한 현실의 모습이고, 서구 민족성, 무엇보다도 독일 민족성과 함께하는 고난 공동체는 역사적 변화의 비밀, 즉 그리스적 정신의 성체 변화의 비밀이다. 이러한 비밀이 횔덜린의 마지막 찬가가 다룬 대상이다.


## 프리드리히 횔덜린[33]이 카시미르 울리히 뵐렌도르프[34]에게 보낸 편지

뉘르팅겐, 1802년 12월 2일[35]


*나의 소중한 이여!*


오랫동안 당신에게 편지를 쓰지 못했습니다. 그사이 나는 프랑스

---

33) Friedrich Hölderlin, 1770~1843 : 독일의 시인. 대표작으로 소설 『히페리온』(1797) 과 시 「빵과 포도주」 등 다수의 작품이 있다. 그의 서정시는 독일 문학 내에서 고전 주의에도 낭만주의에도 속하지 않는 고유성을 지닌 것으로 평가받는다. 무엇보다도 독일 시문학의 최고봉으로 평가받기도 하는 횔덜린의 함축적이고 단편적인 서정시 는 이후 게오르크, 하임, 트라클, 첼란, 바흐만 같은 시인들에게 깊은 영향을 주었 다. 튀빙겐 대학 시절에 헤겔, 셸링 등과 친교를 맺었다. 가정교사를 하면서 경제적

에 있으면서 슬프고 외로운 세상을 목격했습니다. 프랑스 남부의 오두막집과 몇몇 아름다운 장소들, 그리고 애국적인 의심이 불러일으킨 공포 속에서, 배고픔에 대한 공포 속에서 성장한 남자들과 여자들이

---

으로 궁핍한 생활을 이어갔다. 소포클레스와 핀다로스를 번역하면서 이들 고대 그리스 작품을 본받아 송가풍의 시를 짓기 시작했다. 1805년 횔덜린을 후원하던 절친한 학우인 아이작 싱클레어(Isaac Sinclair, 1775~1815)가 반역음모죄로 구속된 뒤 이와 연루된 혐의로 횔덜린도 조사를 받았는데, 당시 담당의사가 횔덜린의 광기가 심해졌다는 진단을 내려 조사가 중단되었다. 이후 1806년 정부당국에 의해 튀빙겐의 병원으로 압송되었고 이 시점부터 동시대인들은 횔덜린을 미친 사람으로 여겼다. 1807년 횔덜린은 '치료 불가'라는 진단을 받고 퇴원한 후, 튀빙겐에서 목수인 에른스트 치머(Ernst Zimmer) 가족의 돌봄을 받으면서 여생을 보냈다. 1822년부터 창작활동을 활발히 재개했으며, 1826년에는 구스타프 슈바브(Gustav Schwab)와 루트비히 울란트(Ludwig Uhland, 1787~1862)에 의해 시집이 편집·출판되었다. 후기 횔덜린이 튀빙겐 시절에 썼던 서정시들은 나중에야 비로소 진지하게 평가받았다. 한편 「조국을 위한 죽음」 같은 애국적인 시는 특히 나치 시대에 유명해졌는데, 당시 나치주의자들은 횔덜린의 자유롭고 공화주의적 사상에 대해서는 함구했다. 이에 반해 죄르지 루카치(György Lukács)나 페터 바이스(Peter Weiss) 같은 좌파적 성향의 작가들은 이러한 보수적이고 독일 민족주의적인 횔덜린 수용에 거리를 두고 그를 평가하고자 했다. 횔덜린의 고대 그리스 문화에 대한 이해는 동시대인들의 이상적 이미지와 구분된다. 그는 1800년 무렵 시대에 부합하지 않는 고대 그리스 문화의 특징에 대해 비극적 운명 개념을 강조했다.

34) Casimir Ulrich Böhlendorff, 1775~1825 : 독일의 저술가, 시인, 역사가. 예나 대학 시절, 횔덜린과 친하게 지냈으며 1800년 브레멘의 김나지움 역사학 교수가 되었다. 그러나 여러 지인의 도움에도 불구하고 사회적으로 정착하는 데에 실패했고, 1804년 이후부터 자살로 생을 마감할 때까지 불안정한 삶을 살았다.

35) 횔덜린은 1802년에 프랑스 보르도에서 함부르크 영사의 가정교사로 일했는데, 1802년 6월에 그가 사랑한 주제테 곤타르트(Susette Gontard, 1769~1802) 부인이 풍진에 걸려 세상을 떠났다. 그해 여름 횔덜린은 갑자기 보르도를 떠나 도보로 프랑스를 횡단해 6월 7일에 라인강을 건넜다. 어머니가 살고 있는 뉘르팅겐에 도착한 횔덜린을 지인들조차도 알아보지 못했다고 한다. 당시 이 정도로 횔덜린의 심신은 피폐하고 정신착란 상태에 놓여 있었다. 횔덜린은 뵐렌도르프에게 보낸 이 편지에서 이 여행에 대해 언급하고 있다.

있었습니다. 자연의 강력한 힘, 하늘의 불과 사람들의 고요함, 자연 속의 그들의 삶 그리고 그들의 속박과 만족, 이것들이 나를 계속 사로잡았지요. 사람들이 영웅들을 모방해 말하듯이, 나는 아폴론 신으로부터 한 대 맞았다고 말해도 되겠지요.

방데(Vendée)[36]와 인접한 지역에서 거칠고 전사다운 모습이 나의 흥미를 끌었습니다. 이것은 순수하게 남성적인 것으로, 이것의 눈과 팔다리 속에서 생명의 빛이 직접 나타나고, 죽음의 감정 속에서 마치 거장다운 뛰어난 기예 속에 있는 듯이 느껴지고, 앎에 대한 갈증을 채웁니다. 운동선수처럼 건장한 남쪽 사람들의 체격은, 고대 정신의 폐허 속에서, 내가 그리스인의 본래적 실체를 더 잘 알게 해주었습니다. 나는 그들의 자연과 지혜를 알게 되었고, 그들의 육체뿐만 아니라 그들이 이곳 풍토에서 어떻게 자랐는지와 자유분방한 창조정신(Genius)을 자연적 힘의 폭력으로부터 지켜내는 규칙도 알게 되었습니다. 이것이 그들의 대중성(Popularität)을, 그러니까 낯선 자연을 받아들이고 이 낯선 자연에 스스로를 전달하는 그들의 방식을 규정합니다. 그 때문에 그들은 고유한 개인성을 지니고 있는데, 최상의 오성이 그리스적인 의미에서 성찰하는 힘인 한에서, 이 개인성은 생동감 있게 나타날 테지요. 그리고 우리가 그리스의 영웅적인 육체를 파악한다면, 이 점은 우리가 능히 파악할 수 있을 텐데, 성찰하는 힘은, 우리의 대중성이 그러하듯이, 다정함(Zärtlichkeit)입니다.

---

36) 프랑스 서부의 해안지역으로, 1793~96년 프랑스 공화국에 맞섰던 왕당파 폭동이 있었다.

나는 고대의 모습을 보고 얻은 인상 덕분에 그리스인들뿐만 아니라 최상의 예술을 통틀어 잘 이해하게 되었습니다. 개념과 진지하게 의도된 모든 것이 가장 높이 움직이거나 현상할 때에도 예술은 모든 것을 멈춰진 상태로 그 자체로 보존하고 있으며, 그래서 그 확실성은 이런 의미에서 기호의 최상의 방식입니다. 몇 차례 영혼의 동요를 겪고 감동을 받은 이후에 얼마 동안은 정착하는 것이 나에게 절실히 필요했습니다. 그리고 나는 그사이 나의 고향도시에 살았습니다.

내가 고향의 자연을 연구하면 할수록 나를 더욱 강하게 사로잡습니다. 뇌우는 가장 높은 곳에서 나타날 때뿐만 아니라 바로 이 광경만으로도, 그것은 권력으로서 그리고 형상으로서 하늘의 형식 속에 있습니다. 빛은 자신의 활동 속에서 합목적적으로[37] 그리고 원칙과 운명적 방식으로서 조형적인데, 그 결과 무언가 우리에게 성스럽게 다가오며, 그것의 운행은 오고 갑니다. 숲들의 특징적인 면모 그리고 한 지역에서 자연의 상이한 특성이 만나는 것, 그 결과 지구상의 모든 성스러운 장소가 하나의 장소 주위에 함께 있으며, 나의 창가를 둘러싼 철학적 빛이 있고, 이것이 이제 나의 기쁨입니다. 그러기에 내가 어떻게 여기까지 오게 되었는지를 잊지 않고 간직하기를! 나의 친애하는 친구여! 나는 오늘날의 시인들에 대해 우리의 입장을 표명하지는 않을 테지만, 〔시인의〕 노래하는 방식의 성격이 전반적으로 달라지고 있습니다. 나는 그렇게 한다고 우리가 성공하리라고는 생

---

37) 1931년 출판된 횔덜린 전집에 실려 있는 이 편지에서 해당 단어는 'nationell'(민족적)이지만, 벤야민의 1936년 『독일인들』에서는 'rationell'(합목적적)으로 다르게 적혀 있다. 옮긴이는 벤야민의 1936년 판본을 따라 번역했다.

각하지 않습니다. 왜냐하면 우리는 그리스인 이래로 다시 조국을 위해, 그리고 자연스럽고 참으로 독창적인 방식으로 노래하기 시작하기 때문입니다.

나에게 바로 편지를 써주세요. 당신의 순수한 말투를 듣고 싶습니다. 예술가들에게는 친구들 간의 프시케가 필요하고, 대화와 편지 속에서 나타나는 생각이 필요합니다. 그렇지 않다면 우리에게는 우리 자신을 위한 어떤 존재도 없을 테고, 〔그러한 존재가 있다고 해도〕 그것은 우리가 만들어내는 성스러운 이미지에 속하겠지요. 잘 지내세요!

당신의 H.

　　1803년 2월 브렌타노는 아르님에게 소피 메로[38]의 간략하고 다소 무미
건조한 편지와 이 편지에 대한 자신의 답장에 대해 가슴 벅차고 진정 어린
마음으로 편지를 썼다. "나와 그녀의 사정을 전혀 개의치 않고, 마치 재기
발랄한 제3자의 행동처럼 모든 것이 가장 예리한 뉘앙스를 지닌 채 상술되

---

38) Sophie Mereau, 1770~1806 : 시인·소설가·번역가. 예나 대학의 법학 교수인 프리
　　드리히 메로(Friedrich Mereau)와 결혼했는데, 예나의 문학 모임에서 클레멘스 브렌
　　타노를 알게 된 후 1801년 이혼했다. 1803년 브렌타노와 결혼했는데, 1806년에 셋
　　째 아이를 출산하다가 세상을 떠났다. 세 아이도 모두 일찍 세상을 떠났다.

고, 그녀의 이야기는 세 가지 형상을 띠고 제시된다네. 즉 이 이야기는 가감 없이 음담까지 하는 짓궂은 장난 그리고 그녀와 자고 싶은 나의 커다란 갈망에 대한 설명, 그녀의 나이와 그녀의 한없이 조야한 시구에 대한 한탄으로 가득하지. 이것은 내가 쓴 편지 중에서 가장 자유분방하고 용감하고 행복한 편지였어. 그리고 가장 긴 편지였다네. 이 편지는 수공업 도제의 음란한 노래 몇 편으로 마무리되네." 그리고 나서 4년 뒤에, "나보다 살 만한 가치가 더 있는 소피는, 태양과 신을 사랑한 그녀는 이미 오래전에 세상을 떠났다네. 꽃과 풀은 그녀와 아이 위에서 자라고 있지. 그 아이는 그녀 안에서 죽은 채로 그녀를 죽였지. 꽃과 풀은 나를 위해 매우 슬퍼한다네!" 이것이 클레멘스 브렌타노 결혼의 작은 미로정원의 입구와 출구이고, 이곳 한가운데에는 첫 아들의 입상이 서 있다. 부모는 그를 아힘 아리엘 틸 브렌타노라고 불렀다 ─ 이 이름들은 지상의 존재를 지시하고 있는 것이 아니라 곧장 다시 하늘로 되돌아가는 신생아가 달고 있는 날개이다. 둘째 아이[39]의 불운한 등장과 함께 마지막이 왔을 때, 아내의 죽음과 함께 브렌타노 위에 있는 모든 것이 붕괴한 것처럼 보였다. 그는 그녀의 곁에서 삶을 어렵게 버텨왔던 것이다. 그는 자신이 무한히 고독해졌음을 알았다. 그리고 예나와 아우어슈타트의 패배 이후 나라가 빠진 혼돈은 그에게서 가장 친밀한 사람마저도 앗아갔다. 아르님은 왕을 따라 동프로이센으로 갔다. 그곳에서 그는 소피가 세상을 떠나고 6개월이 지난 1807년 5월에 브렌타노에게 편지를 썼다. "내가 마음에 품고 있는 많은 생각을 너에게 편지로 쓰고자 하

---

39) 1805년에 사산(死産)한 둘째 아이까지 포함할 경우, 실제로는 그들의 셋째 아이를 지칭한다.

는 마음이 자주 든다네. 그러나 내가 헛되이 쓰고 있다는 생각, 나의 글을 다른 사람들이 읽을 것이라는 생각 때문에 편지 쓰기가 꺼려진다네. 아직 상황은 의심스럽게 마치 빠르게 휘두르는 날카로운 칼처럼 우리 사이의 모든 것을 동요시키고 있네. 만일 그게 사실이고 내가 너에게 어떤 슬픈 일을 상기시킨다면 나는 괴로울 거야. 예나 출신의 점잖고 왜소한 슐로서 박사가 나에게 자네 부인의 죽음에 대해 말해주었다네. 그는 그 부고(訃告)를 신문에서 읽었다고 하더군. 우리는 여기서 모든 것으로부터 단절되어 있지, 그러니까 시대로부터 단절되어 있다고 말해도 되려나. 그러나 나는 자네 아내가 틀림없이 살아 있을 것이라고 확신했고 그 확신을 간직하고 있었어." 이 구절에서 미루어 알 수 있는 것은 다음에 이어지는 감동적인 편지의 부탁이 헛되었다는 점이다. 이 편지는 인쇄되어 출판된 적이 없다. 이는 정확한 조사를 통해 확인된 사실이다. 그래서 문헌에 적혀 있는 그대로 충실히 다시 베껴 옮겼다.


## 클레멘스 브렌타노[40]가 서적상 라이머[41]에게 보낸 편지

*존경하는 분에게!*

이 편지글을 옆으로 치우지 마시고 루트비히 아힘 폰 아르님이 어

---

40) Clemens Brentano, 1778~1842 : 독일의 낭만주의 시인이자 드라마 작가. 요제프 괴레스, 요제프 폰 아이헨도르프, 그림 형제와 더불어 하이델베르크 낭만주의의 대

디에 있는지 알아보고 저에게 알려주시길 바랍니다. 당신은 그와 나의 우정을 알고 있지요. 내가 매우 슬프게도 난산(難産)으로 아이와 함께 잃어버린 소피를 제외하고 그는 항상 내가 사랑한 전부였습니다. 10월 19일 이후로 나는 그에 대해 아무것도 모릅니다. 10월 19일의 경우에도 단지 그가 이날 할레에 있었다는 점만 알고 있습니다. 고통에 완전히 중독되어버린 나의 심정은 생명과 연결될 수 있는 모든 것을 그와 함께 시야에서 놓쳐버렸습니다. 그는 직접 나에게 당신이 훌륭한 분이라고 알려주었습니다. 그리고 당신은 내가 정말 한없이 불행하다는 점을 믿어주시길 바랍니다. 그래요, 너무 비참한 나머지 나는 마치 끝없는 지옥을 걸어다니는 것처럼 그 비탄 속을 지나갈 수 있습니다. 따라서 당신은 곧, 즉시 또는 좋은 신념이 당신을 그것을 하도록 강요하자마자 바로 아르님이 어디에 있는지 그리고 그에게 편지를 쓸 수 있는지, 베를린의 누군가가 그에게 편지를 쓰는지 알려주시기 바랍니다. 당신은 분명히 알아낼 수 있을 것입니다. 그러고 나서 그에 대한 몇 줄의 소식을 나에게 전해주시기를, 적어도 내가 가야 할 도시의 이름을 알려주는 것이 당신에게는 그리 어렵지 않은

표적인 작가에 속한다. 이들 하이델베르크 낭만주의 작가는 무엇보다도 독일의 민족적 정체성을 추구하는 데에 관심을 가졌다. 아힘 폰 아르님(Achim von Arnim, 1781~1831)과 함께 『아이의 요술호른』(*Des Knaben Wunderhorn*, 1805~06)을 비롯해 독일 민요와 전설을 편찬했다. 특히 브렌타노의 「라인 동화」는 오늘날 대표적인 독일 민요로 잘 알려진 '로렐라이 전설'을 탄생시켰다.

41) Georg Andreas Reimer, 1776~1842 : 서적상이자 출판업자로 독일 낭만주의의 저명한 작가들인 노발리스, E. T. A. 호프만, 장 폴, 하인리히 폰 클라이스트, 프리드리히 슐레겔, 루트비히 티크, 피히테, 그림 형제 등의 책을 출판했다.

일일 테지요. 아, 깊은 번민의 한가운데에서 떠돌고 있는 지금의 나에게 그러하듯이, 나를 사랑했던 누군가가 아직 살아 있는지 아는 것만으로도 나에게는 무한히, 이 유한성 속에서, 중요합니다.

 당신이 저에게 편지를 쓰실 거라면, 당신이 제 아내에게 그녀의 『피아메타』[42] 번역에 대해 얼마의 비용을 지불하셨는지도 알려주십시오. 그리고 당신이 아직 얼마를 지불해야 하는지를요. 물론 당신이 그것을 **기꺼이** 지불하신다면, 그러할 때에 당신이 그곳에서 누구에게 돈을 줄 수 있을지에 대해 당신에게 알려드리겠습니다. 이 돈은 나의 작은 의붓딸의 몫입니다. 이곳에서 루돌피 부인이 제 딸을 보살피고 있습니다. 그래서 나는 그녀가 어머니를 소박하게나마 기억하도록 그 돈을 챙겨줘야 합니다.

당신의 헌신적인 클레멘스 브렌타노

하이델베르크, 1806년 12월 19일

---

[42]  조반니 보카치오(Giovanni Boccaccio)가 1343~44년에 쓴 작품으로 1472년에 출판되었다. 라이머는 소피 메로의 번역을 1806년에 출판했다.

"리터는 '리터'(Ritter)[43]라는 단어의 의미 그대로 기사이고 우리는 시종
일 뿐이다. 바더(Baader)조차 단지 그의 시인이다"라고 노발리스[44]가
1799년 1월 29일 카롤리네 슐레겔[45]에게 편지를 썼다. 리터와 노발리스를

---

43) 독일어 'Ritter'는 일반 명사로 '기사'를 의미한다.

44) Novalis, 1772~1801 : 독일의 시인. 독일 전기 낭만주의의 핵심 인물로 『푸른 꽃』으
로 잘 알려진 『하인리히 폰 오프터딩겐』(*Heinrich von Ofterdingen*, 1802)의 저자이다.

45) Caroline Schlegel, 1763~1809 : 독일의 작가로, 1796년 아우구스트 슐레겔과 결혼
했다.

서로 결합하는 것이 있으며, 이에 부합하는 방식으로 노발리스의 진술은 자연과학의 낭만화를 위해 활동한 리터의 중요성을 평가하는 것 이상의 내용을 담고 있다. 동시에 이 진술은 아마도 어떤 낭만주의자에서도 찾아볼 수 없는, 고귀하면서도 동시에 현재와 동떨어진 인간의 태도를 목표로 삼는다. 근본적으로 물리학자의 두 면모인 인간적인 지위와 학문적 태도는 리터에게서 가장 내적으로 상호침투해 있다. 이 점은 그가 늙은 헤르더를 그의 연구의 선조로 삼고 있다고 스스로 증언한 구절에서 드러난다. 이에 따르면, 사람들은 헤르더를 "특히 주중에는" 작가로서 보통 만날 수 있었으며, 그가 창조주를 섬기며 안식하고 가족의 품안에서 하루를 보내는 일요일에는, 그의 모든 작품 너머에 있는 인간으로서의 그를 볼 수 있었다고 한다. 그래서 '낯선 사람들'은 그의 곁에 있어서는 안 되었다고 한다. 그가 ― 그가 매우 좋아한 일로서 ― 어느 아름다운 여름날에 시골 지방, 예를 들어 바이마르와 벨베데레 사이의 일름 강가에 있는 아름다운 숲을 방문할 때면, 물론 그는 훌륭하고 거룩하게 등장한다고 한다. 그러나 그는 가족 이외에 그의 방문지에 동반해도 되는 자를 명확히 밝혀 초대했다. 그러한 날에 그는 때때로 정말로 마치 잠시 일을 멈추고 쉬고 있는 신처럼 등장한다고 한다. 그 자신의 작품이 아니라 신의 작품을 스스로 고양시키고 찬송하는 인간의 모습을 하고 말이다. 그리고 나면 당연히 그의 머리 위로 하늘이 둥글게 아치형 돔을 만들고, 〔그가 실내에 있을 때는 심지어〕 딱딱한 천장조차 물러나 높아진다고 한다. 하지만 그 안의 사제는 여전히 이 시대의 이 땅으로부터 온 것은 아니었다고 한다. 조로아스터의 가르침이 그에게서 부활했고, 경건·생명·평화 그리고 기쁨이 모든 주변세계 속으로 흘러들어 갔다. 여기에서처럼 이와 같은 방식으로 신을 섬기는 교회는 없었다. 여기서는 사람들이 아니라 사제가 교회를 채운다는 점이 입증되었다. 여기서 ─N씨는 무수히 되풀이해 말했는데 ─ 그는 자연, 자연 안의 인간 그리고 본래의 물리학이 무엇인지 그리고 어떻게 후자의 것이 직접적으로 종교인지를 배웠다고 한다. 여기서 N씨는 리터 자신이다. 그 자신을 거리낌 없고 정숙하며 진중하면서 심연 같은 깊이의 천성을 지닌 모습으로 『어느 젊은 물리학자의 유고 단편』(하이델베르크, 1810)의 서문에 묘사한 것이다. 이 남자의 뚜렷하게 구별되는 어조 때문에 이 잃어버렸던 서문은 독일 낭만주의의 중요한 고백 산문이 되었고, 이 어조는 그의 편지들에서도 드러난다. 이 편지들 가운데 보존된 것은 많지 않은 듯하다. 다음의 편지는 철학자 프란츠 폰 바더에게 보낸 것이다. 바더는 힘들게 투쟁하고 있는, 자기보다는 어린 리터를 위해 뮌헨에서 영향력 있는 자리에 있었던 얼마 동안에 무엇인가를 하려고 시도했다. 자신의 『단편들』에 대해 다음과 같이 말할 수 있는 자를 위해 힘쓴다는 것이 확실히 쉽지 않았다. 리터의 진술에 따르면, 이 단편들에는 "단지 대중을 위해, 그러니까 공적으로 일하는 사람들이 갖추게 되는 가벼운 의도보다는 이미 자명하게 더 솔직한 의도가 담겨야 했다. 왜냐하면 그를 제외하고는 아무도, 만일 그를 명하는 것이 허락된다면, 사랑하는 하느님 또는 좀 더 예의바르게 말하자면 자연만이 정말로 그렇게 바라보기 때문이다. 다른 '구경꾼'은 어디서도 그다지 유용하지 않았다. 그리고 나 또한 작품과 대상들이 마치 어느 누구를 위해서가 아니라, 또한 단 한번도 자기 자신을 위해서가 아니라 바로 그 대상 자체를 위해 글을 쓰는 것처럼 할 때에 가장 성공적으로 완성된다는 점을 많은 다른 사람과 공감했다". 작가로서의 이와 같은 신조 때문에 이미 당시 이 신조를 고백한 자는 곤경에 빠졌다. 그러나 그는 이 곤경만을 느낀 것이 아니다. 다음의 편지가 입증하는 바와 같이, 그는 또한 곤경이 부여해준 자신을 표현할 권리와 그것을 행할 수 있는 힘도, 그러니까 운명적 사랑(amor fati)[46]을 느꼈다.


# 요한 빌헬름 리터[47]가 프란츠 폰 바더[48]에게 보낸 편지

1808년 1월 4일


당신의 지난주 편지에 대해 아주 정중하게 감사를 표합니다. 제가 이 편지에 담겨 있는 기억들을 **당신**에게서 얻기를 언제나 가장 좋아한다는 점을 당신은 분명히 알고 있습니다. 여기서 기억들은 저에게 마치 제 자신의 심정에서 생겨난 것처럼 나타납니다. 그리고 저는 그 기억을 또한 그런 것처럼 다룹니다.

---

46) 이 표현은 니체의 『즐거운 학문』(1882)에 등장한다.

47) Johann Wilhelm Ritter, 1762~1810 : 독일의 물리학자. 전기화학 이론의 창시자로 평가받는 그는 전기화학적 과정을 연구하고 1801년에는 자외선을 발견했다. 아울러 그는 최초로 충전기를 발명하기도 했다. 예나에서 낭만주의자들과 교류했으며, 괴테와 헤르더, 알렉산더 폰 훔볼트, 브렌타노 등이 그를 학문적 동지로 평가했다. 전기화학 실험을 자신의 몸에 직접 행하곤 했던 그는 결국 서른네 살의 나이에 요절했다.

48) Franz von Baader, 1765~1841 : 독일의 철학자이자 광산기술자 겸 의사. 독일의 대표적인 광물학자인 아브라함 고틀로프 베르너(Abraham Gottlob Werner, 1750~1817)의 제자로 프라이부르크의 광산 아카데미에서 공부했다. 시장경제 속에서 비참해진 노동자의 연대를 촉구한 초기 사회개혁자였으며, 요제프 괴레스의 철학 모임에도 참석했다.

당신은 저의 작업이 너무 무절제하다고 질책해야 하는 경우에도 그러한 저의 작업을 매번 연구라고 불러주십니다. 바로 이 점이 당신이 저를 알고 있다는 점을 가장 잘 입증해줍니다. 저는 아마도 제 나이의 사람들이 경험할 수 있는 모든 것을 거의 경험해보았습니다. 〔그 가운데〕 많은 것이 제가 추구했던 것은 아니지만, 그 대신에 저는 자주 또한 의도적으로 자제하지 않고 이런저런 일이 생기도록 내버려두었습니다. 저는 다분히 모든 것에서 단지 단 하나 남아 있는 것을 추구했으며, 그것 없이는 어떤 정직한 인간도 있을 수 없습니다. 다만 저는 그리하여 처음 분별력을 갖춘 이래로 그것이 점점 더 복잡하게 엉클어질 것으로 — 저에게 — 예견될수록 점점 더 이에 대해 준비를 갖추고자 했습니다. 또한 저는 단순히 알았다는 것보다는 '살아보았다'는 것이 더 큰 값어치 있는 거라고 생각합니다.

〔제가 제 몸에〕 지나친 외부자극을 〔가하는 실험을〕 허용하는 것에 대해 당신이 말씀하신 것은 부분적으로는 합당합니다. 하지만 저는 결코 전적으로 그렇다고 말하지는 않겠습니다. 제가 본 바에 따르면, 남성적인 삶의 자연적 역사를 저보다 더 진지하고 심오하면서도 진솔하게 신 앞에서, 그리고 고백하면서 시작하고 계속 이어갔던 사람들은 드물 것입니다. 이러한 견해 속에 지나친 자부심이 있다고 보지 마시고 전혀 제한되지 않은 관찰로부터 순전히 발생한 결과라고 생각해주세요. 그 관찰 결과를 표명하는 것은 허용되지요. 그리고 필요시 저는 이 모든 것을 분투하는 저의 운명 속으로 짜넣어진 필연적인 부분으로 여겨야 할 뿐만 아니라 그만큼 저는 이 부분을 더욱 고귀한 부분이자 은밀히 토대를 형성하는 부분이라고 간주해야 합니다. 그

러한 상황에서 제가 무절제하게 처신하거나 그러했을지에 대해 비록 제 자신이 판단하고 싶지는 않지만, 그러나 그렇게 생각하기는 어렵겠네요.

이로써 모든 점을 고려해 저에게는 아마도 제 병의 최종적인 원인이 무엇인지 더 깊이 찾아낼 이유가 있습니다. 이 병은 몇 년 전에 발병했습니다. 저는 병의 원인을 대단히 쉽게 말하고 맞힐 수 있다고 믿습니다. 근심과 걱정이 그 이유입니다. 저의 경제적 사정이 저를 압박합니다. 이에 맞서려는 모든 노력에도 불구하고 **이**는 마침내 신체에까지도 충격을 주었습니다. 이를 위한 극단적인 치료법이 발견된다면 즉시 저 또한 완전히 치유될 것입니다. 어떻게 제가 빚을 지게 되었는지에 대해 **저**는 해명하고 이를 정당화할 수 있지만, 해명하고 정당화할 기회가 누구에게나 제공되는 것은 아닙니다. 다행스럽게도 제 자신은 그럴 기회를 가질 수 있게 되었네요. 당신은 이 점에서 저를 분명히 이해할 것입니다. 어떠한 대가를 치르더라도 결코 너무 비싸지 않은 것이 있습니다. 어떤 선(善)을 위해 누군가는 심지어 사람들을 외견상 속일 수도 있습니다. 저는 분명히 말하지만, 외견상 그렇다는 것이죠. 이 속임수는 상인이 어떤 확실히 성과가 있을 투기를 위해 자신이 감당할 수 있는 것보다 더 많이 돈을 빌리고자 할 때 쓰는 속임수보다 더 대단한 것은 아닙니다.

저 또한 실제 업무에서 방해받은 적이 있었습니다. 왜냐하면 알려져 있다시피 사람들은 〔제가 하는 연구와〕 같은 일에 얼마나 비용이 들 수밖에 없는지 모르기 때문입니다. 얼마나 많은 아름다운 일이 구상단계에 머물러 있는지! 100플로린, 심지어 300플로린으로도 그 계획들을 여전히 실행할 수 없습니다. 그 액수의 굴덴은 그 자체로 상당한 금액이라서 사람들이 놀랄 것인데, 그러한 곳에서는 학술단체와 그와 같은 단체의 정신이 발전할 수 없을 것입니다.

이러한 상황에서 저의 강연수업으로부터 그 어떠한 진정한 유용함이 발생할 수 있겠습니까! 저는 당신과 셸링 그리고 아마도 제3의 누군가와 같은 청중도 갖게 되리라는 점을 알고 있습니다. 그리고 만일 당신만이 저의 유일한 청중이라면, 저는 제가 〔진전시키지 못해〕 내버려둔 작업 중 일부를 살릴 수도 있을지에 대해 기쁜 마음으로 보고 싶을 겁니다. 그러나 당신 혼자만이 청중이 되지는 않을 것입니다. 물론 무수한 다른 사람들이 결정적인 판단을 할 것입니다.이들은 당신을 포함해 앞서 말한 세 명과는 다릅니다. 만일 제가 그들에게 **당신**이 이해하는 것을 말해준다면, 〔당신과 달리〕 **그들**은 아무것도 이해하지 못할 것이며, 그리고 만일 제가 **이들**이 그것을 이해한다고 말한다면, 〔당신이 현장에 계실 경우 금방 이게 사실이 아님을 아실 테니〕 저는 바로 그 강의실 안에서 **당신**을 볼까 봐서 불안해지겠지요. 제가 이미 몇 차례 변덕스러운 상상 속에서 알고 있는 것이지요. 남아 있는 일은 항상 단순히 "기술들을 보여주는 것"입니다.

글을 끝맺을 때가 되었네요. 장문의 편지를 너그럽게 용서해주길 바랍니다. 이번에는 글쓰기가 말하기보다 더 적절하다는 생각이 듭니다. 왜냐하면 당신도 저처럼 말할 기회를 갖기 힘든 처지였기 때문이지요.

괴테의 삶 중에서 가장 큰 파장을 일으킨 사건이 있다. 뜻하지 않은 행
운으로 보아세레 형제로 인해 예순두 살의 괴테가 중세시대에 대해 다시
관심을 갖게 된 것이다. 〔아직 괴테가 젊었을 때〕 중세시대의 발견으로 인
해 슈트라스부르크의 선언인『독일적 특성과 예술에 대해』(*Von deutscher
Art und Kunst*)가 탄생한 적이 있었다.[49] 다음의 편지가 쓰인 시기는 바이

---

49)  괴테는 1770~71년 슈트라스부르크에서 법학을 공부했는데, 당시 그곳에 체류한 헤
    르더와 교류하면서 그로부터 많은 영향을 받았다. 이후 괴테는 슈트라스부르크 대
    성당에 구현된 고딕 건축을 예찬한 소논문「독일적 건축예술에 대해」(Von

마르의 5월경이다. 추측 가능하다면 이 시기에, 『파우스트』 제2부의 완결이 가능하다는 점이 명백해졌다. 그러나 이 편지는 가톨릭교도적인 이미지 세계를 늙은 괴테에게 보여주는 비상한 실험이 얼마나 불안한 마음으로 진행되었는지를 증거하는 제일의 중요도를 지닌 문학사적인 자료일 뿐만 아니라 얼마나 이 남자의 존재가 체계적으로 정리하고 방향을 제시하면서 멀리 떨어져 있는 영역에까지 영향을 끼쳤는지를 보여준다. 여기서 이와 같은 점이 오히려 보아세레의 타지에 있는 친구의 여유 있고 신중한 태도에도 불구하고, 그렇게 경사스럽지 않게 표현된다는 점이 아마도 이 편지글에서 가장 멋있는 지점이다.

## 베르트람[50]이 줄피츠 보아세레[51]에게 보낸 편지

하이델베르크, 1811년 5월 11일

내가 보기에 네가 괴테에게서 경험한 행운은, 비록 네가 가장 화려

---

deutscher Baukunst)를 썼으며, 헤르더가 1773년에 편찬한 『독일적 특성과 예술에 대해』에 실었다. 이 선언문에는 독일의 민족적 성격을 옹호하는 역사학자 유스투스 뫼저(Justus Möser)의 글과 셰익스피어와 오시안을 찬양하는 헤르더의 에세이 두 편도 포함되어 있다. 그런데 괴테는 1811년 보아세레를 만나기 전까지는 고딕 양식에 대한 관심을 잊고 지냈다.

50)  Johann Baptist Bertram, 1776~1841 : 독일의 예술품 수집가이자 예술사가. 보아세레 형제와 함께 네덜란드, 파리, 벨기에, 라인 지방 등을 여행하면서 독일 고대 회화작품들을 수집했다.

한 표현으로 그럴듯하게 칭송할지라도, 예기치 않은 일은 아니야. 너는 내가 겉으로 드러나는 유화적인 태도와 연관해 그 노신사에 대해 어떻게 생각하는지 알 거야. 그러나 나는 고귀한 학자의 역할을 받아들인 너의 마음에 들지 않을 것이고, 인간의 모든 일이 그러하듯이, 마지막을 염두에 두고 있어. 네가 글로써 변명할 수 있다면, 그다음에야 비로소 나는 너를 마음껏 찬양하고 칭찬할 거야. 칸트의 목적 없는 합목적성 원칙이 한물간 이래로, 내가 보기에 순수 미학적 만족이 이 흥미로운 시대에 곳곳에서 제대로 위치지어지지 않았어. 그리고 나는 개신교와 반대되는 생각을 하고 있지. 말하자면 다른 모든 것이 우리에게 주어진 경우에만 비로소 우리는 이미 스스로 하늘나라를 찾고자 할 거야. 그사이에 너보다 중요한 사람들이 높은 명성을 누리고 정당하게 존경받는 그 남자의 박수갈채를 받고자 예술과 학문에서 헛되이 애써왔는데, 이 정도로 이 남자와의 정신적인 친밀함

---

51) Sulpiz Boisserée, 1783~1854 : 독일의 예술품 수집가이자 예술사가. 동생인 멜키오르(Melchior, 1786~1851)와 요한 밥티스트 베르트람과 함께 고딕 건축 양식을 연구하고 고대 독일과 고대 네덜란드 회화작품들을 수집했다. 보아세레 형제는 이탈리아 르네상스 양식에 대한 찬사에 맞서 중세 후기의 독일과 네덜란드의 예술작품에서 강한 기독교적 신앙심을 지닌 중세시대의 이미지가 이상적으로 표현되어 있다는 긍정적인 재평가를 시도했다. 줄피츠 보아세레는 특히 고대 교회 건축술에 대해 예전부터 게르만 민족을 특징짓는 자연감정과 결부시켜 설명했다. 중세시대에 대한 보아세레 형제의 이러한 열광적인 태도는 프리드리히 슐레겔이나 그림 형제 등 독일 낭만주의자들에게 깊은 인상을 주었다. 이들 수집품은 1827년 바이에른의 루트비히 1세(1786~1868)가 구입했으며, 이후 뮌헨의 알테 피나코텍 미술관의 대표적인 소장품이 되었다. 또한 그는 당시 폐허상태로 있던 쾰른 성당의 복원과 완공작업에 결정적인 활력을 불어넣었고 1842년 완공을 위한 기공식에도 참석했다. 그 외에도 괴테로 하여금 고딕 건축술을 다시 주목하도록 했다. 이에 괴테는 줄피츠 보아세레의 1817년 논문인 「고대 독일의 건축술」(Altdeutsche Baukunst)에 서문을 써주었다.

과 결속감을 맺은 것은 네가 진지하고 성실하게 노력한 끝에 얻은 결코 작지 않은 승리겠지. 나 또한 너의 말을 은밀하게 귀 기울여 듣고 싶어. 너는 분명히 내적으로 분을 칠해 꾸미고, 별과 훈장으로 치장하고 그리고 매우 낯설고 동시에 고유한 빛 속에서 희미하게 빛나면서 너의 작은 여관방의 어둠 속에서 완전히 환하게 등장했을 거야. 우리가 언젠가 세상에서 무엇인가로 성공한다면, 사랑스러운 아이여, 우리가 노력과 애씀 없이 바람과 기쁨 속에서 성취한 것은 아닐 거야. 우리는 답답하고 시민적인 집안 형편에서, 오랫동안의 편견에 맞서, 더 높은 것에 대한 냉담함과 둔감함에 맞서, 모든 종류의 고통과 비애에 내몰려 오로지 내적인 더 나은 의식과 충실하고 고집스러운 감각 — 이것은 시대의 안개로 인해 흐려질 수는 있지만, 그러나 질식되어 파괴될 수는 없어 — 만을 고무하고 지지하면서 우리의 길을 묵묵히 걸으며 계속 나아갔지. 우리가 서로 친해진 초창기 시절을, 즉 너의 공부가 조용히 소박하게 시작되던 시기를 내가 얼마나 기쁨에 들떠 회상하는지, 그리고 너를 만류하려고 애썼던 너의 주변 사람들의 영향권으로부터 너를 떼어내고자 의무와 사랑이 나에게 명령하고 있는 것은 아닌지 내가 얼마나 자주 회의적인 기분으로 진지하고 열심히 헤아렸던가. 내가 너에게 무엇을 제공할 수 있을까, 네가 내려야 할 결정이 치러야만 했던 온갖 종류의 희생을 보상받을 수 있도록 말이야? 멀리 있는 어두운 목적, 이것은 단지 오랜 힘겨운 노력과 투쟁을 한 이후에만 성취 가능한 목적인데, 이것은 네가 젊음의 개화와 에너지 속에서 삶의 최상의 자극으로 찬미되는 모든 것을 현재를 위해 포기해야만 성취할 수 있어.

이제 이 시대의 저명한 남자가 너의 계획에 친절하게 동의를 표한다면, 군중이 너의 작업을 경탄하며 넋을 놓고 바라본다면, 그리고 그 환호가 너의 이름을 외국에서부터 조국으로 명예롭게 되실어나르고 있다면, 성 세베랭(Severin)과 성 제레옹(Gereon)의 장벽에서의 그 외로운 산책을 생각해봐. 그곳에서는 경외감을 불러일으킬 정도로 옛 웅장함의 잔해 속에서 조국의 도시가 매우 고요하면서도 말없이 우리 앞에 놓여 있었어. 이 도시의 황량한 장벽 안에서 오랫동안의 무기력함으로 인해 변형되고 지금은 시간의 무게에 눌려 완전히 굴복당한 종족은, 우리가 분투하는 일의 목적에 애정을 갖고 동참했을 어떠한 존재도 우리에게 제공하지 않았지. 그런 까닭에 너는 너의 계획이 성공한 것을 기뻐하고 네가 내세운 목적에 자유로운 용기를 가지고 다가가도록 해.

신과 인간 앞에서 순수하고 선한 의지를 의식하고 있는 자가 시대의 적대적인 야단법석 때문에 그렇게 쉽게 헤매어서는 안 되겠지. 최상의 업무에 생각과 행동을 바친 자에게 지혜가 모자라지는 않을 것이며, 이러한 지혜만이 참된 가치를 가지고 존속할 거야. 또한 그에게는 세계정신을 길들이고 제압할 수 있는 영리함도 부족하지 않겠지.

내가, 너도 보다시피, 진지한 텍스트를 쓰게 되었어. 시대와 상황이 나에게 그 텍스트를 쓰도록 지금 그렇게 종용했던 거야. 즉 네가 너의 노력의 결과들을 세상에 공공연하게 내놓으려고 하는 이 시점에, 그리고 홀로 칩거할 때의 잠깐 동안의 고요가 나에게 우리의 공동 관심사를 건드리고 있는 모든 것에 대해 심사숙고할 여러 기회를 그렇게 제공해주는 이 시점에 말이야.

　　루브르의 장식예술 미술관 내의 작은 부속실에는 장난감이 전시되어 있다. 관람객의 주요 관심사는 비더마이어 시대에서 유래한 몇 개의 인형실이다. 광택 있는 불(Boulle) 식의 소형 공예장농[52]에서부터 정교하게 만들어진 책꽂이 겸용 책상에 이르기까지, 그 인형실은 모든 점에서 당시 명문 귀족 가문에서 사용한 것과 정반대이다. 이 방들의 책상 위에는 『글로브』

----

52)　이 가구들은 프랑스의 공예가 앙드레 샤를 불(André Charles Boulle, 1642~1732)
　　　이 가구를 장식할 때 사용한 세공방식을 따르고 있다.

(Globe)[53]나 『두 세계의 리뷰』(Revue des deux mondes)[54] 대신에 『인형 잡지』 (Magasin des poupées) 또는 『작은 우편』(Le petit courier) 등의 잡지가 64도 각도로 놓여 있다. 벽장식이 있다는 것은 자명하다. 그러나 그 작은 방 가운데 하나에서 긴 안락의자 위에 있는 매우 작은, 그러나 콜로세움을 정밀하게 새겨 만든 모조품과 마주칠 준비를 하기란 쉽지 않다. 인형실에 있는 콜로세움 — 이 모습은 비더마이어 시대의 내적 욕구에 틀림없이 상응했을 것이다. 그리고 이 점은 다음 편지에서, 확실히 이 편지는 사람들이 찾아낼 수 있는 가장 비더마이어적인 편지일 텐데, 올림포스 신처럼 셰익스피어와 티제[55] 그리고 실러가 생일 꽃화환의 꽃명에를 순순히 쓰고 있다는 점과 잘 들어맞는다. 『미적 교육에 대한 편지』는 유희를 통해 인간을 자유시민으로 양성하고자 애썼다. 이 유희는 가혹할 정도로 역사적 무대에서 방해받긴 했지만, 바로 그 시민의 방에서 안전하게 망명지를 발견했다. 그러한 시민의 방은 인형의 방과 유사해 보일 수 있었다. Ch. A. H. 클로디우스가 이 놀라운 편지를 썼는데, 그는 라이프치히 대학의 '실용철학' 담당 교수였다. 로테가 그의 부인이다.

---

53) 1824년부터 1832년 사이에 프랑스 파리에서 발행된 잡지로, 1828년 이후 정치적으로 자유주의 경향의 논조가 강해졌다. 1824년부터 이 잡지를 정기구독한 괴테는 매우 호평했다.

54) 1829년에 프랑스 파리에서 창간된 잡지로, 문학·문화예술 및 정치에 대한 비평글을 게재하며 지금까지 발행되고 있다. 1834년에는 독일에서 종교개혁과 더불어 시작된 독일 해방사에 대해 하인리히 하이네(Heinrich Heine)가 쓴 에세이가 실리기도 했다.

55) Christoph August Tiedge, 1752~1841 : 독일의 시인. 「우라니아: 신과 불멸 그리고 자유에 대해」(Urania: Über Gott, Unsterblichkeit und Freiheit, 1801)로 유명하다.

# Ch. A. H. 클로디우스[56]가 엘리자 폰 데어 레케[57]에게 보낸 편지

1811년 12월 2일

천상의 엘리자여, 어제 우리는 위대한 영혼을 지닌 사람들이 종종 단 하나의 호의적인 생각을 함으로써 그들로부터 멀리 떨어져 있는 친구들과 숭배자 모임에 영향을 끼친다는 것에 대해, 가장 아름답고 진정으로 황홀케 하는 증거를 얻었습니다. 당신이 호의로 로테에게 선사한 거대한 흉상은 무사히 도착했고 로테의 생일날에 작은 음악회를 열어 이것을 세워놓은 일은 우리에게는 일종의 진정한 예배의식이었습니다. 오늘도 우리는 담쟁이덩굴로 감싸여 있고 매우 진기한 꽃들에 의해 에워싸여 있는 흉상 아래에 앉았습니다. 옛날 그리스인과 로마인이 작은 가족성당 안에서 가족신 아래 앉아 있었던 것처럼 말이죠! 모든 것이 합일되어 장식뿐만 아니라 칸타타도 매우 매혹적으로 만들었습니다. 우리의 작은 오두막집은 점점 더 극락이 되었지요. 모든 것이 소박하게 드러날수록 말입니다.

---

56) Christian August Heinrich Clodius, 1717~84 : 독일의 문인이자 철학자. 그는 1756년부터 라이프치히 대학에서 철학을 공부하기 시작했으며, 1764년 같은 대학의 철학과 정교수가 되었다. 1778년부터는 논리학 교수를 역임하기도 했다.

57) Elisa von der Recke, 1756~1833 : 독일의 문인. 이마누엘 칸트, 요한 게오르크 하만(Johann Georg Hamann), 요한 볼프강 폰 괴테, 프리드리히 실러(Friedrich Schiller) 등의 동시대 주요 인물들과 교류했던 그녀는 독일의 시인 크리스토프 아우구스트 티제의 연인으로, 열세 명의 여자아이를 입양해 돌봐주었다.

행복한 우연으로 나는 당신의 흉상들이 도착하기 이전에 이미 실러의 아름다운 흉상을 로테를 위해 주문했습니다. 그것을 그녀가 몹시 원했었지요. 바로 이 행복한 우연에 의해 우리의 친구들의 관대함은 가로수길 방향으로 나 있는 로테의 낭만적인 작은 방을 오렌지 나무들, 개화하는 알로에, 수선화, 장미 그리고 눈같이 흰 꽃병으로 치장해 피렌체와 예술의 사원으로 만들었고, 그래서 그녀의 방은 올림포스의 낯선 손님들을 영접할 만한 자격을 갖췄습니다. (이미 있었던) 셰익스피어의 콘솔 선반장 아래에 있는 일종의 화분대 위의 한가운데에, 그리고 당신의 흉상과 실러의 흉상 사이에 우리의 티제 흉상이 세워졌습니다. 그것은 이들 흉상 중에서 가장 가벼워 높은 주상(柱像)에 의해 가장 잘 받쳐질 수 있었지요. 그렇지 않았다면 천재적 남성이 천재적 여성을 자신들 사이에 받아들여야만 했거나, 덜 거대한 실러 흉상이 거대한 두 흉상 가운데에 놓여야만 했을 것입니다. 티제의 주상으로부터 담쟁이의 덩굴손들이 두 개의 둥근 기둥 모양의 작은 받침대 쪽으로 뻗어갔는데, 이 작은 받침대 위에 엘리자 흉상과 실러 흉상이 우뚝 솟아 있었습니다. 흰색 형상의 클로버 잎처럼 생긴 소형 받침대 하나가 멋진 꽃들을 높이 받쳐 들고 있었지만, 사람들은 이 꽃들을 보고 계절을 알아챌 수는 없었습니다. 받침대 하단부에 조명등이 장식으로 꾸며져 감춰진 채로 설치되어 있었고, 아래에서부터 이들 조명등의 매혹적인 빛이 초록 덤불에서 우뚝 솟아 있는 백색의 거대한 두상을 집중적으로 비추었습니다. 방구석에 서 있는 거울과 로테의 고대풍으로 제작된 책꽂이 겸용 책상의 거울문이 이 세 개의 흰 형상을 다시 되비쳐주었고, 그 결과 이 조각상들은 〔거울에 비친 모습들에 더해져〕 거의 세 배로 늘어났습니다. 우리가 그 작은 방을 열어 이 작은 성스러운 장소가 나타났을 때, 아무런 마음의 준비도 없이 이 장면을 접한 그녀는 그녀에게 내적으로 매우 소중한 어머니와 친구의 조각상을 향해 달려갔지요. 기쁨의 환호성을 크게 외치면서요. 우리는 그녀를 위해 의자 하나를 매혹적인 작은 무대 앞에 갖다 놓았습니다. 그런 다음에 로테의 의자 뒤편 인접한 방에 있는 합창단이 모습을 드러내지 않은 채 네 개의 목소리로 멋지게 합창을 시작했습니다. 새로운 삶에 들어온 것을 환영하노라!

로테는 자신의 기분을 훌륭한 엘리자 당신에게 스스로 묘사하고 그녀가 할 수 있는 한 감사를 표현할 것입니다. 나도 그녀와 일치합니다. 우리의 존경스러운 티제에게 진심 어린 인사를 전해주세요. 고귀한 엘리자여, 평온한 무병의 시간 동안 하늘이 기쁨을 베풀어주길 기원합니다. 당신은 우리의 로테에게서 멀리 떨어져 있는 동안에도 우리에게 마법을 걸어 기쁨을 주네요! 우리가 정말로 훌륭한 음악을, 매력적이고 낭만적이고 내적이며 동시에 숭고한 음악을 당신에게 보내도 된다면, 나는 그것을 필사하겠습니다. 내심으로 거듭 감사하는 마음과 〔부모에 대한〕 자식의 사랑으로,

당신의, 성심껏 존경하는 아들
Ch. A. H. 클로디우스

이 편지는 스물두 살의 여자가 썼다. 그리고 나서 비로소 아네테 폰 드로스테-휠스호프의 편지라고 언급해야 할 것이다. 어느 젊은 여자의 존재로부터 나오는 메시지는 여성 시인의 삶에서 나온 소식보다 훨씬 값지다. 부족한 언어능력 때문에 항상 막연하고 연약하게 모습을 드러낼 수밖에 없는 것을 감정의 과잉 없이 단호하고 엄격하게 표명하고 있다. 또한 이 편지는 아네테 폰 드로스테라고 하는 이 위대한 편지 작성자의 귀중한 소장품 중에서도 돋보인다. 이 편지는 언젠가 세월이 지나 어릴 적에 잘 알고 있던 장신구, 구석방, 책 또는 변하지 않은 그 어떤 것에 아무런 준비 없이 우연

히 마주치게 될 모든 이에게 가까이 다가가는 사물에 대해 이야기하고 있다. 그리고 다시금 그는 밤낮으로 자신의 내부에 이미 놓여 있지만 잊혀져 있는 것에 대한 동경을 느낄 텐데, 이 동경은 그러한 유년시절을 되살리는 소환이라기보다는 그 시절로부터 울려나오는 메아리이다. 왜냐하면 동경이 소재로 사용되어 유년시절이 만들어졌기 때문이다. 그러나 이 편지는 또한 "거친 사물성으로 가득 차고 오래된 서랍의 나른한 냄새나 곰팡이 냄새로 가득 찬" 시학의 선구자이기도 하다. 이 동경의 고유성을 가장 잘 특징짓고 있는 것은 어느 작은 사건으로, 나중에 투른 백작의 베르크 성에서 일어났다. 그때 사람들은 여성 시인에게 코끼리 상아로 만든 작은 상자를 선물해 그녀를 기쁘게 해주고자 했다. 사람들은 이 상자를 온갖 잡동사니로 채워지지 않도록 조심스럽게 비웠고 뚜껑을 다시 닫은 후에 손님에게 건네주었다. 선물을 받은 그녀는 상자를 열어보고자 조급한 마음에 서툴게 두 손 사이에서 그 상자를 눌러버리고 말았다. 그녀가 상자를 건드리자마자 그동안 감춰져 있던 상자 서랍이 갑자기 튀어나왔다. 그 상자를 선물한 가족 중의 누구도 ― 이것을 소유하고 있던 수십 년 동안 ― 그 상자 서랍에 대해 알고 있는 사람은 없었다. 갑자기 매혹적인 오래된 작은 그림 두 장이 나타난 것이다. 아네테 폰 드로스테는 수집가적 천성, 그중에서도 기이한 천성을 지녔기 때문에, 그녀의 방에는 암석과 브로치 이외에 구름과 새의 울음소리도 자리를 차지하고 있었다. 그녀의 방에는 이러한 열정의 마술적인 것과 유별난 성향이 전대미문의 격렬함으로 상호침투해 있었다. 이 베스트팔렌 출신의 처녀가 이러한 마법에 걸려 축복받은 상태를 깊은 시선으로 바라본 군돌프[58]는 말했다. "그녀는 간더스하임의 로즈비타와 이다 한-한(Ida Hahn-Hahn) 백작 부인의 내면적인 동시대인이다." 짐작건대 다음에 이어지는 편지는 브로츠와프로 부쳐졌을 것이다. 1814년부터 안톤 마티아스 슈프릭만이 그곳에서 살고 있었다. 그는 이전에 하인분트 모임에 속하는 시인이었고 이후 뮌스터 대학의 교수가 되었으며 젊은 아네테의 멘토였다.


## 아네테 폰 드로스테-휠스호프[59)]가 안톤 마티아스 슈프릭만[60)]에게 보낸 편지

휠스호프, 1819년 2월 8일

오, 나의 슈프릭만이여, 어디에서부터 말을 시작해야 내가 당신에게 우스워 보이지 않을 수 있을지 모르겠습니다. 내가 당신에게 말하고 싶은 것은 정말로 우스운 것이기 때문입니다. 이 점에 대해 나 스스로도 착각할 수 없습니다. 나는 당신 앞에서 멍청하고 기이한 약점을 지닌 나 자신을 고발해야 합니다. 이 약점은 정말로 나를 얼마 동

---

58) Friedrich Gundolf, 1880~1931 : 독일의 문학비평가.

59) Annette von Droste-Hülshoff, 1797~1848 : 독일의 시인. 독일의 주요 여성작가로 평가받고 있다. 명문귀족 가문에서 태어나 병약한 유년시절을 보내면서 1812년부터 1819년까지 안톤 마티아스 슈프릭만의 가르침을 받았다. 대표작으로 노벨레 「유대인의 너도밤나무」(Die Judenbuche, 1842)가 있다.

60) Anton Matthias Sprickmann, 1749~1842 : 독일의 문인이자 법률가. 뮌스터의 프리메이슨 지부를 설립했다. 괴테가 바이마르에서 그의 희곡 「장신구」(Der Schmuck)를 상연한 바 있다.

안 쓰라리게 괴롭혔습니다. 그러나 웃지 말아주세요. 당신에게 부탁드려요. 안 돼요. 안 돼, 슈프릭만 씨. 그것은 정말로 재미없어요. 당신은 내가 진짜로 바보가 아니라는 것을 알고 있지요. 나는 나의 기이하고 이상한 불행을 사람들이 믿는 것처럼 그렇게 책이나 소설에서 가져오지 않았어요. 그러나 아무도 그것을 알지 못합니다. 당신만이 전적으로 홀로 그것을 알고 있어요. 그것은 어떤 외부상황에 의해 내 안으로 들어온 것이 아닙니다. 그것은 항상 내 안에 있었습니다. 내가 아주 작은 아이였을 때, (내가 겨우 네 살 또는 다섯 살이었던 것이 확실해요. 왜냐하면 그때 내가 꾼 어떤 꿈에서 내가 일곱 살이라고 생각하고 나 자신을 큰 사람이라고 여겼기 때문입니다.) 나는 부모님과 자매들 그리고 두 명의 지인과 함께 산책했던 것 같습니다. 어느 정원 안이었습니다. 그 정원은 아름답지 않았고 단지 가운데 곧게 뻗은 가로수길이 가로질러 있는 채소정원에 불과했어요. 그 정원 안에서 우리는 계속 걸어 올라갔지요. 나중에 정원은 마치 숲처럼 보였는데, 가운데 가로질러 나 있는 가로수길은 그대로 있었어요. 우리는 계속 앞으로 걸어갔지요. 그것은 온전히 꿈이었어요. 그러나 나는 다음 날 하루 종일 내내 슬펐고 그래서 울었어요. 내가 그 가로수길에 있지 않고, 또한 다시는 그곳으로 들어갈 수 없다는 점 때문이었습니다. 마찬가지로 내가 기억하기를, 나의 어머니가 우리에게 어느 날 그녀의 출생지와 산들 그리고 당시 우리가 알지 못했던 조부모님에 대해 이야기했을 때, 내가 그것에 대한 동경을 몹시 느꼈으며, 그래서 어머니가 나중에 어느 날 우연히 식사 중에 그녀의 부모님을 거명했을 때 나는 격렬한 흐느낌을 터뜨렸습니다. 그 결과 나는 사람들의 손에 이끌려

밖으로 나와야만 했습니다. 이것도 내가 일곱 살이 되기 전에 있었던 일이었습니다. 내가 일곱 살 무렵, 나의 조부모님을 알게 되었기 때문입니다. 내가 당신에게 이 사소한 일들을 편지에 써서 보내는 이유는 내가 있지 않는 모든 장소, 내가 갖고 있지 않은 모든 사물에 기우는 이 불행한 성향이 전적으로 나 자신 안에 있으며, 이것이 어떤 외부에 있는 사물들에 의해 안으로 들어온 것이 아님을 당신에게 확신시키기 위해서입니다. 이러한 방식으로 나는 당신에게 완전히 그렇게 우습게 보이지는 않을 것입니다. 나의 사랑하는 사려 깊은 친구여. 제가 생각하기에, 사랑하는 신이 우리에게 부과한 바보짓은 우리 스스로 자초한 어리석음에 비해 그렇게 항상 나쁘지는 않아요. 그런데 몇 년 전부터 이러한 상태가 매우 잦아져서, 나는 그것을 정말로 커다란 고통으로 여길 수 있을 정도입니다. 단 한마디 말로도 충분히 내 기분을 하루 종일 망칠 수 있답니다. 유감스럽게도 나의 공상이 타고 있는 목마들이 매우 많아서 그중의 목마 하나가 〔나의 공상을 자극하면서〕고통스러울 만큼 달콤하게 흥분하지 않은 채로 하루가 지나는 적이 도대체 없습니다. 아, 나의 사랑하는, 사랑하는 아버지, 당신에게 편지를 쓰고 당신을 생각할 때 나의 심장은 매우 가벼워집니다. 인내심을 가지고 내가 나의 어리석은 심장을 당신 앞에 완전히 열어 보이도록 하세요. 그러기 전에는 나의 마음이 편해지지 않을 거예요. 멀리 떨어져 있는 나라들, 위대하고 흥미로운 사람들 ─ 나는 사람들이 이들에 대해 말하는 것을 들어본 적이 있습니다 ─ 그리고 멀리 떨어져 있는 예술품과 그와 같은 것, 이 모든 것이 나에게 이 슬픈 힘을 행사합니다. 물론 나는 정말 잘 지내고 있지만 단 한순간도 내 안의 생각들 때문에 편한 상태에 있지 않습니다. 며칠 동안 이 생각들 중 어떤 것도 이야기의 대상이 되지 않을 때조차도, 만일 내가 다른 무언가에 애써 주의를 기울이지 않아도 되는 순간이면 매번 이 생각들이 내 앞을 지나쳐 가는 것이 보입니다. 그리고 자주 이것들은 현실에 근접한 생동감 있는 색과 형상을 띠고 있어서 나는 나의 가련한 오성이 걱정됩니다. 신문기사라도, 아무리 나쁜 책이라도, 이런 것들을 다룬 것은 내게 눈물을 흘리게 할 수 있습니다. 그리고 만일 누군가가 경험에서 나오는 이야기를 할 수 있다면, 만일 누군가가 이 나라들을 여행했고, 이 예술품들을 보았고, 나의 욕망이 매달려 있는 이 사람들을 알았다면, 그리고 그가 그것에 대해 호감이 가는 열광적인 방식으로 말할 수 있다면, 오 나의 친구여! 그렇다면 나의 휴식과 나의 균형상태는 항상 상당 기간 동안 파괴된 채로 있을 것입니다. 그런 다음에 나는 몇 주 동안 더 이상 다른 것을 생각할 수 없습니다. 그리고 나는 혼자일 때, 특히 매번 몇 시간 동안 깨어 있는 밤에 아이처럼 울 수 있고 그와 동시에 흥분하고 미친 듯이 날뛸 수 있습니다. 이는 어느 불행한 사랑을 겪은 자에게도 거의 맞지 않는 것처럼 보입니다. 내가 가장 좋아하는 곳은 스페인, 이탈리아, 중국, 아메리카, 아프리카입니다. 반면 스위스와 타히티 등의 파라다이스는 나에게 인상적이지 않습니다. 왜냐고요? 그 이유를 나는 알지 못합니다. 나는 그것에 대해 많이 읽었고 그것에 대해 이야기하는 것을 많이 들었습니다. 그러나 그것들은 지금 내 안에서 그렇게 생생하게 살아 있지 않습니다. 내가 지금 당신에게 말한다면 어떨까요, 내가 본 적이 있는 연극을 자주 그리워한다는 것을, 나를 가장 지루하게 만든 사람들을 그리워한다는 것을, 내가 예전에 읽었고 그리고 자주 내 마음에 들지 않았던 책들을 그리워한다고요. 〔……〕 예를 들어 나는 열네 살 무렵 불량소설 한 권을 읽었는데, 그 책제목을 더 이상 기억하고 있지는 않아요. 그러나 그 내용에 어느 탑에 대한 이야기가 실려 있었고, 그 탑 위로 억수 같은 비가 쏟아지고 있었습니다. 책제목이 쓰여 있는 앞표지에 이 이야기 속의 기상천외한 탑이 새겨진 동판화가 실려 있었습니다. 그런데 나는 그 책을 오랫동안 잊고 있었어요. 그러나 꽤 오래전부터 그것이 나의 기억에서부터 애써 나와 나타났습니다. 그런데 〔나의 그리움의 대상은〕 소설 속 이야기도 아니고, 내가 그 책을 읽었던 시간도 아니예요. 그 탑 이외에는 아무것도 새겨져 있지 않은 낡은 동판화가 실제로 그리고 진지하게 나에게 기묘하게도 매력적인 대상이 되어, 나는 종종 그것을 다시 한 번 볼 수 있기를 실로 격렬하게 열망하곤 합니다. 이것이 미친 짓이 아니라면, 그렇다면 어떠한 것도 미친 짓이 아닐 것입니다. 게다가 나는 여행을 감당할 수 없기 때문입니다. 나는 일주일만 집을 떠나 있어도 격정적으로 집으로 돌아가기를 열망하고, 또한 정말로 집에서 모든 것이 나의 소원을 미리 충족해줍니다. 말씀해주세요! 내가 나에 대해 어떻게 생각해야 할까요? 그리고 내가 이 바보 같은 짓에서 벗어나기 위해 무엇을 시작해야 할까요? 나의 슈프릭만이여! 나는 당신에게 내 약점을 보여주면서 나 자신의 연약함을 두려워했어요. 그런데 나는 글을 쓰는 동안 완전히 용감해졌네요. 만일 나의 적수가 습격을 시도하면, 오늘 나는 그를 이길 수 있을 것 같은 망상을 하게 되네요. 당신은 또한 나의 외적인 상황이 지금 얼마나 행복한지 생각할 수 없을 거예요. 나는 나의 부모님, 형제자매, 친척들의 사랑을 과분할 정도로 받고 있습니다. 특히 3년 6개월 전에 매우 아픈 이래로 나는 자상하고 관대한 보살핌을 받고 있으며, 그래서 내가 아마도 고집스러운 응석받이가 될 수도 있었을 것입니다. 만일 내 스스로 그에 대해 두려워하지 않고 조심스럽게 대처하지 않았다면 말입니다. 지금 우리 집에는 어머니의 자매인 루도비네가 살고 있습니다. 그녀는 선하고, 조용하고 총명한 미혼 여성입니다. 그녀와 교류하는 것이 내게는 매우 가치 있는 일입니다. 이는 특히 사물에 대한 그녀의 명확하고 정확한 안목 때문입니다. 이를 통해 그녀는 자주 그것을 예감하지 않은 채로 나의 불쌍하고 혼동스러운 머리가 다시 정신을 차리도록 해줍니다. 베르너 폰 학스트하우젠[61]은 쾰른에 살고 있습니다. 나의 큰오빠 베르너는 몇 주 후에 그에게 갈 예정입니다. 건강하게 지내시고 제가 얼마나 간절히 답장을 기다리고 있는지 잊지 말아주세요.

당신의 조카딸 드림

---

61) Werner von Haxthausen, 1780~1842 : 아네테 폰 드로스테-휠스호프의 외삼촌. 공무원이자 문헌학자인 외삼촌 덕에 드로스테-휠스호프는 낭만주의자들과 교류할 수 있었다.

괴레스만큼 편지쓰기에 그렇게 부단하게 깊이 파고들면서 예술성을 보여준 독일 산문작가는 별로 없다. 거주지 옆에 작업장을 갖춘 수공업자의 장인다움이 작품에서만이 아니라 자신과 가족의 사적인 삶의 공간에 동시에 각인되어 있는 것처럼 괴레스의 경우에는 글쓰기 기술이 이에 해당한다. 프리드리히 슐레겔[62]의 초기 낭만주의적 반어(反語)가 ―『루친데』

---

62) Friedrich Schlegel, 1772~1829 : 독일의 작가이자 문학비평가. 독일의 전기 낭만주의 운동의 핵심 인물로, 형인 아우구스트 빌헬름 슐레겔과 함께 문학잡지 『아테네움』(*Athenaeum*)을 창간했다. 이 잡지에 그는 자신의 철학비평적인 아포리즘을 실었

(*Lucinde*)를 보면 알 수 있듯이 — 신비적인 성격을 띠고, 이 반어가 순수하고 자족하는 '작품' 주위에 서늘한 아우라를 형성했다면, 괴레스와 같은 후기 낭만주의적 반어는 비더마이어로 이어지는 다리를 놓았다. 반어는 탁월한 기교와 분리되기 시작해 내적이고 소박한 것과 연결된다. 〔시민들의 모임공간이었던〕 고딕풍의 시민방(Bürgerstube)에는 꽃봉오리 모양의 소형탑과 둥근 아치가 장식되어 있는 의자와 보관함이 있었으며, 이러한 시민방에 대한 추억이 괴레스가 속한 세대의 일상생활 속 깊이 실제로 스며들어 있었다. 그리고 이 시민방이 우리에게 나자렛파 화가[63]의 그림 속에서 때때로 부자연스럽고 차갑게 나타난다면, 그것은 좀 더 내밀한 영역에서 점점 더 많은 온기와 힘을 얻는다. 다음의 편지는 이상주의적 태도로 팽팽히 잡아당겨져 있는 낭만주의가 관조적이고 평온한 비더마이어로 이행하는 과정을 매우 아름답게 반영하고 있다.

---

다. 미완성 소설 『루친데』는 1799년에 출판되었다.

[63] 나자렛파 화가들은 예술에 종교적 정신을 복원하는 혁신적 의도를 가지고 1809년과 1830년 사이에 로마를 거점으로 활동한 젊은 독일 화가들을 가리킨다. 대표적인 화가로 요한 오버베크(Johann Overbeck, 1789~1869), 필리프 파이트(Philipp Veit, 1793~1877), 프란츠 프포르(Franz Pforr, 1788~1812) 등이 있다.

## 요제프 괴레스[64]가 아라우[65]에 있는 시 소속 목사
## 알로이스 포크에게 보낸 편지

슈트라스부르크, 1822년 6월 26일

나는 다시 한 번 아르 계곡을 향해 얼굴을 돌려 나의 자유로운 법학 동맹자들이 무엇을 하고 있는지 보아야 합니다. 그래서 나는 즉시 왼발을 바젤 근처의 오래된 소금탑에 가져다놓을 것이며, 그다음 그리 멀리 내딛지 않으면서 오른발을 우리의 선량한 브릭탈 사람들의 코 위를 지나 협곡의 분지 위에 내딛고 나서, 이제 아래쪽을 바라보고 곧바로 목재 다리를 발견할 것입니다. 그 다리 위에서 사람들은 환한 날에도 아무것도 볼 수 없는데, 그 다리에 오줌을 누게 되면 벌금은 3프랑켄으로 그것의 절반은 제보자에게 주어지는데, 당연히 이

---

64) Joseph Görres, 1776~1848 : 독일의 교육자이자 언론인. 19세기 전반기 독일에서 가장 영향력 있는 정치평론가로 평가받는다. 스물두 살에 프랑스혁명을 지지하는 『붉은 신문』(Das rote Blatt)을 발간했으나, 나폴레옹의 집권 이후 잘못된 방식으로 전개되는 혁명에 실망해 정치적 활동에서 물러나 김나지움의 물리학 교사가 되었다. 이후 자연과학과 의학 공부를 계속해 하이델베르크 대학에서 강의했으며, 이곳에서 독일 낭만주의 작가인 클레멘스 브렌타노와 아힘 폰 아르님과 친교를 맺었다. 해방전쟁기에 낭만주의의 영향 아래에서 정치적 글을 다시 쓰기 시작했다. 1814년에 『라인 메르쿠어』(Rheinischer Merkur)를 창간해 진보적인 목소리를 내다가 당국의 검거를 피해 1819년 슈트라스부르크로 달아났다. 그곳에서 경제적으로 어려운 상황에 처한 그는, 점차 정치적인 문제를 덜 다루는 종교적 작가로 전향했다. 덕분에 1827년 뮌헨 대학 교수로 부임할 수 있었다.

65) 스위스 바젤에서 남동쪽으로 39킬로미터 떨어져 있는 도시로, 1798년 3월부터 9월 사이 스위스의 첫 번째 수도였다.

는 다리 아래 아름다운 초록의 계곡물을 오염시키지 않기 위해서입니다. 나는 왼편에 있는 오래된 츠빙성을 바라보고 있습니다. 지금으로부터 열두 세대를 거슬러 올라간 시절에 이 성의 장벽을 용감한 아라우인들이 넘어간 적이 있으며, 그 뒤편에 괴레스 교수가 애국주의적 환상에 몰두할 적에 거주한 집이 있습니다. 마침내 맨 왼쪽 끝에 위치하고 있는, 더 이상 길을 헤매지 않도록 하기 위해 첨언하자면, 끝에서 두 번째 집에서, 나의 가장 친애하는 목사님이 다소 산만하게 뒤편 회랑 위에서 오르락내리락 거니는 모습이 보이는데, 목사님은 때때로 협곡을 바라보고는, 아래를 내려다보고 있는 자가 정말로 편지를 쓴 자인지, 그리고 그가 편지 밖으로 내다보고 있는지, 또는 그에게서부터 편지가 그러한지, 그리고 그의 생각이 산 위에 있는 것인지 아니면 산이 그의 생각 속에 있는 것인지 자신의 눈을 감히 제대로 믿지 못합니다. 이것은 인생에서 일어나는 기묘한 경우들입니다. 그리고 목사님이 진지하게 내가 정말로 그 괴레스 씨인지, 잘 알려져 있다시피 10개월 동안 시장의 집에서 살면서 정원에서 이리저리 뚜벅뚜벅 걸어다니는 괴레스 씨인지 물어본다면, 나는 양심상 '예'라고 답할 수 없습니다. 왜냐하면 내가 8개월 전에 그곳으로부터 가져와 입고 다니는 프록코트가 실제로 완전히 닳고 해져 있었기 때문입니다. 그러나 또한 얼굴은 빨개지지 않고 바로 '아니오'라고 답하지도 않습니다. 왜냐하면 나는 그 의문스러운 주체가 실제로 그곳에서 돌아다니는 것을 기억하고 있다고 믿으니까요. 그때 나는 그에게 재빨리 당황해하면서 손을 내밀고는, 이제 상황이 어떠한지 바로 감지하고 내가 오랜 친구와 지인들 곁에 있음을 느낍니다.

이제 이 어리석은 이야기에 이어서 또한 진지한 문제에 대해서도 말씀드리자면, 나는 당신에게 내가 이 편지를 엄청난 악천후를 겪은 후에 쓰고 있다는 점을 말씀드리고 싶습니다. 이 악천후로 인해 수많은 생명이 대가를 치렀고 하마터면 뱃놀이를 하던 나의 아내와 소피를 덮칠 뻔했습니다. 올해에는 끔찍한 폭풍우들이 산악을 넘어 북쪽으로 길을 잃고 헤매고 있습니다. 마리는 당신이 4주일 전부터 더 이상 난로에 불을 지피지 않고 있을 거라고 생각합니다. 아직 여전히 아침과 저녁에는 손끝이 다소 서늘할 텐데도 말이죠. 그러나 나는 그녀에게 말하지요. 그러니 손가락을 밖으로 쑥 내밀 필요는 없지, 그러기보다는 어쨌든 상황에 맞게, 손가락을 품속에 간직하면 된다고 말입니다.

방금 내 창문 앞에 있는 커다란 밤나무 위에서 자장가를 부르고 있는 수백 마리의 새가 당신의 방울새에게 또한 가장 아름답게 안부인사를 전합니다.

초기 낭만주의에서는 사상적인 관계만이 아니라 인간적인 관계의 촘촘

한 그물망이 자연과학자부터 시인에 이르기까지 펼쳐져 있다. 빈디슈

만,[66] 리터, 에네모저[67]처럼 연결짓는 정신들과 브라운[68]의 자극이론, 메

---

66) Karl Joseph Hieronymus Windischmann, 1795~1839 : 독일의 철학자. 자연철학을
   기독교적 역사철학과 결합하고자 했다. 이후 본 대학의 철학 및 의학 교수를 지냈
   고, 프리드리히 슐레겔의 철학 강의를 편집했다.

67) Joseph Ennemoser, 1787~1854 : 오스트리아의 물리학자. 병을 치료하기 위해 최면
   술을 사용한 것으로 유명하다.

68) John Brown, 1735~88 : 영국의 의사. 그는 생명의 상태가 특정한 외적이고 내적인

스머[69]의 자기학, 클라드니[70]의 소리 패턴처럼 연결짓는 표상들은 자연철학적인 관심사를 양편에서 부단히 깨어 있게 했다. 그러나 그 세기가 점점 더 전진하면 할수록 이 관계들은 느슨해졌는데, 마지막으로 후기 낭만주의에서 가장 진기하면서도 흥미진진한 표현이 리비히와 플라텐의 우정 속에서 발견된다. 이것의 특징은, 즉 유사한 종류의 이전 연결과 완전히 구별되는 점은 배타성이다. 두 사람 사이의 우정은 이러한 배타성을 지니고 다른 모든 연결로부터 고립된 채로 둘 사이에서만 형성되어 있다. 화학을 공부하는 열아홉 살의 대학생과 그와 같은 대학인 에를랑겐 대학에서 동양적인 관심사를 좇고 있는 일곱 살 연상의 남자. 서로 겹치는 학업기간은 물론 짧았다. 그들이 서로 다가갔던 1822년 봄에 이미 리비히는 대중 선동가를 괴롭히는 박해를 피해 프랑스로 떠나야 했다. 그래서 편지 교환이 시작되었다. 이 편지 교환은 함께 지냈던 몇 달 동안에 형성된 세 개의 기둥 위에 펼쳐져 흔들리고 진동하면서 이후 뒤따르는 세월의 심연 위에 다리를 놓았다. 편지 교환자로서의 플라텐은 한없이 어려운 존재였다. 〔플라텐이〕 친구들에게 보낸 소네트와 가젤[71]이 이 편지 교환을 때때로 중단시키곤 했

---

자극력에 의존하고 있다고 보았다. 따라서 신체기관의 자극이 감소하거나 증가한 결과에 따라 질병이 발생하기 때문에 자극제 또는 진정제를 사용해 질병을 치료해야 한다고 주장했다.

69)  Franz Anton Mesmer, 1734~1815 : 오스트리아의 물리학자. 인간의 신체기관 내부를 가로지르는 자기력을 제안하고 자석을 치료의 수단으로 사용했다.

70)  Ernst Florens Friedrich Chladni, 1756~1827 : 독일의 물리학자. 끈과 막대의 진동을 연구했으며, 1787년 얇게 모래가 뿌려져 있는 진동판 위에서 모래들이 일정한 모양의 선으로 연결되는 것을 관찰한 후 '소리 형상'을 발표했다.

71)  가젤(Ghasel)은 아라비아반도의 페르시아 문화에서 발생한 서정시의 한 형태로, 13~14세기 페르시아 언어권에서 성행했다. 19세기 이래로 가젤의 각운방식이 독일

지만, 그는 이 소네트와 가젤을 어느 정도는 숨기거나 아니면 끊임없는 비난, 비방, 위협을 받으면서도 계속 썼던 것처럼 보인다. 리비히는 플라텐의 세계 속으로 깊이 빠져들어 갔다. 그는 플라텐이 자연과학자로서 (만일 그가 그러한 활동을 하기로 결정할 수 있다면) 괴테보다 더 위대한 미래가 있을 거라고 예견하거나 다음의 편지처럼 그의 편지들을 아라비아문자로 서명해 플라텐을 기쁘게 했는데, 이러한 사랑스럽고 아름다운 몇 살 연하의 리비히의 환대는 점점 더 매력적이 되었다. 다음에 이어지는 편지는 리비히의 삶에서 결정적인 전환이 있기 두 달 전에 작성되었다. 이 전환점에 대해 리비히 스스로 나중에 『농업과 생리학에 응용되는 화학』에 대한 헌사에서 언급하고 있다. 그는 여기서 알렉산더 폰 훔볼트[72]에 대해 다음과 같이 헌사하고 있다. "1823년 7월 28일 모임이 끝나고 내가 나의 표본들을 바쁘게 챙겨 넣고 있는데, 학술원 회원들의 대열로부터 한 사람이 나에게 다가와 담소를 나누기 시작했습니다. 매우 친절하게도 그는 나의 연구대상과 나의 모든 활동 및 계획을 들어줄 줄 알았습니다. 나는 내게 호의를 보여준 그 사람이 누구인지 무지함과 부끄러움 때문에 감히 물어보지 못한 채 헤어졌습니다. 이날의 대화는 내 미래의 초석이었습니다. 나는 내 학문적 목표를 위해 가장 강력하고 깊은 애정을 지닌 친구이자 후원자를 얻었습니다." 위대한 두 명의 독일인이 어느 프랑스 학술원의 공간에서 서로 친교를 맺을 수 있었던 시절에 대해 리비히는, 특히 1870년[73] 바이에른 학술원

---

의 서정시에 사용되었다.

72) Alexander von Humboldt, 1769~1859 : 독일의 탐험가이자 자연과학자. 그가 탐험하면서 측정하고 수집한 기록들은 지질물리학에 중요한 기여를 했다. 주저로 세계를 물리적으로 측정한 『코스모스』(*Kosmos*, 1842~59)가 있다.

에서 편협한 애국주의에 맞서 연설했던 그는 그 시절에 대해 또한 계속 충실했다. 그렇게 그가 초창기와 노년기에 대변하고 있는 연구자 세대에서는 철학과 문학이 그들의 시야에서 아직 완전히 사라지지 않았다. 비록 철학과 문학이, 다음에 이어지는 편지에서처럼 단지 점점 더 깜빡이며 안개 뒤에서 유령처럼 출몰하고 있지만 말이다.


## 유스투스 리비히[74]가 아우구스트 폰 플라텐[75]에게 보낸 편지

파리, 1823년 5월 16일


*친애하는 친구여!*


나의 지난번 편지가 지금쯤은 분명 너의 수중에 쥐어져 있을 거고,

---

73) 1870년에 보불전쟁이 시작되었다.

74) Justus Liebig, 1803~73 : 독일의 화학자. 그는 식물들이 무기질 영양분을 염분 형태로 섭취한다는 점을 인식하고 현대적인 미네랄 비료 개발 가능성을 입증하면서 농업화학의 토대를 마련했다. 생화학 분야에 큰 기여를 한 그는 기센에 실용화학을 가르치는 연구소를 설립하고, 마취제 성분인 클로로포름의 발견 및 실험적인 교수법으로 세계적인 명성을 얻었다.

75) August von Platen, 1796~1835 : 독일의 시인이자 극작가. 1813년에 군복무를 지원하고 1814~15년에는 나폴레옹에 맞서 싸우는 프랑스 원정에 참가했다. 이 무렵 그는 자신의 동성애적 성향을 의식하게 되었다. 1819년 에를랑겐 대학에 다니면서 시문학에 전념했는데, 특히 페르시아 언어와 문학에 관심을 갖고 가젤을 출판했다. 낭만주의 전통의 영향 아래에서 배웠지만 그것의 현란함에 반대하고 고전적인 스타일의 순수함을 지향하는 개성적인 작가로 평가받는다.

내가 너에게 보내기로 약속한 그림이 이 편지에 있을 거라고 기대했을 거야. 그런데 이 약속이 바로 지켜지지 않은 것은 내 탓이 아니라 그 그림을 지금까지 완성하지 못한 화가의 잘못이라네. 하지만 이 일이 내가 너와 조금 수다를 떠는 것을 가로막아야 할까?

날씨와 기온, 그리고 다른 외적인 우연적인 일이 생각에 결정적인 영향을 끼치고 그 때문에 또한 편지쓰기에도 영향을 끼친다는 점은 엄연한 사실이야. 인간은 강력한 자아에도 불구하고 이러한 영향을 받고 있다네. 이것은 인간과 습도계 감온부 사이의 공통점이지. 습도계는 주위 환경에 습기가 있는 경우와 없는 경우에 따라 길어지거나 짧아져야 하지. 너에게 편지를 쓰고 싶게 만드는 외적인 동인이 확실히 지금 내게 작동하고 있다네. 왜냐하면 나는 다른 경우에는 너에 대해 생각하는 것만으로도 만족할 수 있기 때문이야. 그렇다고 해서 나는 이것이 아마도 가까이 다가온 혜성 탓이라고 믿지는 않아. 왜냐하면 자석바늘이 예전처럼 진동하고 있기 때문이지. 또한 더위도 보통 이 시기에 있는 파리의 기후에서 그러한 것보다 더 유별나지도 않지. 음향의 해체와 분류에 대한 비오[76]의 강의가 너에게 편지를 쓰게 한 것은 아닐 거야. 내가 이 강의를 듣고 희망했던 것은 하모니카 연주를 할 수 있었으면 하는 거였어. 그럴 수 있다면 나는 지금 연주를 하고, 너는 아마도 그 소리를 들을 수 있을 테지. 내가 얼마나 진심으로 너를 사랑하는지 말해줄 수 있는 그 소리를 말이야. 기체반응의

---

76) Jean Baptiste Biot, 1774~1862 : 프랑스의 수학자이자 물리학자. 전류와 자기장 사이의 연관성 및 편광의 회전 현상을 연구했다.

법칙을 발견한 게이-뤼삭[77]의 강의는 너에게 편지를 쓸 빌미를 그다지 제공하지는 않았어. 그의 강의를 듣고 나서 나는 무한히 확장할 수 있는 기체가 되기를 원했지. 그러면 나는 그 순간 유한한 것에 만족할 것이고, 단지 에를랑겐까지만 확장해 거기에 있는 너를 대기처럼 에워쌌을 테지만 말이야. 그리고 만일 숨 쉬는 데에 치명적인 기체가 있고, 사랑스러운 이미지가 나타나게 하는 다른 기체도 있다면, 나는 아마도 너에게 편지를 쓰고 싶은 마음과 삶에의 기쁨과 즐거움을 불러일으킬 수 있는 기체이고 싶어. 보이탕[78]의 광물학은 이와 같은 욕구를 훨씬 덜 만들어낼 수 있어. 왜냐하면 그는 (돌로서 광물학 내에서 발견되어야 하는) 현자의 돌을 언젠가는 얻으리라는 모든 희망을 나에게서 빼앗아 가버렸기 때문이야. 그러나 나는 그것을 원했지. 왜냐하면 그것은 내가 너를 가능한 한 행복하게 만들어줄 수 있을 것이며, 내가 너와 함께 아라비아와 페르시아의 수수께끼를 풀 수 있는 능력을 줄 것이기 때문이야. 그와 같은 것을 나는 이 기적의 돌 없이는 결코 배울 수 없을 거야. 라플라스[79]의 천문학이 아마도 그 이유일까? 그가 그 이유일 리는 없어. 그는 나에게 단지 자오선을, 네가 살고 있는 자오선만을 보여줄 뿐이야. 너의 행복한 별들을 나에게 보

<hr />

[77] Joseph Louis Gay-Lussac, 1778~1850 : 프랑스의 화학자이자 물리학자. 기구를 만들어 높은 고도의 대기 성분을 연구했으며, 기후학의 창시자로 평가받는다.

[78] 편지에서 리비히가 지칭한 보이탕(Beutang)은 아마도 프랑수아-술피스 뵈당(François-Sulpice Beudant, 1787~1850)으로 추정된다. 광물학 교수였고 미네랄 성분의 결합법칙을 발견했다.

[79] Pierre Simon de Laplace, 1749~1827 : 프랑스의 천문학자이자 수학자. 천체역학 분야에서 중요한 발견을 했다.

여주지는 않으면서 말이지. 마찬가지로 퀴비에[80])가 자연에서 발견한 것들 역시 내가 편지를 쓰도록 부추긴 것은 아니야. 왜냐하면 그 훌륭한 남자는 그의 노력에도 불구하고 다른 자와 완전히 동일한 사람은커녕 어떤 동물도 발견할 수 없기 때문이지. 그는 단지 나에게 자연이 하나의 사다리로 구성되어 있다는 점을 보여줄 뿐이며, 내가 몇 단계나 너의 아래에 있는지 알게 해주지. 아마도 외르스테트[81])가 여기 체류하는 동안 그의 전기에너지론 때문에 이 수수께끼가 생긴 걸까? 그러나 이 사람 역시 편지를 쓰게 한 원동력은 아니야. 왜냐하면 그는 전기에너지론에서 양극을 가정하지 않기 때문이지. 그런데 내 느낌으로는, 우리는 두 개의 극이며, 이 양극은 존재상으로 무한히 상이하지만, 바로 이 상이함으로 인해 서로 끌어당겨야만 하는 거지. 왜냐하면 동일한 종류는 서로 밀쳐내기 때문이라네.

친애하는 플라텐, 너는 내가 이 비밀을 풀 수 없음을 이미 알아챘을 거야. 너의 다음번 편지에서 문제를 풀 수 있는 열쇠를 주기를 부탁해.


너에게 진심으로 키스하는
리비히


---

80) Georges Léopold Cuvier, 1769~1832 : 프랑스의 자연과학자. 비교해부학의 창시자로 알려져 있다. 동물 분류 시스템을 창안했으며 고대 생물학에 크게 기여했다.

81) Hans Örsted, 1777~1851 : 덴마크의 물리학자. 추축으로 회전하는 자석바늘이 전류가 흐르는 전도체 방향으로 움직이는 것을 발견해 전자기학의 창시자로 평가받는다.

　1824년 12월 10일, 아네테의 자매인 예니 폰 드로스테-휠스호프는 빌헬
름 그림에게 다음과 같이 편지를 썼다. "이 꽃들은 내 정원에 있던 거예요.
나는 그 꽃들을 당신을 위해 말렸어요." 그리고 "나는 당신이 초원에서 산
책하고자 할 때마다 청명한 햇빛이 비추기를 바랍니다. 그리고 당신에게
불쾌한 생각을 떠올리고 당신의 완전한 회복을 사라지게 만들 성가신 지인
(知人)을 만나지 않기를 바랍니다." 그녀는 또한 두 가지를 부탁하는데, 하
나는 "그러니까 카셀에 있는 공연 극장이 얼마나 큰지 기꺼이 알고 싶다"
는 것이다. 다른 부탁은 훨씬 더 중요하다. 그녀가 쓰기를, "만일 내가 나

의 백조의 날개를 짧게 잘라 손질한다면, 이것이 최근에 어린 백조 두 마리에게 일어났음이 틀림없는데, 그렇다면 그것은 언제나 힘들고 슬픈 작업일 것입니다. 그러니까 나는 저지대 초지(草地)에 있는 백조들이 어떤 방식으로 다루어지고 있는지 당신이 알아봐주길 부탁합니다. 그러나 급한 일은 아닙니다. 왜냐하면 내가 당신이 가르쳐준 것을 그렇게 바로 활용할 수는 없기 때문입니다. 그러나 당신은 백조들을 항상 친절한 눈으로 바라봐야 하며, 마치 당신이 휠스호프의 연못가에 서서 나의 백조들이 헤엄치고 있는 것을 보고 있다고 생각해야 합니다. 나는 또한 당신에게 백조들의 이름을 말해주고 싶습니다. 아름다운 한스, 작은 흰 발, 긴 목 그리고 백설공주가 그들의 이름입니다. 이름들이 당신의 마음에 드나요?" 이 모든 것이 다음에 이어지는 편지에서 답해진다. 그러나 그 답변 속에서 질문이 처리되었기 때문이 아니라 이 질문이 가장 부드럽게 엮였기 때문에, 결국 이 문답놀이는 글쓴이 사이의 이미 오래전에 지나간 사랑놀이를 되비쳐주고 있다. 이 사랑놀이는 언어세계와 이미지 세계에서 무중력 상태로 계속 살아가고 있다. 감상적인 것은 무엇이란 말인가, 더 이상 갈 수 없기 때문에 어딘가에 정착한 감정의 절뚝거리는 날개가 아니라면 말이다. 그리고 그것의 반대말은 무엇이란 말인가, 이 지칠 줄 모르는 동요가 아니라면 말이다. 이 동요는 현명하게 아끼면서 어떠한 체험과 기억에도 정주하지 않고 부유하면서 하나하나 차례로 스쳐지나간다. "오, 별과 꽃이여, 정신과 옷이여, / 사랑이여, 고통과 시간 그리고 영원이여!"[82]

---

82) 클레멘스 브렌타노의 시 「입구」(Eingang)의 한 구절이다. 이 시구는 벤야민의 『1900년경 베를린의 유년시절』(『선집』 제3권, 윤미애 옮김, 도서출판 길, 148쪽)의 「달」 후반부에서도 인용된다.

# 빌헬름 그림[83]이 예니 폰 드로스테–휠스호프[84]에게 보낸 편지

카셀, 1825년 1월 9일

*친애하는 예니 씨!*

당신에게서 받은 두 통의 편지와 그 속에 담긴 다정하고 호의적인 태도에 대해 당신에게 감사드립니다. 나는 그 편지들을 마음으로 느꼈으며 인지했습니다. 나는 이것을 아마도 더 멋지고 아름답게 표현할 수도 있을 것입니다. 하지만 당신이 그에 대한 진리를 몇 마디 말속에서 감지해서는 안 되겠습니까? 내가 처음 당신을 만난 게 이미 오래전의 일이고, 나는 매번 여러 해가 흘러간 뒤에야 당신을 다시 만나뵙고 기뻐했습니다. 그러나 나는 매번 마치 친밀하게 당신 주변에 있는 것처럼 느껴집니다. 그 때문에 나는 당신이 우리를 잊어버리거나 우리에 대한 당신의 기억이 시간이 지나 희미해질 수 있을 거라고 생각하지 않습니다. 항상 신뢰와 확신하는 마음으로 사람들을 대한다면 멋진 일입니다. 내가 이미 한차례 당신에게 편지를 쓴 적이

---

83) Wilhelm Grimm, 1786~1859 : 독일의 문헌학자·신화학자. 형 야코프 그림과 함께
 『독일어 사전』(제1권 1854년 출판)을 만들었으며, 독일 동화와 전설을 수집해 『아동
 과 가정을 위한 동화』(1812~15)와 『독일 전설』(1816~18)을 출판했다.

84) Jenny von Droste-Hülshoff, 1795~1859 : 독일의 대표적인 여성작가 아네테 폰 드
 로스테-휠스호프(1797~1848)의 언니. 여동생 아네테와 함께 그림 형제가 동화와 민
 요를 수집하는 것을 도와주었다.

있었지요. 우리의 인생이 종종 잘 모르는 나라에서의 도보처럼 느껴진다고 말이에요. 왜냐하면 우리와 마주치는 모든 것이 불확실하기 때문입니다. 하늘은 어디에서나 우리 위에, 그리고 우리 둘레에 동일한 거리로 가까이 있고, 나는 당신과 마찬가지로 하늘이 나에게 좋은 일이 생기게 할 것이라고 믿습니다. 그럼에도 불구하고 우리의 발은 사슬로 땅에 묶여 있습니다. 그리고 우리가 메마르고 따가운 모래 속을 정처 없이 나아간다면, 우리는 고통스럽겠지요. 우리는 초록의 대지와 숲 그리고 사랑이 넘치는 사람들이 가꾸어놓은 장소를 동경해도 될 것입니다. 이것은 내가 나의 산책에 대해 이야기했던 것을 당신에게 다시 상기시켜줄 것입니다. 나는 이 사람들을 바라보지 않을 수가 없기 때문입니다. 아마도 지나치게 큰 이러한 감수성으로 인해 나는 여러 해 전부터, 내가 생각해낼 수 있는 한에서는 산책을 혼자 했습니다. 처음에는 나의 병으로 인해 천천히 걸을 수밖에 없기 때문에 그랬습니다. 그리고 그것이 나에게 습관으로 남게 되었습니다. 나는 이런 방식으로 나 스스로와 단둘이 있는 것을 좋아합니다. 내가 사람들 사이에 기꺼이 있고 오랫동안 혼자 있는 것을 별로 좋아하지 않긴 하지만, 나는 때때로 특이할 정도로 외로움을 동경하는데, 혼자 하는 산책이 이러한 외로움을 대신해줍니다. 나는 당신이 때때로 사회에 대해 품고 있는 거부감을 이해합니다. 사람들이 이러한 거부감을 극복한다면, 그것은 분명히 항상 옳고 좋은 일입니다. 그러나 나는 또한 나를 대수롭지 않게 대하는 사람들에게 공손하게 행동하는 것에 대해 자책합니다. 당신이 우리에게 보내준 꽃은, 내가 이전에는 한번도 본 적이 없을 만큼 매우 아름답습니다. 꽃들은 단지 여름에만

피어 있으려 했을 텐데, 지금 이렇게 오랜 시간 동안 보존되어 있어 아마도 이 꽃들이 우리 인간보다 더 오래 지속될 수도 있겠네요. 삶이 얼마나 빨리 흘러가는지, 몰두해 일하는 가운데 시간은 나로부터 날아가버립니다. 며칠 전에, 그러니까 1월 4일에 우리는 야코프의 생일을 축하해주었습니다. 당신은 그가 벌써 마흔 살이라는 것이 믿기시나요? 때때로 그는 완전히 아이 같고 또한 매우 선하고 고결한 인간이기도 해서, 허락해주신다면 나는 당신 앞에서 그를 칭송하고 싶습니다.

당신은 내가 당신에게 여기서 보여주었던 카시오페이아 별자리를 잊지 않기로 약속했더랬습니다. 나는 당신에게 별자리를 하나 더 알려드리고 싶습니다. 그 별자리는 요즘 저녁 하늘에서 볼 수 있는데, 모든 별자리 중에서 가장 아름답습니다. 어느 날 저녁에 한 8시나 9시쯤 동쪽과 남쪽 사이의 가운데를 똑바로 바라본다면, 당신 앞에 그 별자리가 있을 것입니다. 그 별자리는 다음과 같이 보일 것입니다. 적어도 내 생각으로는 말이죠.

이 별자리 전체는 오리온이라고 불립니다. 두 개의 큰 별 이름은 리겔과 벨라트릭스입니다. 세 번째 별의 아라비아 식 이름으로 당신을 괴롭히고 싶지는 않습니다. 중앙에 있는 여섯 개의 별인,

은 또한 야코프[85]의 지팡이 또는 갈퀴라고도 부릅니다. 이 점을 당신은 이제 정원일 때문에 잊어버려서는 안 되겠지요. 성령강림절에 이 별자리는 다시 서쪽으로 가라앉고 가을에 동쪽에서 다시 떠오릅니다.

극장의 폭은 12미터이고, 높이는 13미터, 그리고 깊이는 47미터입니다. 이제 당신은 정확한 정보를 가지고 있습니다. 하지만 나는 사람들이 〔저지대 초지의〕 백조에게 어떻게 하는지에 대해서는 아직 알아낼 수 없었습니다. 사실 내가 믿기로는 〔당신이 걱정하듯이〕 사람들이 〔멀리 날지 못하도록〕 어린 백조의 날개를 자르지 않습니다. 그들이 날아간다 할지라도, 그들은 다시 고향으로 돌아올 테니까요.

올여름 어느 날 저녁, 나는 풀다강(江) 위쪽으로 가보았습니다. 백조 한 마리가 어느 작은 섬 위에 자리잡고 서식하는데, 그곳에서 백조는 몹시 자랑스럽게 앉아 있다가 물길을 타고 내려가서는 몇 바퀴

---

85) 순례자의 성인인 성(聖) 야코프를 가리킨다.

원을 그렸지요. 그 백조는 분명 초지(草地)에서 이곳으로 날아온 것입니다. 또한 나는 여러 차례 백조가 날고 있는 것을 본 적이 있습니다. 당신은 나에게 이 동물에 대한 애착을 간곡히 권유할 필요는 없습니다. 나는 항상 그들을 좋아했으니까요. 조용하고 진지하며 평온하면서도 명랑하고 정신적인 것 — 왜냐하면 사람들은 바다의 흰거품(Meerschaum)이 스스로 만들어져 생기를 띤다고 생각하기 때문입니다 — 과 열광적인 것, 그것을 그들은 냉정하고 차분한 것과 더불어 지니고 있는 것처럼 보이는데, 그것이 언제나 거듭 나의 마음에 듭니다. 내가 그들을 가장 아름답게 바라보았던 때는 12월 초순이었습니다. 나는 즐겨 하듯이 밤이 찾아들 무렵의 미지근하고 온화한 어느 날 저녁에 저지대 초지로 내려가 물가로 갔지요. 왜냐하면 나는 물을 유달리 즐겨 관찰하기 때문입니다. 그 순수하고 가볍게 움직이는 자연의 기본요소가 항상 나를 기쁘게 합니다. 모든 수양버들은 아직 나뭇잎을 지니고 있었고, 단지 밝은 노란색으로 변해 있었습니다. 가느다란 나뭇가지들은 뚜렷이 만족스럽게 대기 속에서 느리게 이리저리 흔들거렸습니다. 동쪽에서 가문비나무와 전나무를 가로질러 몇 개의 검붉은 줄무늬가 빛났고, 그러는 사이에 다른 줄무늬들은 깊은 어스름 속에 이미 빠져들어 있었습니다. 이제 백조들은 비로소 제대로 살아난 것처럼 보였고 수면 위를 이리저리 돌아다녔으며, 하얀 모습이 어둠을 뚫고 비쳤습니다. 그리고 그들은 정말로 마치 초자연적인 존재처럼 보여, 나는 물의 요정이자 백조처녀를 생생하게 상상할 수 있었습니다. 마침내 어두운 밤이 되었습니다. 당신이 백조에게 붙인 이름들이 마음에 듭니다. 다만 '작은 흰 발'은 나에게 수수께끼네요. 또는 그가 이를 통해 겸손함을 배워야 하는 건가요? 이제 어느 백조에게 '물의 요정'이라는 이름을 붙여주세요!

이것으로 나는 어느 일요일 아침에 쓰는 이 편지를 마치려고 합니다. 편지를 인사말로 덮기 전에 당신은 아직은 우리 모두의 가장 진심 어린 인사들을 받아야겠지요.

빌헬름 그림

다음 편지는 일흔다섯 살의 첼터가 일흔여덟 살의 괴테에게 보낸 편지이며, 그가 바이마르에 도착한 후에 괴테의 문지방을 밟기 전에 썼다. 자주 언급되듯이 우리나라 문학에서 광휘와 명성은 청년에게, 시작하는 신예에게 가장 많이 달라붙고, 때이른 나이에 완성을 거둔 자에게도 많이 달라붙는다. 우리나라 문학계에 성인 남자의 등장이 얼마나 드문 예인지는 레싱을 다룰 때마다 매번 새롭게 뒷받침되었다. 독일 교양계의 잘 알려진 공간에서부터 완전히 두 노인의 우정이 우뚝 솟아나고 있는데, 이 우정 속에서 두 노인은 노년의 존엄에 대해, 그리고 노년의 희망할 만한 가치에 대해 바로 중국적인 방식으로 의식하면서 놀랄 만한 건배사를 서로 주고받으면서 생애의 나머지 날들을 보내고 있다. 우리는 이 건배사들을 괴테와 첼터의 편지 왕래에서 찾아내 간직하고 있는데, 그 건배사 중에서도 다음 편지의

건배사가 가장 완벽할 것이다.


## 카를 프리드리히 첼터가 괴테에게 보낸 편지

너는 자연의 자궁에 대해 멋들어지게 정통하고, 나는 인간 종족에게는 보이지 않은 채 우주를 가로질러 작용하고 있는 원초적 힘에 대한 너의 이야기를 즐겨 듣기 때문에 동일한 것을 느끼고, 너를 가장 깊이 이해한다고 생각한다네. 그러나 이제 나는 자연에 대한 공부를 시작하기에는 너무 늙고 너무나도 멀리 뒤처져 있어.

내가 지금 고지와 산꼭대기를 지나 골짜기와 계곡을 통과하는 외로운 여행을 떠난다면, 너의 말들이 나의 생각이 될 것이며 나는 그것을 나의 생각이라고 말하고 싶을 거야. 그러나 그것은 모든 장소에서 실패할 테지. 단지 나 자신의 작은 능력만이 나를 구할 수 있으며, 그래야 나는 침몰하지 않을 거야.

우리는 이제 언젠가 우리의 모습 그대로 함께 있을 것이기 때문에, 나는 삼가 생각해본다네. 네가 겸손하게 자기를 낮춰 ─ 왜냐하면 나는 기꺼이 너를 이해하고 싶기 때문이라네 ─ 나의 가장 내적인 바라봄을 단단하게 해줄 초석을 놓아주기를. 그럼 **얼마나** 예술과 자연, 정신과 육체가 어디서나 함께 연관되어 있고, 그렇지 않고 분리된 상태는 죽음이라는 점을 알겠지.

그래서 나는 이번에도 다시, 마치 꼰실처럼 튀링겐의 산지를 코부르크에서 여기까지 가로질러 오면서 **베르테르**에 대해 고통스럽게 생각했어. 내가 생각의 손가락으로는 내 아래 그리고 내 옆에 있는 것을 어디서나 만져보고 관조할 수 없다는 점을, 이 점은 그러나 나에게 육체와 영혼이 하나의 존재라는 사실만큼이나 매우 자연스럽게 받아들여진다네.

말할 나위 없이 우리의 수년간에 걸친 편지 교환은 소재적인 측면에서 부족하지 않아. 너는 매우 성실하게 음악적인 것에서의 나의 불완전한 지식에 관여했지. 이 분야에서 우리 같은 이들은 물론 항상 이리저리 비틀거리지. 누가 그것을 우리에게 말해주어야 했을까?

그러나 나는 네 앞에 다른 이들에게 너무 구걸하듯이 보이고 싶지는 않아. 나는 그것을 자부심이라고 부르지. 이 자부심이 나의 즐거움일 거야. 나는 젊은 시절부터 더 많은 것을 알고 최상의 것을 알고 있는 자들에게 매혹되고 압도당한다고 느꼈어. 그리고 용감하게, 실로 익살맞게 나를 억제했고 그들의 태도 중에서 내 마음에 들지 않는 점을 참아냈지. 내가 경험한 것이 무엇인지 알지 못한 때조차도 난 내가 원했던 것을 알고 있었어. 너는 나를 지탱해주었고 받쳐주고 있는 유일한 사람이야. 나는 나 자신을 돌보지 않을 수는 있을 테지만, 너를 그렇게 할 수는 없어.

내가 몇 시에 너에게 갔으면 좋을지 말해주길 바라네. 그러면 나는 우리의 닥터가 오기를 미리 기다리고 있을 거야. 그러나 나는 그가 언제 올 수 있을지 모른다네.

바이마르, 1827년 10월 16일 화요일

Z.로부터

과거를 돌이켜보는 역사적 시선으로 보면, 다음 편지는 죽음을 알리는 부고(訃告) 이상의 내용을 포함하고 있다. 이는 독일 전체를 뒤흔든 헤겔의 부고인 경우에도 그렇다. 이 편지는 무덤에 묻힌 헤겔에 대한 충성의 맹세이다. 이 맹세의 결과에 대해 맹세를 한 당시 사람들은 알지 못했다. 이 편지에서 슈트라우스와 메어클린은 자신들이 매우 긴밀히 결합된 사이임을 보여주는데, 이들은 블라우보이렌 수도원 부속 학교를 같이 다닌 동기생이었다. 이 수도원 부속 학교에서 이들은 우정을 맺었는데, 부연하자면 이른바 '천재진흥'(Geniepromotion)이라는 모임에 속해 활동했다. 이들 동기생을 나중

에 튀빙겐 신학교에서는 적어도 그렇게 불렸는데, 1825년 슈트라우스와 메어클린은 이 학교 신학과 대학생으로 진학했다. 이 모임이 화려한 명성을 얻는 데에 일조한 사람 가운데 오로지 프리드리히 테오도르 폰 비셔[86]만이 오늘날 알려져 있다. 편지의 수신자는 1848년[87] 마흔두 살의 나이로 세상을 떠났는데, 이 죽음 이후 그에게 슈트라우스는 아름답고 차분한 전기문을 헌정한다. 이 전기문에서 저자는 그 유명한 신학교의 이미지를 우아하게 보여주었다. 이 신학교는 시간이 흐르면서 "건축구조물이 수많은 변화를 겪었으며 그 결과 수도원 같거나 고풍스러운 외관을 더 이상 갖추고 있지 않다. 건물 정면은 남향이었는데, 양지바르고 통풍이 잘되었다. 높은 윗층에서는 슈바벤 알프스가 검푸른 장벽처럼 줄지어 있는 매혹적인 전망을 바라볼 수 있는데, 이때 슈타인라흐 계곡이〔마치 후경과 분리된 연극무대 앞부분의〕전경처럼 보이고 이 전경 너머로 후경인 슈바벤 알프스가 우뚝 솟아 있다. 건물 전체는 두 개의 강연홀과 식당홀을 제외하고는 각각 6~10인용 작업실과 침실로 나누어져 있으며, 블라우보이렌에서와 유사하게 연습생의 공부방 사이마다 튜터를 위한 작은 방이 각각 있었다". 나중에 슈트라우스가 당시 베를린에서 기원해 독일을 움직이던 사상과 직접 대결하기 위해 신학교를 떠났지만, 1833년에 두 친구는 신학교의 튜터로서 다시금 힘을 합쳤으며, 2년 후『예수의 삶』(*das Leben Jesu*)이 출판되었다. 이 책은 저자인 슈트라우스를 위해서뿐만 아니라 메어클린을 위해서도 그 후 오래 지속될 투쟁의 원천이 되었다. 이 투쟁 속에서 청년 헤겔파의

---

86) Friedrich Theodor von Vischer, 1807~87 : 독일의 시인이자 헤겔주의 미학이론가. 벤야민의『파사젠베르크』에서 자주 인용된다.
87) 메어클린은 벤야민의 진술과는 달리 1849년에 세상을 떠났다.

신학이 형성되었다. 두 사람에게서 헤겔 연구의 출발점은 『정신현상학』이었다. "헤겔은 한때 메어클린의 아버지와 같은 시기에 튀빙겐 신학교에 입학했는데, 그는 오랫동안 고향 슈바벤에서 그저 소소한 주목을 받을 뿐이었다. 하지만 이제는 그를 추종하는 열광적인 무리가 갑자기 메어클린의 아들과 그의 친구들을 주축으로 크게 형성되었다. 단지 그들은 신학적 대상 속에서 그러한 체계의 결론을 스승보다 더 대담하게 끌어냈다."『예수의 삶』에서 이 결론들은 『신약성서』에 대한 초자연적인 해석과 이성적 해석 사이의 종합에 이르렀고, 그와 같은 방식으로 슈트라우스의 말을 빌리면, "한 개인으로서가 아니라 교회가 그리스도에게 부여한 술어의 주체로서 하나의 이념이, 그러니까 하나의 실제의 이념이, 칸트적으로 비현실적인 것이 아닌 이념이 설정된다. 교회의 가르침이 부여한 그리스도의 특성과 기능은 한 개인, 한 신인(Gottmensch) 안에서 생각된다면 서로 모순될 것이다. 반면 유(Gattung)의 이념 속에서 이들 특성과 기능은 화음을 이룬다". 이것은 헤겔 학설의 관점인데, 비록 1831년에는 맹아적으로 아직 밀폐된 상태로 있었던 이러한 관점이 당시 장례식의 관습적인 교화를 장려하지는 않았던 것이다. 이 장례식에서의 불협화음을 훗날 『예수의 삶』을 쓸 저자 만이 느꼈던 것은 아니었다. 이 불협화음 속에서 사후의 삶의 전복적이고 예견되지 못한 방식이 예고되었다. 마찬가지로 헤겔주의자인 J. E. 에르트만[88]은 매우 중재자적인 태도로 이에 대해 쓰고 있다. "사람들이 아직 생생하고 건장해 보였던 그의 갑작스러운 죽음에 깜짝 놀랐다는 점을 감안해

---

88) Johann Eduard Erdmann, 1805~92 : 독일의 목사이자 종교철학자. 그는 베를린에서 헤겔과 함께 공부했으며, 이후 할레 대학에서 철학 교수를 지냈다.

그의 무덤에서 있었던 몇몇 말을 납득해야 한다. 그는 너무도 위대해서, 그의 후원을 받았던 소인들이 평정을 잃어버리지 않을 수 없었을 것이다."


## 다비트 프리드리히 슈트라우스[89]가 크리스티안 메어클린[90]에게 보낸 편지

베를린, 1831년 11월 15일

가장 친애하는 친구여! 내가 살아 있는 자들을 듣고 볼 수 있는 동안에는 내가 너를 가장 많이 생각할 거고, 그러한 너에게 말고 누구에게 내가 헤겔이 세상을 떠났다는 것을 편지로 써야 하겠는가? 내 편지가 다다르기 전에 비록 신문들이 그 사실을 너에게 알리겠지만

---

89) David Friedrich Strauß, 1808~74 : 독일의 철학자이자 개신교 신학자. 성서의 이야기가 본질적으로 신화적이라는 점을 입증하고자 했다. 그는 1835~36년에 출판된 『예수의 삶』에서 복음서 이야기에 대해 구약의 유대교적 메시아 이미지에 따라 무의식적으로 이야기를 만드는 원시 기독교적인 기본정신의 산물로 해석함으로써 당시 유례없는 반향을 불러일으켰다. 무엇보다도 헤겔 좌파 철학에 근거하고 있는 슈트라우스의 신학적 해석에 따르면, 신의 아들은 개별적인 존재라기보다는 인류의 이념이다. 슈트라우스의 저서는 청년 헤겔주의로 알려져 있는 자유해방적 운동에 결정적인 동력을 제공했다는 평가를 받는데, 이 운동은 1830년대와 1840년대에 헤겔 철학의 변증법적 방법론을 급진적인 종교비판에 적용해 독일 국가의 부르주아 개혁의 필요성을 증명하고자 했다.

90) Christian Märklin, 1807~49 : 독일의 개신교 신학자이자 교육자. 친구인 슈트라우스를 옹호하기 위해 그는 1839년에 『현대 경건주의의 재현과 비판』을 출판해 격렬한 신학 논쟁을 유발했다.

말이야. 그러나 너는 그 소식을 나로부터도 들어야 할 거야. 나는 베를린에서 더 기쁜 소식을 너에게 쓸 수 있기를 희망했더랬지! 생각해보렴, 내가 그 소식을 어떻게 들었는지를. 나는 이날 아침 이전에는 프리드리히 슐라이어마허[91]를 만날 수 없었지. 이날 아침에 그는 콜레라로 내가 여기 오는 것에 대해 겁먹지 않았는지 당연히 물어보았고, 이에 대해 나는 상황이 점점 더 진정되고 있다는 소식이 전해지고 있으며, 이제 콜레라가 거의 종식되었다고 대답했지. 그래, 그러나 그는 말하길, 콜레라가 한 위대한 희생을 요구했네. ― 헤겔 교수가 어젯밤에 콜레라로 세상을 떠났다는 거야. 이때 이것이 남긴 인상을 생각해봐! 위대한 슐라이어마허, 그를 이 손실에 견주었을 때, 그는 이 순간 나에게 중요하지 않았어. 우리의 대화는 끝났고, 나는 서둘러 떠났다네. 내가 처음에 든 생각은 이랬지. 이제 너는 떠날 것이다. 네가 헤겔 없이 베를린에서 무엇을 하겠는가? 그러나 나는 곧 정신을 가다듬었고 지금은 여기 남아 있네. 언젠가 여행을 한 적이 있었지. ― 그러나 장거리 여행을 더 이상 하지 않을 거야. 여기에 헤겔이 비록 잠들어 있긴 하지만, 절멸한 것은 아니야. 기쁘게도 나는 그 위대한 대가의 강의를 들었고 그의 마지막 순간이 오기 전에 그를 만나보았다네. 나는 그의 강의를 두 강좌 들었지. 철학사와 법철학에 대한 강의였어. 모든 외적인 것을 도외시한다면, 그의 강연은 다른 존재를 의식하지 않는 순수한 즉자적 존재의 인상을 주었어. 말하자

---

91) Friedrich Schleiermacher, 1768~1834 : 독일의 개신교 신학자이자 철학자. 베를린 대학의 신학 교수를 지냈다.

면, 청중을 향한 연설이라기보다는 소리 내어 명상하기였어. 그래서 낮은 목소리, 미완의 문장이 마치 생각 속에서 순간 떠오르듯이 나타났지. 동시에 그러나 그의 명상하기는 아마 전혀 방해받지 않는 장소가 아닌 곳에서 있을 수 있는 곰곰이 사색하기였어. 그의 사색은 가장 편안하고 가장 구체적인 형식과 사례 속에서 움직였고, 이 형식과 사례는 오직 이들이 맺은 연결과 맥락을 통해서만 상위의 의미를 부여받았어. 그는 금요일에 강의 두 개를 여전히 했었어. 토요일과 일요일에는 어쨌든 강의가 없었지. 그리고 월요일에 공지하기를, 헤겔이 갑자기 아파서 강의를 중단해야만 하며, 그러나 목요일에는 강의가 계속된다고 알릴 수 있기를 바란다는 거였어. 그러나 바로 그 월요일에 그는 이미 죽을 운명이었어. 지난주 목요일에 나는 그를 방문했었네. 내가 그에게 이름과 출생지를 말해주자, 그는 곧장 "아, 뷔르템베르크 사람!"이라고 말하는 자신이 진심으로 기뻐한다는 점을 확인해주었지. 그는 나에게 뷔르템베르크의 상황 전반에 대해 물어보았는데, 그는 그것에 대해 여전히 충직한 마음으로 애정을 가지고 있었어. 예를 들어 그는 수도원에 대해, 옛 뷔르템베르크 사람과 새로운 뷔르템베르크 사람 사이의 관계 등에 대해 물었어. 튀빙겐에 대해 그가 말하길, 바로 그곳에서 그의 철학에 대해 고약하고 부분적으로 악의적인 생각이 지배적이라고 들었다는 거야. 예언가는 고국에서 전혀 유효하지 않다는 말은 여기서도 들어맞는다고 그는 웃으면서 말했지. 튀빙겐의 학문적 정신에 대해 그는 고유한 생각을 가지고 있었는데, 여기서는 어떤 일에 대해 이 사람이 생각하는 것과 저 사람이 생각하는 것이 함께 모이고, 그 사람은 그것에 대해 이것을 말하고 다른 사람은 저것을 말했는데, 또한 그것도 말해질 수 있다는 거지. 아마도 이것은 우리 시대에는 더 이상 튀빙겐에 대해 그렇게 맞지 않아. ─ 건강한 인간의 오성과 정통교리적인 체계는 그의 신학과 철학을 이루는 긍정적인 중심 역할을 하고 있지. 너의 아버지에 대해 헤겔은 매우 관심 있게 물어봤었지. 마울브론에 대한 언급을 계기로 그는 너의 아버지와 함께 김나지움과 대학을 다녔다고 말했어. 그는 그가 아직 노이엔슈타트에 있다고 알고 있었다네. 내가 지금 그는 하일브론의 교구장으로 있다고 말하자, 늙은 뷔르템베르크 사람이 말했지. 그래, 그가 지금 하일브론의 교구장이라고? ─ 사람들이 헤겔이 강단에 서서 강연하는 것을 보고 들을 때, 그는 몸을 굽히고 기침하는 등 한없이 늙은이처럼 행동했어. 그래서 내가 교수실에 있는 그를 찾아가 만났을 때 그는 10년은 젊어 보였지. 그런데 빈더의 집에 있는 초상화에 그려져 있는 것과 같은 모자에 덮여 있는 흰 머리카락, 창백하나 노쇠하지 않은 얼굴, 환한 푸른 눈동자 그리고 특히 웃을 때 드러나는 가지런한 하얀 치아들, 이런 것들은 매우 호감을 주는 인상을 만들어내지. 그는 내가 방문했을 때 완전히 선량한 나이든 신사처럼 행동했어. 그리고 마지막에는 자주 방문해 달라고 말했다네. 그러고는 나에게 그의 아내를 또한 소개해주겠다고 말했어. ─ 이제 내일 낮 3시에 그는 묻힐 거야. 대학에서의 당혹감은 엄청났어. 헤닝,[92] 마르하이네케,[93] 심지어 리터[94]도 강의하지 않았으

---

92) Leopold von Henning, 1791~1866 : 독일의 철학 교수. 베를린 대학에서 헤겔 논리학을 강의했고 1832~34년에 헤겔 선집을 편집했다.

93) Philipp Marheineke, 1780~1846 : 독일의 개신교 신학자이자 역사학자. 기독교 상

며, 미슐레[95]는 거의 울다시피 하면서 강단에 올라갔어. 나의 강의시간표는 지금 완전히 엉망이 되었어. 아마도 누군가가 개설 중인 두 개의 강의에서 강의 노트를 읽어주는 것을 감행하지 않을까에 대해서는 나는 알지 못해. 그 밖에도 나는 슐라이어마허의 백과사전 강의를 듣고 있으며, 마르하이네케의 강의에서는 새로운 철학이 신학에 끼치는 영향에 대해 듣고 있어. 그리고 헤겔의 수업이 없어진 지금, 나는 헤겔과 같은 시간대에 강의하고 있는 그에게서 교회의 교리사도 들을 수 있지. 나는 헤닝에게서 논리학을, 미슐레에게서 철학적 학문의 백과사전을 듣고 있어. 슐라이어마허는 즉흥적으로 강의하기 때문에 그의 강의를 받아쓰기란 쉽지 않지. 지금까지 대체로 그는 나의 흥미를 끌지 않았어. 그의 설교도 포함해서 그러하지. 나는 우선 그를 좀 더 개인적으로 알고 지내야 할 거야. 마르하이네케가 자부심이 강하고 허세가 많다고 말하는 자들은 그의 강의에 대해 잘못 이야기하고 있는 거야. 그는 품위가 있으며, 그가 지닌 감정의 흔적은 오인될 수 없어. 그러나 이곳에서 가장 친절한 사람은 히치히[96]야. 그는 나에게 이미 수없이 많은 호의를 베풀어주었어. 어제 그를 따라 어느 모임에 갔지. 그 모임에서 나는 무엇보다도 샤미소[97]를 만날 수

---

징주의와 독일 종교개혁에 대한 저서를 출판한 헤겔주의 모임의 구성원이었다.

94) Karl Ritter, 1779~1859 : 독일의 지질학자. 근대 과학적 지질학의 창시자이다.

95) Karl Ludwig Michelet, 1801~93 : 프랑스 혈통의 독일 철학자. 헤겔 좌파로서 헤겔 선집의 편집자를 지냈다.

96) Julius Eduard Hitzig, 1780~1849 : 독일의 고위관료이자 낭만주의 문학에 호의적 이었던 출판업자로, E. T. A. 호프만의 전기를 썼으며 그의 유고를 출판하기도 했다.

97) Adelbert von Chamisso, 1781~1838 : 독일 낭만주의 작가. 대표작으로 『페터 슐레

있었어. 사람들은 피히테[98])의 일생을 낭독했다네. 초로의 야위고 키가 큰 샤미소는 고대 독일풍의 흰 머리카락과 숯처럼 검은 눈썹을 가지고 있었지. 그는 대화에서 별다른 인상을 주지는 않았어. 그는 산만했고 얼굴을 보기 싫게 찌푸렸지만, 친절하고 공손했어. 너만 여기에 있었다면, 그렇게 나는 모든 것을 가지고 있었을 거야. 나의 최상의 존재여. 너를 대체할 수 있는 존재는 없어. 너는 왜 우리를 기다리지 않고 그렇게 고집스럽게 떠나갔는가?라고 말하겠지. 나는 헤겔을 만나기 위해 그리고 그의 장례식에 함께하기 위해서라고 대답할 거야. 이 편지를 뷔러에게 보내줘. 그가 나의 부모님에게 내가 이제 헤겔의 죽음 이후 무엇을 할 작정인지 말하도록 말이야. 그들은 그것에 대해 알고 싶어 할 거야.

어제 17일에 우리는 그를 묻었어. 3시에 마르하이네케는 대학총장으로서 대학 강당에서 추도사를 했어. 단순하면서도 내면적이고 나를 완전히 만족시키는 연설이었지. 그는 헤겔을 사상의 제국의 왕으로서뿐만 아니라 그의 삶에서 예수 그리스도의 진정한 제자로서 묘사했어. 또한 그는 교회의 축일에서는 말하지 않았을 것도 말했는데, 헤겔이 예수 그리스도처럼 신체의 죽음을 통해 제자들에게 남겨준 정신에서의 부활에 이르게 되었다는 것이야. 이어서 상당히 떠들썩

---

밀의 기이한 이야기』(1814) 등이 있다.

98) Johann Gottlieb Fichte, 1762~1814 : 독일의 철학자. 칸트 철학을 완성하기 위한 주관적 관념론의 철학체계를 주장했으며, 1810년 베를린 대학의 초대 총장을 지냈다. 그의 '절대적 자아' 개념은 슐레겔 등의 독일 낭만주의 예술이론에 결정적인 영향을 끼쳤다.

한 행렬이 장례식장 앞까지 왔고 거기에서부터 묘지까지 갔다네. 묘지는 눈으로 덮여 있었는데, 오른편에는 석양이 보였고 왼편에 달이 떠오르고 있었어. 헤겔은 자신이 원했던 대로 피히테 옆에 매장되었지. 시인이자 헤겔의 추종자인 프리드리히 푀르스터[99] 궁정고문관이 허사(虛辭)로 가득 채워진 추모사를 했어. 그의 추모사는 마치 오랫동안 우리 머리 위에 있는 악천후 같았는데, 벌써 지나갈 것처럼 보였지만 여전히 달아오르는 불빛과 거친 천둥으로 높은 머리를 맞추었지. 이 추도사의 말투는 마치 일을 재빨리 마무리짓기 위해 학생에게 낙제점을 주었을 때와 마찬가지였어. 추도사가 끝난 후 사람들은 무덤가에 가까이 다가갔고, 누군가가 눈물에 잠긴 매우 장엄한 목소리로 말했어. 주님이 당신을 축복하기를. 이렇게 말한 사람은 마르하이네케였다네. 이 표현이 나를 다시 완전히 만족시켰지. 묘지에서 나오면서 나는 한 젊은 남자가 울고 있는 것을 보았고 그가 헤겔에 대해 말하는 것을 들었어. 나는 그에게 다가가 이야기를 나눴어. 그는 법학자였고 수년 동안 헤겔의 강의를 들은 바 있던 학생이었어. 이로써 신에게 귀의하며 안녕히!(Damit Gott befohlen)

---

99) Friedrich Förster, 1791~1868 : 헤겔 선집의 편집자.

괴테의 이 편지에 어떠한 말도 앞서 쓰일 필요는 없다. 짧게라도 해설이 이 편지 다음에 이어져야 한다. 실제로 문헌학적 해석은 그러한 위대한 자료에 대해 취할 수 있는 가장 겸손한 태도처럼 보인다. 왜냐하면 게르비누스[100]가 괴테의 후기 편지들의 일반적인 성격에 대해 그의 저서 『괴테의

---

100) Georg Gottfried Gervinus, 1805~71 : 독일의 역사학자이자 민족해방주의적 정치가. 1837년 그림 형제 등과 함께 하노버 국가기본법을 폐지한 에른스트 아우구스트 1세에게 항의한 괴팅겐 7인 중의 한 명이다. 주저로는 『독일 민족문학의 역사』(1842)가 있으며, 셰익스피어의 드라마와 소네트에 대한 논평 등을 출판했다.

편지 왕래에 대해』[101]에서 언급한 것에 간단히 덧붙일 수 있는 것이 없기 때문이다. 다른 한편으로 이 편지글을 외적으로 이해할 수 있도록 모든 자료가 주어져 있다. 안구 속의 색을 발견한 토마스 요한 제베크[102]가 1831년 12월 10일에 세상을 떠났다. 안구 속의 색은 어느 적당한 빛의 자극에 의해 투명한 수정체 안에 나타나는 색의 이미지이다. 여기에서 괴테는 뉴턴의 이론에 맞서 자신의 색채론을 실험적으로 입증하는 핵심 증거를 보았다. 그러니까 그는 제베크의 발견에 강도 높은 관심을 보였고 1802년부터 1810년까지 예나에 거주한 최초 발견자와 가까운 관계를 맺었다. 제베크가 나중에 베를린에서 영향을 끼치고 그곳 베를린 학술원 회원이 되었을 때, 괴테와의 관계는 느슨해졌다. 괴테는 그가 그러한 가시적인 지위에 있으면서 지속적으로 '색채론'을 위해 애쓰지 않은 점을 못마땅하게 여겼다. 여기까지가 다음에 이어지는 편지를 이해하기 위한 전제조건이다. 연구자의 아들인 모리츠 제베크는 아버지의 사망 소식을 전하는 동시에 고인이 마지막 순간까지 괴테에 대한 경외심을 품고 있었으며, 이 경외심은 "어느 개인적인 호감보다도 더 확고한 토대를 가지고 있었다"라는 점을 괴테에게 확인해주었다.

---

101)  1836년에 출판되었다.

102)  Thomas Johann Seebeck, 1770~1831 : 독일의 물리학자. 열전기의 법칙을 발견했으며, 괴테와 함께 색채론, 특히 채색된 빛의 작용에 대해 연구하기도 했다.

# 괴테가 모리츠 제베크[103]에게 보낸 편지

1832년 1월 3일

당신의 매우 값진 편지에 대해, 나의 가장 소중한 이여, 당신의 훌륭한 아버지의 때 이른 죽음이 나에게는 커다란 개인적 손실이라는 점을 나는 가장 진실하게 답해야겠네요. 나는 용감한 사람들을 대단히 기꺼이 생각합니다. 그들은 지식을 향상시키고 동시에 통찰력을 넓히고자 전력으로 활동하며 애씁니다. 멀리 떨어져 있는 친구 사이에 침묵이 어느덧 모르는 사이에 끼어들고, 그렇게 말문이 막히고 그 결과 까닭 없이 불화가 생긴다면, 우리는 유감스럽게도 여기서 일종의 서투름을 발견할 수밖에 없습니다. 이러한 종류의 서투름은 호의를 가진 성격 좋은 사람들에게서 두드러지게 나타날 수 있는데, 우리는 이것을 다른 실수와 마찬가지로 극복하고 없애기 위해 의식적으로 노력해야 합니다. 나는 나의 요동치고 분주한 삶 속에서 그와 같은 것을 소홀히 하는 죄를 종종 저질렀습니다. 나는 지금도 그러한 비난이 전혀 나에 의해 거부되지 않기를 원합니다. 그러나 내가 그만큼 많이 확언할 수 있는 것은 너무 일찍 돌아가신 분에 대해 친구로서 애정의 측면에서도, 연구자로서 관심과 경탄의 측면에서도 지금까지 부족함이 없도록 했다는 점입니다. 정말 내가 종종 중요한 무엇

---

103) Moritz Seebeck, 1805~84 : 독일의 교육자. 토마스 요한 제베크의 아들이다. 1851~77년까지 대학 평의원으로 재직하면서 예나 대학의 학문적·재정적 발전에 크게 기여했다.

인가 물어볼 생각을 했었는데, 이를 통해 만일 그리했었더라면 갑자기 모든 불신의 악령이 쫓겨났었을 텐데 말입니다. 그러나 쏴쏴 소리를 내며 지나가버리는 삶에는 다른 기묘한 일 중에서 이 점도 있는데, 우리는 그렇게 열심히 활동하고 즐거움을 열망하면서도 그 순간에 제공되는 세부적인 것을 좀처럼 소중히 여기거나 붙잡을 줄 모릅니다. 그래서 그렇게 나이가 들어 우리에게 여전히 남은 의무는 우리를 결코 떠나지 않는 인간적인 것을, 적어도 그것의 특성 속에서 인정하고 부족함에 대한 성찰을 통해 마음을 가라앉히는 것인데, 이때 그러한 부족함에 대한 책임이 완전히 떨쳐질 수는 없습니다. 애정 어린 호의로 당신과 당신의 충실한 가족 구성원에게 정중하게 인사를 드리며 이만 줄입니다.

J. W. v. 괴테


이 편지는 괴테가 마지막 시기에 작성한 편지 중의 하나이다. 괴테와 마찬가지로 그의 언어도 경계에 놓여 있다. 노년기 괴테의 언어는 제국적 의미에서 독일어를 확장한다. 이 제국적 의미에는 제국주의의 어떠한 속성도 있지 않다. 에른스트 레비[104]는 거의 알려지지 않은, 그러나 그만큼 중요한 연구인 「노년기 괴테의 언어에 대해」[105]에서 시인의 관조적이고 명상적

---

104) Ernst Lewy, 1881~1966 : 독일의 언어학자. 베를린에서 학교 교사로 있었다. 벤야민은 1914년 그와 함께 빌헬름 폰 훔볼트의 언어철학을 공부한 바 있다.
105) 1913년에 출판된 논문이다.

인 천성으로 인해 고령의 나이에도 불구하고 그가 문법적·통사론적으로 독특한 어휘군을 사용한다는 점을 보여준다. 레비는 합성어의 지배적인 등장, 관사의 생략과 추상적인 것을 부각하는 표현 그리고 다른 많은 특징을 언급했는데, 이들 특징이 함께 작용해 결과적으로 "모든 단어에 가능한 한 큰 의미내용이" 부여되고, 전체 틀은 터키어처럼 종속하는 언어 유형과 그린란드어처럼 병합하는 언어 유형에 동화된다는 것이다. 다음의 논평은, 이러한 언어적 사유를 직접적으로 수용하지는 않은 채, 괴테의 언어가 관습적인 언어로부터 얼마나 멀리 떨어져 있는지 해명해보고자 한다.

"커다란 개인적 손실이라는 점"

— 언어적으로 직설법이 적어도 마찬가지로 가능할 것이다. 이 자리에서 접속법[106]이 드러내 보여주고 있는 것은, 글쓴이를 지배하고 있는 감정 자체는 문자화하거나 표현할 방도를 더 이상 요구하고 있지 않지만, 괴테는 자신의 내면의 서기로서 그것을 고시하고 있다는 점이다.

"전력으로 활동하며"

— 이 말들은 '죽어 있는'이라는 표현과 대조된다. 진정으로 고풍스러운 느낌을 주는 완곡어법이다.

"일종의 서투름"(Unbehilflichkeit)

---

106) 독일어 문법용어로서 접속법, 특히 접속법 I식은 누군가의 진술을 최대한 문자 그대로 충실하게 인용하면서 동시에 이 진술의 사실 여부에 대해서는 책임지지 않으려는 중립적이고 조심스러운 의도를 보여준다.

— 글쓴이가 나이 든 사람의 태도를 묘사하기 위해 택한 이 표현은 젖먹이의 태도에 오히려 적합할 것 같다. 이것은 정신적인 것의 자리에 육체적인 것을 가져다놓고 그러한 방식으로, 이것이 비록 강압적일지라도, 사실을 단순화하기 위해서이다.

"전혀 나에 의해 거부되지 않기"

— 괴테는 "전혀 거부하지 않다"라고 썼을 수도 있었다. 그는 "전혀 나에 의해 거부되지 않다"라고 썼고 그럼으로써 그는 자기 자신과 자신의 신체를 제공해 그 비난을 떠받쳤다. 이는, 그가 감각적인 대상을 표현할 때 추상화를 선호하지만, 정신적인 대상을 표현할 때에는 추상화가 급변해 모순적인 구상성을 띠도록 만드는 그의 성향에 따른 것이다.

"쏴쏴 소리를 내며 지나가버리는 삶"

— 다른 구절에서 이 삶은 요동치고(bewegt) 분주하다(gedrängt)고 일컬어진다. 이 형용사들이 아주 분명하게 보여주고 있는 것은 글쓴이 자신이 관찰하면서 자신의 물가로 물러났다는 점이며, 그가 이것을 월트 휘트먼[107]이 서거하면서 남긴 말, 즉 "이제 나는 문 앞에 앉아 삶을 관찰하고자 한다"라는 노인의 말에 담긴 정신 속에서 — 비록 이미지 속에서는 그렇지 않지만 — 행했다는 점이다.

---

107) Walt Whitman, 1819~92 : 미국의 시인이자 저널리스트. 19세기의 가장 영향력 있는 미국 서정시인 가운데 한 명으로 평가받는다.

"그 순간의 세부적인 것"

— "순간을 향해 나는 다음과 같이 말하고 싶다. — 머물러라, 너 참으로 아름답구나." 실현하는 순간은 아름답다. 그러나 머무르는 순간은 숭고하다. 마치 삶의 끝에서 좀처럼 더 이상 전진하지 않는 순간처럼, 그리하여 이 순간을 이 편지글이 포착한다.

"인간적인 것을 〔······〕 그것의 특성 속에서"

— 이 위대한 인문주의자는 마치 망명지로 가듯이, 마지막 순간에는 이 특성들에 귀의한다. 체질상 유별난 성질이 삶의 가장 마지막 주기를 지배하는데, 괴테는 이 유별난 성질이 인간성 자체의 비호를 받도록 한다. 연약한 식물과 이끼가 견고하지만 쇠락한 건물의 장벽을 뚫고 결국 길을 내듯이, 여기서 태도의 견고한 이음새를 감정이 폭파하면서 밀려든다.

    동일한 국면 전환이 항상 있다. — 횔덜린이 뵐렌도르프에게 보낸 편지
에 "그 밖에 나는 독일적으로 남고자 하며 그렇게 남아야만 한다. 그리고
심적 고통과 생활고가 나를 타히티로 내몰았을 때에도 말이다"[108]라고 쓰
여 있다. 클라이스트[109]가 프리드리히 빌헬름 3세[110]에게 보낸 편지에는

---

108)   1801년 12월 4일자 편지.

109)   Heinrich von Kleist, 1777~1811 : 독일의 극작가이자 소설가. 가난과 절망에 빠져
      자살로 생을 마감했다.

110)   Friedrich Wilhelm III, 1770~1840 : 독일 프로이센 왕. 재위기간은 1797~1840년

그가 "이미 한번 이상 슬픈 생각에 가깝게 끌린 적이 있어"[111] 외국에서 생계를 유지할 방법을 찾아야만 했다고 쓰여 있다. 루트비히 볼프람[112]은 바른하겐 폰 엔제[113]에게 보낸 편지에서 "당신은 확실히 때 묻지 않은 문학적 명성을 지닌 독일 작가를 비참함에 희생되도록 하지 않을 것입니다"라고 적고 있다. 그레고로비우스[114]가 하이제[115]에게 보낸 편지에 따르면, "이 독일 사람들은 참으로 누군가를 굶어죽도록 내버려둘 것이다".[116] 그리고 이제 뷔히너는 구츠코에게 보낸 편지에서 "당신은 아직 경험해야만 합니다. 독일인이 배고플 때 무엇을 할 수 없는지 말입니다"[117]라고 썼다. 눈이 부실 정도로 강렬한 빛이 이러한 편지들로부터 독일의 시인과 사상가들의 긴 행렬 위에 떨어진다. 이들은 공통적인 고난의 사슬에 단단히 매어져 있는 채로 바이마르의 파르나세스 산기슭에서 질질 몸을 끌고 가고 있으며, 그 산 위에서는 대학 교수들이 바로 다시 한 번 식물 채집을 하며 돌아다니고 있다. 뷔히너의 다음의 편지가 증언하는 모든 불행을 일깨우기

---

이다.

111)  1811년 6월 17일자 편지.

112)  Hermann Ludwig Wolfram, 1807~52 : 독일의 작가.

113)  Karl August Varnhagen von Ense, 1785~1858 : 독일의 작가이자 외교관. 여배우였던 아내 라헬(Rahel)과 함께 당시 가장 활력적인 베를린 살롱의 주도적 인물이었다.

114)  Ferdinand Adolf Gregorovius, 1821~91 : 독일의 역사학자. 중세 로마와 아테네 그리고 루크레치아 보르자 등에 대한 책을 썼다.

115)  Paul Johann Ludwig von Heyse, 1830~1914 : 독일의 작가. 1910년 노벨 문학상을 수상했다.

116)  1855년 12월 20일자 편지.

117)  뷔히너가 다름슈타트에서 달아나 슈트라스부르크에 도착한 후 구츠코에게 1835년 3월에 보낸 편지.

위해 이 편지는 오래 살아남는 행운을 얻었다. 온전히 보존된 뷔히너의 편지들은 예외적인 경우에 속한다.[118] 특히 그의 가족들과 약혼녀에게 보낸 편지들은 [출판되는 과정에서] 삭제되고 편집되는 희생을 치렀는데, 그의 남동생인 루트비히 뷔히너[119]는 이러한 개입행위를 자신의 입장에서 다음과 같이 정당화하고 있다. 즉 그는 "그 시절의 정치적 활동과 뷔히너가 이 활동에서 어떤 일을 했는지 아는 데에 중요해 보였던 것"[120]에만 신경을 썼던 것이다. 다음의 편지는 뷔히너의 이러한 참여활동이 제한되었음을 알려준다. 왜냐하면 1835년 3월 1일 아침에 뷔히너는 다름슈타트에서 달아났기 때문이다. 이미 얼마 전부터 인권협회 회원들은 당국에 알려져 있었다. 『당통의 죽음』의 집필작업은, 사람들이 말하고 있듯이, 경찰의 감시를 받으면서 진행되었다. 편집 또한 경찰의 감시를 받았다. 이 작품이 그해 7월에 출판되었을 때, 구츠코 스스로 [검열로 인해 온전치 못한 작품이] 간신히 남은 나머지를 "나에게 자제력을 충분히 요구했던 황폐화의 잔해"라고 일컬었다. 1879년에야 비로소 에밀 프랑조스(Emil Franzos)가 검열되지 않은 판본을 공연했다. 세계대전 전야에 뷔히너가 재발견된 것은 1918년

---

118) 이 문장은 『프랑크푸르트 신문』에 게재된 텍스트에는 존재하지만, 1936년 편지 모음집에서 아마도 편집과정에서의 실수로 인해 빠진 것으로 보인다. 이후 출판된 벤야민 전집 제4권에서도 이 문장이 빠져 있지만, 옮긴이는 이 문장을 『프랑크푸르트 신문』 텍스트에 근거해 추가 번역·수록했다.

119) Ludwig Büchner, 1824~99 : 독일의 의사이자 자연과학자. 그의 형 게오르크 뷔히너처럼 독일 기센과 슈트라스부르크에서 의학을 전공했다. 튀빙겐 대학 교수로 재직하다가 그가 출판한 『힘과 재료』(Kraft und Stoff, 1855)가 유물론적 관점을 표방한다는 이유로 해직되었다. 1850년 그의 형 뷔히너의 글을 모아 유고집을 출판했다.

120) 루트비히 뷔히너가 1850년 『뷔히너 유고집』 서문에 쓴 구절이다.

에 평가절하되지 않았던 얼마 되지 않은 문학정치적인 사건에 속하며, 이 사건의 현재성은 이 글 도입부에 언급된 일련의 발언이〔즉 이같은 발언을 한 자들이 처했던 궁핍한 상황과 같은 일들이〕예측 불가능하게 증가하는 시대를 겪고 있는 사람들에게 눈이 부실 만큼 분명하게 이해될 수밖에 없다.


## 게오르크 뷔히너[121]가 카를 구츠코[122]에게 보낸 편지

다름슈타트, 1835년 2월 말


*귀하께!*


아마도 당신은 관찰을 통해, 또는 아마도 더 불행한 경우에는 스스

---

121) Georg Büchner, 1813~37 : 독일의 극작가. 슈트라스부르크 대학과 기센 대학에서 의학을 공부한 후에 1834년 기센에서 경제적·정치적 개혁을 요구하는 팸플릿을 제작해 출판했으며, 급진적인 모임을 결성했다. 1830년의 파리 봉기의 영향을 받아 저항운동을 하던 중 체포를 피해 슈트라스부르크로 피신했으며, 1836년 취리히 대학의 자연과학 강사가 되었다. 그러나 다음 해인 1837년 장티푸스에 걸려 망명지 취리히에서 스물네 살의 나이로 요절했다. 양적으로 적은 작품 수에도 불구하고 3월 혁명 이전 시대의 가장 중요한 작가 가운데 한 명으로 평가받는데, 특히 그의 작품 『당통의 죽음』, 『레옹스와 레나』, 『보이체크』는 독일 현대 드라마에 지대한 영향을 끼쳤다.

122) Karl Gutzkow, 1811~78 : 독일의 소설가, 극작가이자 저널리스트. 당시 독일 청년 운동의 핵심 인물로서 하인리히 하이네, 루트비히 뵈르네 등의 작품을 게재한 문학잡지 『도이체 리뷰』를 발간하려고 기획했으나, 연방의회가 해당 작가들의 서적 판매를 금지하기로 결정했기 때문에 무산됐다. 소설 『회의적인 여자 발리』(1835)는

로의 경험을 통해 이미 알고 있을 겁니다. 모든 배려를 잊어버리게 하고 모든 감정을 침묵하게 할 정도의 비참함이 있다는 것을 말입니다. 사실 다음과 같이 주장하는 사람들이 있지요. 그러한 경우에는 차라리 굶어 죽는 편이 낫다고 말이죠. 그러나 내가 길 위에서 만난 어느 대위는 눈이 먼 지 얼마 안 되었는데, 그는 이에 대해 반박할 수 있을 것입니다. 그가 설명하기를, 자신이 만일 가족을 위해 일생 동안 생활비를 벌도록 강요받지 않는다면, 스스로 총을 쏴서 죽었을 것이라고 합니다. 참으로 경악스러운 일입니다. 당신은 아마도 알아낼 것입니다. 비슷한 처지들이 있을 수 있다는 점을 말입니다. 이 처지에 있는 자는 이 세계의 폐선으로부터 벗어나 물속으로 뛰어들기 위해 자신의 몸을 마지막 수단으로 비상 닻으로 사용하는 것도 거부당합니다. 그러니까 당신은 내가 문을 갑자기 열고 당신의 방으로 들어가 당신 가슴에 원고를 올려놓고 동냥을 요구한다고 해도 그렇게 의아해하지 않을 것입니다. 그러니까 나는 당신에게 그 원고를 가능한 한 빨리 일독해주기를 부탁드립니다. 그리고 비평가로서의 당신의 양심이 허락하는 한에서, 자우어랜더 씨에게 그 원고를 추천하고 곧장 답변해주시길 부탁드립니다.

작품 자체에 대해 내가 당신에게 해줄 수 있는 말은, 불행한 처지 때문에 어쩔 수 없이 이 작품을 기껏해야 다섯 주 만에 써야 했다는

---

비도덕적이고 종교 모독적이라는 이유로 출판을 금지당하기도 했다. 독일 문학사에서 근대적인 사회소설의 개척자이자 독일 내 초기 사실주의의 대표적인 작가로 평가받고 있다. 그의 『파리에서의 편지들』(1842)은 벤야민의 『파사젠베르크』에서 자주 인용되고 있다.

점입니다. 내가 이 점을 말씀드리는 것은 저자에 대한 당신의 판단을 자극하기 위해서이지, 드라마 작품 자체에 대한 판단을 자극하기 위해서는 아닙니다. 내가 이 작품에서 무엇을 만들어야 하는지는 저 자신도 모릅니다. 단지 아는 것은 내가 이 역사에 대해 얼굴을 붉혀야 할 모든 이유를 가지고 있다는 점입니다. 그러나 나는 모든 시인이 셰익스피어를 제외하고는 역사와 자연 앞에 마치 학생처럼 서 있다는 생각을 하면서 스스로를 위안하고 있습니다.

내 부탁에 대한 빠른 답변을 다시 한 번 당부드립니다. 일이 성공적으로 잘 진행되어 당신의 손이 쓴 몇 줄의 글이 다음 주 수요일 이전에 여기에 도착한다면, 불행한 자를 매우 슬픈 상황으로부터 지켜줄 수 있을 것입니다.

만일 이 편지의 어투가 당신을 당혹케 한다면, 당신은, 나에게는 누더기옷을 입고 구걸하는 행위가 연미복을 입고 탄원서를 제출하는 행위보다 더 쉽다는 점을, 그리고 손에 권총을 쥔 채 '지갑을 내놓던가 생명을 내놓던가!'(la bourse ou la vie!)라고 지껄이는 행위가 떨리는 입술로 '신께서 보답하시길'이라고 속삭이는 행위보다 오히려 더 쉬운 편이라는 점을 유념해주세요.

G. 뷔히너

관습적인 미사여구 속에서 기념일 축하나 기념품 증정을 피하려는 척하는 '저명인사'의 연극을 우리는 익히 알고 있다. 그러나 그처럼 일상적으로 모방되는 행동의 의미를 알아내기 위해 대중은 독일인의 증언 자료를 아마도 조금은 이전으로 거슬러가면서 읽어보아야 할 것이다. 그때 사람들은 위대한 외과의사인 요한 프리드리히 디펜바흐의 편지와 그의 진정한 겸손함을 마주할 텐데, 이 겸손함은 사람들에게 보여주는 겸허가 아니라 이름 없는 상태를 요구하고 있다. 이 편지와 같은 시기에 쓰인 디펜바흐의『수술과 관련된 외과의술』 서문에 실려 있는 진술은 이 편지글에서 언급하고 있

는 주제에 대해서도 유효하다. "그것은 결코 힘겹고 요동치는 삶에 대한 개관과 회상이 아니고, 어느 날 저녁 자신의 존재에 대한 우울한 고찰도 아니며, 여전히 젊음의 열기와 현재의 열기에 의해 포착된 사건입니다. 또한 이들 사건은 단지 엊그제의 사건만이 아니라 어제와 오늘의 사건입니다." 죽기 직전에 쓰인 이 편지는 그의 충실한 삶이 거의 완결되었음을 확인해 주는데, 그러한 충실함 때문에 활동적인 그가 〔일을 멈추고〕 기념축하하는 일에 그토록 서툴렀던 것이다. 이 충실함은 분명히 그 자체로는 이상적인 것은 아니다. 그러나 아마도 이 태도는 독일 시민계급의 위대한 유형이 지닌 특징일 것이다. 우리는 이 특징을 이 편지 모음집에서 탐색하고 있다. 우리는 이때 아마도 '시인과 사상가'의 집단으로부터 얼마나 멀어지고 있는지를 ― 그리고 그 때문에 그들의 특성이 지닌 〔그사이〕 줄어든 힘을 느끼지 못한 채로 ― 어느 정도의 당혹감을 느끼면서, 다음의 글귀로부터 미루어 짐작할 수 있을 것이다.


## 요한 프리드리히 디펜바흐[123]가 어느 무명인에게 보낸 편지

포츠담, 1847년 10월 19일

내가 25년 전 오늘, 박사학위를 취득했다는 사실을 나의 친구 중

---

123) Johann Friedrich Dieffenbach, 1794~1847 : 독일의 외과의사. 이식수술의 개척자

몇몇이 놓치지 않고 기억하고 있을 테지요. 단지 나는 그들이 내 동료와 지인들이 모인 자리에서 이날을 축하하기 위해 일종의 야단법석을 떨어 무엇인가를 유발하고, 그로 인해 내가 감정적으로 어느 정도 궁지에 몰리게 될까봐 걱정스럽네요. 예전부터 나는 축제의 중심 인물, 축하받을 목적으로 식사에 손님으로 초대된다는 점을 생각하면 곤혹스러웠습니다. 나는 오늘 차라리 무엇인가 수술을 하고 싶습니다. 가장 고귀하고 최상의 사람들로부터 축하를 받느니보다 말입니다. 이것은 순전한 겸허함이 아니라 전적으로 나에게만 중요한 이날에 고요한 고독을 맞이하고픈 일종의 동경이기도 합니다. 내 직업에 종사하면서 병든 사람들을 위해 살았던 25년은 마치 단지 25주인양 매우 빠르고 만족스럽게 지나갔습니다. 나는 요동치고 충격적인 삶 속에서 그렇게나 많은 고통을 보아왔지만, 그러한 삶으로 인해 정신도 육체도 소진되지는 않았습니다. 그것은 마치 나와 함께 지냈던 그 많은 환자가 나를 단련하고 강하게 만든 셈이며, 그래서 나는 새로운 25년을 마주하고 있습니다.

오늘 그러니까 10월 19일에 몇몇 친구와 지인, 그리고 다른 좋은 사람들이 오늘로부터 25년 전에 친애하고 훌륭하고 축복받은 도트레퐁이 나에게 박사모를 씌워주었다는 이야기를 들었기 때문에, 나를 기리며 생각하고 있다면, 나는 이 우애 어린 회상을 조용하고도 고독하게 즐기고 싶습니다. 나는 그들에게 이에 대해 고마워할 뿐만 아니

---

로 평가받고 있으며, 독일에서 처음으로 에테르 마취제를 인간에게 사용해 환자의 고통을 완화시켰다. 1847년 발표한 논문 「고통을 없애는 에테르」는 독일 마취의학의 이정표로 평가받는다.

라 그들이 나에게 보여준 모든 선의와 애정, 그리고 이를 통해 그들이 내가 나의 삶의 목적을 달성할 수 있도록 후원해주었다는 점에 대해서도 감사하고 있습니다.

요한 프리드리히 디펜바흐

다음에 이어지는 편지는 달만이 독일어 사전의 진척에 대해 걱정스럽게 물어본 것을 계기로 썼였다. 이 편지에 대한 입문으로서 독일어 사전 도입부에 실린 몇몇 구절을 여기에 인용하는 것이 적절할지 모른다. "우리의 어휘를 늘리고 해석하고 순화하는 것은 중요했다. 왜냐하면 이해 없는 수집은 공허하고, 독일어 어원에 대한 독자적이지 않은 설명은 아무것도 할 수 없기 때문이다. 정갈한 글쓰기를 대수롭지 않게 여기는 자는 언어에서도 그 위대함을 사랑하거나 인식할 수 없다. 그러나 성공은 주어진 과제에 미치지 못하고, 실행은 계획에 뒤처져 있다. '나는 길가에 집을 짓고/그래

서 나는 수많은 장인을 가질 수밖에 없다'(ich zimmere bei Wege / Des muß ich manegen Meister han). 이 옛 속담은 탁 트인 길 위에 집을 짓는 자가 지나가는 사람들이 그 집 앞에 서서 호기심으로 유심히 바라보고 있을 때 어떠한 기분일지 짐작하게 해준다. 어떤 사람은 문에서, 또 다른 사람은 합각 머리에서 무엇인가를 찾아내 비난한다. 장식품을 칭찬하는 사람도 있고, 외관의 칠을 칭찬하는 사람도 있다. 그런데 어휘사전은 무리들이 다니는 일반적인 언어의 길 위에 있다. 이 길에 무수히 많은 무리의 민중이 모이고 이 민중은 전체적으로는 언어를 잘 알고 있지만, 오랫동안 개별적으로는 그렇지 못하며, 갈채와 칭송의 견해뿐만 아니라 비난의 견해도 울려퍼지게 한다.""이미 오래전부터 우리의 언어에는 두 개를 지시하는 용어(Dualis)[124]가 결여되어 있다. 그런데 나는 여기서 그것을 사용해야만 하는 경우가 발생하는데, 그렇다고 복수를 지시하는 용어(Pluralis)를 계속 사용하는 것이 내게는 너무 부담된다. 나는 내가 정말로 말해야만 하는 많은 것을, 나의 가장 고유하고 내면적인 감정을 달래거나 또는 불안하게 하는 그 많은 것을 시원스럽게 바로 나의 이름으로 표명하고 싶다. 빌헬름이 장차 발언권을 얻고 그의 부드러운 펜대를 움직이자마자, 그는 나의 첫 번째 보고서를 확인하고 보충할 것이다. 내가 그 일을 정확히 알면 알수록 더 강력한 만족감으로 나를 채우는 이 끊임없는 일에 헌신하면서, 왜 나는 다음과 같은 점을 숨겨야 할까? 즉 만일 내가 괴팅겐에서 별 탈 없이 무사히 자리를 유지했었더라면, 내 편에서 내가 단호하게 사전작업 일을 거절했을 거

---

124) 'Dualis'는 하나를 가리키는 단수와 세 개 이상을 가리키는 복수와 구분되는 두 개를 가리키는 문법용어이다.

라는 점을 말이다. 나는 내가 쓰기 시작했던 책들이나 나와 함께 이리저리 옮아다녔던 책들의 끈들이, ― 나는 이 끈들을 지금도 손에 쥐고 있는데 ― 나이가 들면서 그동안에 끊어지고 있음을 느낀다. 예를 들어 하루 종일 세밀하고 촘촘한 눈송이가 하늘에서 떨어지고, 곧 전 지역이 가늠할 수 없을 정도의 눈으로 뒤덮여 있을 때, 나는 모든 구석과 갈라진 틈으로부터 나에게 몰려드는 무수한 단어의 무리에 의해 흡사 눈에 파묻힌다. 때때로 나는 몸을 일으켜 세워 모든 것을 다시 털어내길 원한다. 그때 올바른 분별력이 머뭇거리지 않고 나타난다. 그렇지만 더 적은 대가에도 불구하고 그것에 애타게 매달리고 그리고 큰 이득을 주목하지 않는 것은 멍청한 짓으로 여겨질 것이다." 그리고 마침내 이 결론은 독일인들이 ― 비록 전신 케이블은 없지만, 그러나 목소리를 위조할 필요 없이 ― 바다 너머 해외까지〔독일어로〕말했던 시기에 쓰였다.[125] "독일의 친애하는 국민들이여, 당신이 어떤 제국의 사람이든 어떤 믿음의 사람이든, 당신들 모두에게 열려 있는, 당신들이 유래한 태곳적 언어의 홀 안으로 들어오시오. 그 언어를 배우고 신성시하시오. 그리고 그 언어를 고집하시오. 당신들의 민족적 힘과 영속성은 그 언어에 달려 있소. 여전히 언어는 라인강 너머 알자스 내부로 퍼져 로트링겐 방향까지 뻗어 있으며, 아이더강 너머로 슐레스비히-홀스타인 깊숙이, 발트해 해안에서 리가와 레발을 향해, 카르파티아 산맥 저편 트란실바니아의 고대 다키아 지역에까지 이릅니다. 또한 당신들, 독일인 이민자들에게도 소금 바다를 지나 이 책이 도달할 것이며, 당신들에게 고향 언어에 대한 비애스럽고 사랑스러운 생각을 고취하고 강화해줄 것입니다. 고향

---

125) 이는 당시 독일어를 사용한 독일인들이 세계 각지에 널리 퍼져 있었음을 의미한다.

언어와 함께 동시에 당신들은 우리의 시인과 당신들의 시인들을 그곳으로 데리고 갈 것입니다. 영국과 스페인의 시인들이 아메리카에서 영원히 살아가고 있는 것처럼 말입니다. 베를린에서 1854년 3월 2일. 야코프 그림."


## 야코프 그림[126]이 프리드리히 크리스토프 달만[127]에게 보낸 편지

*친애하는 달만 씨에게,*

나는 당신의 필체를, 비록 그 필체를 매우 드물게 내게 보여주긴 하지만, 첫눈에 알아봤습니다. 아마도 당신은 힘겨운 글쓰기 작업으로 인해 다소 쪼그라들고 일정하지 않은 나의 필체를 그렇게〔나처럼 첫눈에〕알아볼 수는 없을 겁니다.

올해 3월까지 나는 거의 병석에 누워 있었습니다. 마침내 지독한

---

126) Jakob Grimm, 1785~1863 : 독일의 문헌학자·동화수집가. 빌헬름 그림의 형이다. 이들 형제는『독일어 사전』편찬작업을 했다. 그림 형제는 마르부르크 대학에서 공부했으며, 1830년부터 1837년까지 괴팅겐 대학의 교수를 지냈으며, 프로이센의 프리드리히 빌헬름 4세의 초청을 받아들여 1841년 베를린에 정착했다. 그림 형제의 공동작업 이외에 야코프 그림의 주요 업적으로는 독일 문헌학의 초석으로 평가받는『독일 문법』(1819~37)이 있다.

127) Friedrich Christoph Dahlmann, 1785~1860 : 독일의 역사학자·정치가. 그림 형제와 더불어 '괴팅겐 7인' 중의 한 명이다. 1837년 괴팅겐 대학의 교수 일곱 명은 1833년 하노버 왕국에서의 자유주의적 헌법의 폐지에 반대하다가 파면당했다. 그는 1848~49년 3월 혁명 당시에 프랑크푸르트 국민의회의 구성원으로 활동했다. 독일 통일을 옹호했고 덴마크 역사와 프랑스혁명사를 쓰기도 했다.

독감을 이겨낸 것처럼 보였는데, 뒤이어 더 지독한 독감이 따라왔습니다. 두 번째로 찾아온 독감은 나에게 의구심을 안겨주고 낙담시켰으며, 그 결과 어렵게 건강을 회복하고 있습니다. 왜냐하면 〔이번 독감에서 낫는다 해도 나를 힘들게 하는〕 일들이 모두 지나가버린 것은 여전히 아니기 때문이지요. 내가 침상에서 자주 잠들지 못하고 누워 있을 때마다 어휘사전에 대한 생각이 또한 나의 마음에 떠올랐습니다.

당신은 내가 더 열심히 계속 작업할 것을 다정하면서도 절실하게 촉구하십니다. 히르첼의 편지는 이미 수년 동안 지속적으로 동일한 지점 위에 물방울 떨어뜨리듯 언급하고 있습니다. 매우 세심하게 다루면서 그러나 바로 그래서, 마치 여성의 글쓰기에서처럼 동일한 관심사를 포함하고 있지요. 그래서 내가 그것을 읽지 않은 경우조차도 나는 그 안에 있는 것을 알 수 있을 겁니다.

이들 목소리와 내 안의 내적인 목소리와는 상반되게, 이곳 나의 귓속에서 들리는 모든 나머지 사람의 목소리는 힘겨운 작업을 그만두라고 내게 충고합니다. 당신이 생각할 수 있듯이, 그들의 충고를 의사의 견해가 뒷받침해주고 있습니다. 그 때문에 나는 그다지 놀라지도 망설이지도 않을 것입니다. 그러나 어느 정도는 고통을 받겠지요.

어휘사전의 이미지를 한번 생생하게 상상해봅시다. 나는 3년 동안 알파벳 철자 A B C를 위해 좁게 인쇄된 2,464개의 세로로 된 열(列)을 만들어냈습니다. 이들은 나의 4절판 원고에서는 4,516장에 해당합니다. 나는 이 작업에서 모든 것을, 모든 철자를 제 손으로 쓰고자 합니다. 다른 사람의 도움은 허용하지 않습니다. 빌헬름은 뒤이은 3년 동안 알파벳 D를, 비록 그가 그 계획을 철저하게 실행한다고 해도, 750개의 세로 열로 기술할 것입니다.

철자 A B C D는 전체 분량의 4분의 1에도 미치지 못합니다. 그러니까 후하게 산정하면, 아직 대략 1만 3,000개의 인쇄 열 또는 나의 원고분량을 기준으로 하면 2만 5,000장을 더 작성해야 합니다. 정말로 경악스러운 전망입니다.

빌헬름의 차례가 되었을 때, 나는 이제 다소 숨 쉴 수 있을 거라고 그리고 그사이 쌓여 있던 다른 일들을 할 수 있을 것이라고 생각했습니다. 히르첼은 빌헬름의 작업이 느리게 진척되고 뒤처져 있음을 알게 되자마자, 내가 철자 D의 작업이 끝나길 기다리지 말고 철자 E의 작업을 시작하길 요청했습니다. 동시에 인쇄가 이루어질 수 있도록 말이죠. 서적판매업의 관점에서 보면 타당하지 않은 것은 아닙니다. 그러나 그의 요청은 나의 휴가를 망쳤고 휴식을 방해했습니다. 왜냐하면 곧 다시 앞장서 가야 한다고 생각한 나는, 오래 걸릴 것처럼 보이는 새로운 일들을 거절한 다음에 개개의 단일한 일을 더 많이 처리했기 때문입니다.

우리 둘이 동시에 어휘사전을 작업한다는 것이 좋지 않다는 점을 보여주는 몇 가지 외적 요인이 있습니다. 어휘사전 작업에 필요한 수많은 참고서적은 이곳에서 사용되다가 곧바로 저곳에서 사용되기도 할 것입니다. 우리 둘은 같은 공간에서 지내지 않기 때문에 필요한 참고서적을 가지러 가기 위해 이 방 저 방을 끊임없이 다니게 될 것입니다. 당신이 우리 집의 배치구조를 뚜렷하게 상상할 수 있을지는 모르겠습니다. 거의 모든 책이 내 방 벽장에 꽂혀 있는데, 빌헬름은 그 책들을 자신의 방으로 가져가고자 하는 성향이 강합니다. 그는 책들을 자신의 책상 위에 올려놓곤 하는데, 그러면 사람들이 그 책들을 다시 찾기 어려워집니다. 그가 다시 그 책들을 제자리에 가져다놓는다면, 방문이 무한히 열렸다 닫히며 우리 둘을 괴롭힙니다.

이것은 공동작업을 하면서 일어나는 외적인 방해 중의 하나에 불과합니다. 내적인 방해물은 훨씬 더 해결하기 어렵습니다.

당신은 우리 둘이 어릴 적부터 친하게 지냈고 방해받지 않은 공동체를 지속하고 있다는 점을 알고 있습니다. 빌헬름은 모든 일을 부지런한 조심성과 충실함을 가지고 합니다. 그렇지만 그는 천천히 일을 진행시키고 자신의 천성에 어떠한 폭력도 가하지 않습니다. 나는 종종 내심으로 스스로를 책망합니다. 실제로 내가 그를 문법과 관련한 일로 끌어들였기 때문입니다. 그러한 일들은 그의 내적 성향과 멀리 떨어져 있습니다. 그는 자신의 재능을, 나를 능가하는 그의 모든 것을 다른 영역에서 더 잘 입증했을 것입니다. 이 어휘사전 작업이 그에게 또한 기쁨을 주기는 하지만, 그러나 더 많은 고통과 역경을 초래합니다. 그는 자립적이라고 느끼고 의견이 다른 지점에서 서로 합의하는 것을 좋아하지 않습니다. 그래서 계획과 수행의 동일성을 유지하는 것이 힘들어지는 상황에 이르면 작업에 피해를 입히게 됩니다. 비록 그것이 몇몇 독자에게는 심지어 편안해 보일지라도 말입니다. 그로 인해 그의 마무리 작업에서 몇 가지는 나의 마음에 들지 않습니다. 마찬가지로 나의 작업에서 몇 가지는 그의 마음에 들지 않을 수도 있습니다.

나의 모든 일과 성공은 결코 어휘사전을 지향하고 있지 않았는데, 어휘사전은 그 사이로 불리하게 끼어듭니다.

나는 문법 전반을 완성하고 싶은 욕구를 느끼는 경우가 더 많습니다. 나는 내가 성취한 모든 것이 결국에는 이 문법 덕분이라고 생각합니다. 지금 문법은 내가 감당할 수 없을 만큼 방대해졌으며, 나는 그것을 미완성인 채로 두어야만 합니다. 내가 자유롭다고 느꼈을 때, 나의 힘에 남아 있는 것을 문법 완성에 다 써버릴 수는 없습니다. 그 사이 또한 몇몇 다른 일과 새로운 대상이 내 앞에 나타났고, 그것을 다루는 것이 어휘사전 작업보다 내 마음에 훨씬 더 가까이 와닿을 겁니다. 어휘사전 작업이 끝날 기미가 전혀 보이지 않는 사이에 나는 다른 일을 달성할 수도 있을 것입니다. 만일 내가 이처럼 전체적으로 어려운 상황을 미리 알고 있었더라면, 나는 당시에 온힘을 다해 어휘사전을 물리쳤을 것입니다. 사전작업을 하면서 나의 특수성과 특이성은 손해를 입고 있습니다.

그러나 나는 내게 어떤 의무가 있는지 알고 있으며, 이미 8일 전에 라이프치히에 있는 사람들에게 이번 달에 시작하고 싶다고 알렸습니다. 그러니까 나는 고개를 숙여 목을 멍에 아래에 밀어넣고 기다릴 것입니다. 미래가 가져다줄 것을, 그리고 미래가 그의 대가로 나에게 어떻게 보상할지를 말입니다.

이제 사랑스러운 친구인 당신은 긴 편지 한 통을 받을 테고, 그것을 읽어나가는 것이 당신에게는 쉽지 않을 것입니다. 그러나 당신은 이에 대한 책임을 져야 하며 그러하기를 원합니다. 왜냐하면 당신이 진심으로 나를 다그쳤기 때문입니다. 지금 세 명의 소녀가, 레싱의 말로 하자면, 세 명의 어린 아가씨(Frauenzimmerchen)가 당신 집에 살고 있다는 말을 들으니 기쁩니다. 그들 덕분에 당신이 유쾌해질 테니까요. 나는 당신의 충실한 친구로 남아 있을 겁니다.


베를린, 1858년 4월 14일

야코프 그림

다음과 같은 죄르지 루카치[128]의 진술은 광범위한 영향을 끼친 바 있다. 즉 독일의 시민계급은 그의 첫 번째 적수 ― 봉건주의 ― 와 싸워 아직 그를 바닥에 쓰러뜨리지 않았을 때, 벌써 프롤레타리아 ― 그의 마지막 적수 ― 가 그의 앞에 서 있었다는 것이다. 메테르니히의 동시대인들은 이에 대해 할 말이 많을 수 있겠다. 〔이를 알고 싶다면〕 사람들은 결코 충분히

---

128) György Lukács, 1885~1971 : 헝가리 출신의 마르크스주의 철학자이자 문학비평가. 20세기 전반기 내내 유럽 공산주의 사상의 주류는 그의 사상의 영향을 받았다.

평가받지 못한 게르비누스의 『19세기의 역사』(1855)를 펼쳐 읽어보기만 해도 될 것이다. 그 책을 아마도 은퇴한 궁정·국가 재상 메테르니히 또한 죽기 직전에 읽었을 것이다. "메테르니히보다 더 억압적으로 통치한 위대한 위정자들이 있었다. 그러나 그들은 국가에 공헌함으로써 자신들의 엄격함을 보상했으며, 메테르니히처럼 국가의 복지보다 개인적 이익을 앞세운 경우조차도 그들 자신의 사적 이익이 걸려 있지 않은 경우에는 선한 것을 영리하게 후원하거나, 자연적인 성향에서 그리고 활동(Tätigkeit)에 대한 공통적인 욕구에서 그렇게 했다. 메테르니히는 그렇지 않았다. 그의 관심은 활동하지 않음(Untätigkeit)에 있었다. 따라서 이러한 관심이 항상 영향을 끼쳤고 국가의 복지와 항상 다툼을 벌였다." 그러나 그것만이 여든한 살 남자의 이 편지에서 뚜렷이 내뿜어져 나오고 있는 탁월한 여유로움(Souveränität)을 그 몰락한 자에게 선사했던 것은 아니다. 또한 무한히 많은 재산을 방해받지 않고 향유한 점 때문만도 아니다. 사람들이 말했듯이 통치자였던 그는 "시세차익과 금융계의 거물들과 맺은 수익배당 계약, 업무처리 편의를 봐주는 업무처리 비용, 저렴하게 매입하고 비싸게 매도해 얻은 이익, 엄청난 액수의 배상비용·평화비용·대피비용·보상비용·취득비용·선박운항 비용"을 통해 이들 재산을 30년간의 평화 시기에 장만할 수 있었다. 하지만 바로 기억할 만한 정치적 고백이야말로 그에게 탁월한 여유로움을 선사해주었다. 이 고백은 총 여덟 권짜리 그의 수기 유고집의 어느 구절에서보다는 그의 유일한 제자이자 당시 프랑크푸르트 주재 오스트리아의 연방의회 의장의 외교 사절이었던 프로케슈-오스텐 백작에게 보낸 유언장 성격의 편지에 가장 유효하게 작성되어 있다. 사람들은 이 편지로부터 위안을 받으며 반세기를 가로질러 둥근 다리를 놓을 수 있고, 그의 모든 말에서보다는 그의 다의적인 웃음 — 예를 들어 어떤 웃음은 장 란(Jean Lannes, 1769~1809) 장군에게는 비굴한 순응을, 요제프 호어마이어(Joseph Hormayr) 남작에게는 책략과 육욕을, 러셀 경(Lord Russell)에게는 무의미한 습관을 보여주었다 — 속에 더 많이 자리 잡고 있는 유보적인 태도를 발견할 것이다. 또한 사람들은 이 유보적인 태도와 이 웃음을 아나톨 프랑스(Anatole France, 1844~1924)에게서 다시 발견할 것이다. 프랑스는 다음과 같이 말한다. "모든 순간 사람들은 '시간의 기호'에 대해 말한다. 그러나 이것을 찾아내는 것은 매우 어렵다. 내 눈으로 직접 목격한 몇몇 작은 장면으로부터 우리 시대의 가장 독특한 점이 드물지 않게 나에게 말해지는 것 같았다. 그런데 그러한 경우에 십중팔구 나는 정확히 동일한 장면을 이에 상응하는 부대상황과 더불어 옛 비망록이나 연대기에서 재발견했다." 이것이 바로 그 경우이다. 이 때문에 삶은 항상 그러한 파괴적인 성향을 지닌 인물들에 의해 — 그들은 귀족으로서 봉건적이거나 또는 시민으로서 무정부적일지도 모른다 — 기껏해야 연극(Spiel)과 비교될 것이다. 그 단어의 이중적 의미[129]는 완전히 들어맞는다. 이어지는 편지글에서 그것은 모든 동일한 것의 영원한 회귀가 있는 무대의 연극을 의미하며, 거의 동일한 시기에 쓰인 어느 편지에서는 행운놀이(Hasard)를 의미하는데, 이러한 의미부여 측면에서 "도덕 개념과 법 개념에 대한 고려가 스카트 놀이"[130]에 있어야 하는 것이다.[131] 어느 러시아의 국가 고문관은 메테르니히 재상을 "라커칠이 되어

---

129)  독일어 'Spiel'은 '연극'뿐만 아니라 '도박'과 '놀이'라는 의미로도 사용된다.

130)  서른두 장의 패를 가지고 세 명이 하는 카드놀이로, 19세기 독일에서 시작되었다. 이 놀이는 불완전하게 주어진 정보를 가지고 상대방과 대결하는 전술놀이의 성격을 띠고 있다. 2016년 독일 유네스코는 스카트 놀이를 무형문화재로 지정했다.

있는 먼지"라고 일컬었다. 그는 그 때문에 자신의 웃음을 거두지는 않았을 것이다. 국가 통치술은 그에게는 하나의 미뉴에트였다. 이에 따라 햇빛 속에서 작은 먼지들이 춤을 춘다. 그렇게 메테르니히는 정치를 파악했으며, 이 정치를 전성기의 시민계급조차도 환영으로서 꿰뚫어보지 못하고 능숙하게 제어할 수 없었다.


## 클레멘스 폰 메테르니히 제후[132]가 안톤 폰 프로케슈-오스텐 백작[133]에게 보낸 편지

빈, 1854년 12월 21일

*친애하는 장군이여,*

나는 첫 번째 확실한 기회를 이용해 11월 23일을 친절하게도 기억해준 당신에게 고마움을 표하고자 합니다. 그날은 여든한 번째 찾아

---

131) 메테르니히가 프로케슈에게 보낸 1852년 1월 6일자 편지의 한 구절이다.

132) Clemens Wenzel von Metternich, 1773~1859 : 오스트리아의 정치가. 1809~48년까지 외무장관을 역임하면서 나폴레옹 실각 이후의 새로운 유럽 질서를 수립하는 빈 회의(1814~15)에서 주도적인 역할을 했다. 왕정 체제를 복권하고 독일 등 유럽 내 민족주의적 해방운동을 억압했다.

133) Anton Prokesch von Osten, 1795~1876 : 오스트리아의 군인이자 외교관. 1853년과 1855년 사이 프랑크푸르트에서 있었던 독일 연방국들의 모임(Deutscher Bund)에서 비스마르크에 반대했다.

왔습니다. 그리고 그날은, 그러니까 나에게 과거로의 시선 이외의 다른 시선을 좀처럼 제공하지 않습니다. 미래는 더 이상 나에게 속해 있지 않습니다. 그리고 현재는 나에게 만족감을 거의 주지 않습니다.

나는 밤의 타고난 적수이며 빛의 친구입니다. 나는 완전한 암흑과 여명(Zwielicht) 사이에서 사소한 차이를 만듭니다. 왜냐하면 후자의 경우에도 마찬가지로 생기를 불러일으키는 밝음은 없기 때문입니다. 어디에서 밝게 보여질까요? 당신이 그것을 안다면, 당신은 나보다 재능이 있는 것입니다. 나는 모든 방면에서 말과 행동 사이에 있는, 정직하게 수립된 계획과 그 계획의 진행 사이에 있는, 목표에서의 이해 가능성과 수단의 선택에서의 이해 불가능성 사이에 있는 모순을 봅니다! 나는 대상에서 그 어떤 새로움도 발견할 수 없습니다. 사태는 오래되었으며, 그것은 새로운 의상을 걸치고 나타나지도 않습니다. 이 상황에서 명백한 것은 연극작품의 배우들 사이에서 역할의 교체가 있다는 점입니다. 이 동일한 것이 공중부양 기계장치와 값비싼 미장센을 구비하고 있다는 점에는 의심의 여지가 없습니다. 그 극작품이 새로운 것이라고 나에게 제시하지는 마십시오. 그리고 작품 소재를 다루는 방식에 대해 의견을 말하기 위해 극이 전개되기를 기다리는 것을 허락해주십시오.

진실로 새로운 것은 해군의 전쟁수행 방식에 있습니다. 그것은 증기선에서 나타납니다. 크림반도에서 있던 것과 같은 계획은 몇 년 전이라면 불가능했을 것입니다.[134] 그것은 의심의 여지없이 위대한 실

---

134) 여기서 메테르니히는 1853~56년에 있었던 크림전쟁을 거론하고 있다. 크림전쟁에

험에 속합니다. 이익이 비용에 상응하는 가치를 지닐까요? 이것을 미래가 또한 가르쳐줄 것입니다. 많은 위대한 계몽이 미래의 판단에 맡겨져 있습니다. 하늘이 미래를 최상의 방향으로 이끌어주기를!

1855년에 많은 것이 오늘 내가 인식할 수 있는 것보다 더 분명하게 나타날 것입니다. 나는 당신이 내년의 진행을 지켜보길 바랍니다. 나는 결코 한 계절 또는 두 계절 너머까지 계획을 세우지는 않습니다. 나는 이불에 맞춰 몸을 뻗듯이, 모든 시기와 상황에서 분수에 맞게 처신할 줄 알고 있습니다. 이제 나의 이불은 [시간이 지나] 낡을수록 점점 더 짧아질 겁니다.

당신이 나의 감정에 대해 확신할 수 있는 것처럼 나에 대한 당신의 감정을 계속 유지해주길 바랍니다.

메테르니히

---

서 영국과 프랑스 그리고 터키 연합군은 크림반도를 차지했던 러시아를 물리쳤다.

고트프리트 켈러는 뛰어난 편지 작성자였다. 아마도 그의 글 쓰는 손에
는 입이 모르고 있는 전달에 대한 욕구가 자리 잡고 있었다. "오늘은 매우
춥습니다. 창문 너머 작은 정원은 냉기에 덜덜 떨고 있습니다. 762개의 장
미꽃 봉오리는 거의 나뭇가지 속으로 다시 기어들어가네요." 침전된 난센
스를 조금 포함하는 언술을 산문에서 이처럼 구사한다는 것은 — 괴테는
언젠가 이러한 침전물을 운문에서 의무적인 것으로 선언한 바 있다 — 다
음과 같은 점에 대한 가장 명백한 증거이다. 즉 이 작가의 가장 아름답고
본질적인 것이 다른 작가들의 경우보다 훨씬 더 자주 글을 쓰는 동안에 나

타났다는 점, 그리고 그 때문에 그는 자신을 질적으로 자신의 능력보다 과소평가했으며, 양적으로는 과대평가했다는 점이다. 그 밖에 그의 편지들은 단지 공간적으로만 언어 영역의 접경지에 놓여 있었던 것은 아니다. 다수의 편지에서 알 수 있듯이, 그의 편지글은 편지와 이야기 사이의 중간적 존재이며, 편지와 신문문예란 사이의 혼합형식에 상응한 이러한 형식을 같은 시대에 알렉산더 폰 빌러스[135])가 장려한 바 있다. 사람들은 18세기의 헌신적인 충일과 낭만주의 형식으로 완성된 고백을 이 편지들에서 찾아서는 안 된다. 다음의 편지는 다루기 까다롭고 별난 유형에 대한 하나의 본보기이다. 그외에 이 편지에서 편지 작성자는 자신의 여동생에 대해 아마도 가장 상세한 내용을 진술하고 있다. 이 편지에서 언급된 여동생은 레굴라[136])이다. 그는 그녀에 대해 다음과 같이 말했다. 그녀는 "노처녀의 처지와 관련해 유감스럽게도 이들 노처녀 공동체 중에서도 더 불행한 쪽에 있다"라는 것이다. 썩기 시작하고 비천해진 것을 바라보는 켈러의 오류 없이 확실한 시선, 은밀한 결탁과 완전히 무관하지 않은 그의 시선 또한 그가 편지 수신자에게 두 명의 유랑하는 낭독 예술가의 합의를 묘사할 때 어김없이 등장한다. 그리고 그는 자주 그렇듯이 자신의 태만함에 대해 용서를 구하면서 편지글을 시작한다. "편지 왕래는", 때때로 그의 편지에 쓰여 있기를, "구름처럼 나의 가난한 책상 위에 있다".[137]) 그러나 그 자신이야말로 구름을 밀어내고 말없이 오랜 기간 준비하다가 돌연 톱니처럼 예리한 익살로 후텁

---

135) Alexander von Villers, 1812~80 : 오스트리아의 외교관이자 작가. 사후 그가 친구들에게 보낸 편지들이 「무명인이 보낸 편지들」이라는 제목으로 출판되면서 유명해졌다.

136) Regular Keller, 1822~88 : 고트프리트 켈러의 여동생.

137) 켈러가 마리 멜로스(Marie Melos)에게 보낸 1884년 2월 27일자 편지.

지근함을 찢어버리고 둔탁하게 천둥소리를 울리는 주피터처럼 편지 쓰는 자(Jupiter epistolarius)이다.


## 고트프리트 켈러[138]가 테오도르 슈토름[139]에게 보낸 편지

취리히, 1879년 2월 26일


친애하는 친구여, 당신의 편지가 매우 반갑기는 하지만, 이번 편지는 불쾌한 방식으로 나의 태만함을 깨닫게 해주었다네. 그렇게 태만하게 나는 몇 달 전부터 당신에게 보낼 편지 한 통을 가지고 고생하고 있었다네. 겨울은 나에게 거의 참을 수 없을 정도가 되었고 모든 글쓰기를 마비시켰다네. 항상 흐리고 햇빛이 없고, 동시에 평소답지 않게 춥고 눈이 많은, 비가 많이 내린 지난해에 이어지는 겨울은 날

---

138) Gottfried Keller, 1819~90 : 스위스의 소설가. 『녹색옷의 하인리히』(1854~55, 수정판: 1879~80), 『젤트빌라 사람들』(1856, 제2판: 1874) 등으로 잘 알려져 있는 19세기 독일의 시민적 사실주의를 대표하는 작가이다. 1848년 3월 혁명의 정치시(詩)의 영향을 받고 작가의 길을 걷기 시작했다. 독일에서 7년 동안 체류하면서 전반기 주요 작품을 발표했으며, 1855년 스위스로 귀국한 뒤 정치인으로서 공직을 맡아 일하다가 1876년에 은퇴하고 다시 집필활동을 시작했다. 19세기의 대표적인 독일어권 산문작가로도 평가받는다. 벤야민은 「고트프리트 켈러: 그의 역사 비판본 전집 출간을 기념하며」(1927)에서 그를 "독일어권에서 나온 서너 명의 위대한 산문작가 가운데 한 사람"(『선집』 제9권, 210쪽)으로 평가하고 있는데, 이 에세이의 일부분이 위 편지에 대한 소개글에서 다시 등장하고 있다.

139) Theodor Storm, 1817~88 : 독일의 작가. 그의 노벨레와 산문작품은 독일의 시적 사실주의의 대표작으로 평가받는다.

마다 특히 나의 아침시간을 수포로 돌아가게 하였다네. 내가 최근에 이른 아침의 즐거움을 누렸던 적은 단 한 번 뿐이야. 이날 나는 굴뚝 청소부 때문에 4시에 일어나야만 했어. 굴뚝청소부는 난로를 청소해야만 했거든. 그때 나는 12킬로미터 내지 17킬로미터 떨어져 있는 남부지역의 알프스 산맥 전체가 밝은 달빛 속에 있는 것을 마치 꿈처럼 핀 바람에 의해 옅어진 대기 사이로 보았어. 낮에는 당연히 모든 것이 다시 안개와 암흑으로 가득했네.

당신의 토지 구입과 나무 심기가 잘되도록 행운을 비네. 여전히 어머니가 있는 자는 나무들을 심어도 될 거야. 그러나 우리가 세 가지 새로운 일을 기대해야 한다면, 당신은 근면함의 마술사일 테지. 그 일들은 당신의 평판에 해를 끼쳐서도 안 되고 끼치지도 않을 거야. 왜냐하면 당신은, 어느 생산회사의 경영자처럼 의도적으로 자기 자신을 낮추게 할 만한 재력을 갖고 있지 않기 때문이지. 또한 의도치 않게 그런 일을 하는 것도 잘되지 않는다네.

아양 떠는 음유시인 요르단[140]이 낭독하는 것을 나는 몇 해 전에 또한 여기에서 들었다네. 그것도 동일한 장(章)에 실려 있는 이야기였어. 브룬힐트의 병든 아이가 ─ 이 얼마나 현대적인 소설의 모티프인가! ─ 지크프리트에게 말하는 것을 듣는 것은 전적으로 놀랄 만한 일이었지. "아빠보다 네가 더 좋아." 요르단은 확실히 위대한 재능을

---

140) Wilhelm Jordan, 1818~1904 : 독일의 작가. 1848년 혁명을 계기로 촉발된 민주화 운동에 적극적으로 참여한 후에 은퇴한 그는 13세기 독일 서사시를 새롭게 개작하는 데에 헌신했으며, 1867년에 『지크프리트의 전설』, 1874년에는 『힐데브란트의 귀향』을 발표했다. 당대에 인기를 누려 독일 전역을 순회하면서 낭독했다.

가진 자야. 그러나 그 오래되고 유일무이한 니벨룽의 노래를 폐물로 천명하고 그것의 현대적인 기형아를 그 자리에 밀어넣는 것은 사슴 가죽 같은 영혼을 필요로 하지. 내게 그 니벨룽의 노래는 실로 해마다 점점 더 사랑스러워지고 경외감을 주고 있으며, 나는 모든 부분에서 점점 더 많은 의식적인 완성도와 위대함을 발견한다네. 앞서 말한 취리히에서의 낭독이 끝나고 사람들이 강당 밖으로 나오자, 그 음유 시인은 문 아래에 서 있었지. 그리고 모든 사람이 그의 옆을 지나쳐 가야만 했어. 내 앞에 킨켈[141]이 걸어가고 있었다네. 그 역시 낭독의 대가이자 '아름다운 남자'인데, 그때 나는 그 둘이 서로 짧게 고개 숙여 인사하고 마치 여자들이 서로를 향해 웃듯이 웃는 것을 보았어. 나는 그렇게 키가 큰 두 사내이자 약삭빠른 녀석들이 서로를 그렇게 저열하게 다룰 수 있는지 놀라웠지. 여행하며 돌아다니는 낭독자 생활이 어느 정도 시인들을 형편없이 상하게 만든 것이 틀림없어.

페터젠[142]은 알다시피 사려 깊고 고귀한 영혼을 가진 자야. 어떤 문제가 그의 손에 달려 있다면, 그는 우리가 출판업자들에게 훌륭하게 함께 작용하게 해서 그들의 정신을 쏙 빼어놓았을 테지. 그러나 우리는 그 신사들에게 또한 어떠한 것도 선사하기를 원하지 않아. 우리에게는 돈과 관련된 문제가 있기 때문에, 나는 곧장 한 가지 중요한 점을 말하고 싶어. 말하자면 당신은 이미 여러 번 당신의 편지들

---

141) Gottfried Kinkel, 1815~82 : 독일의 시인. 좌파 계열의 잡지 편집자. 본 대학과 취리히 대학의 문화사 교수를 지냈으며, 유럽과 미국에서 강연을 했다.

142) Wilhelm Petersen, 1835~1900 : 독일의 문학비평가. 당대의 문필가들과 지속적인 교류를 맺었으며, 특히 테오도르 슈토름과 친하게 지냈다.

에 10페니히짜리 우표를 붙였다네. 하지만 제국 이외의 지역으로 편지를 보내는 경우에 우표값은 틀림없이 20페니히라네. 나는 지금 여동생과 같이 살고 있는데, 누이는 신경질적인 노처녀야. 그녀는 40페니히의 추정 우편료를 바구니에 넣은 다음에 줄에 매달아 4층 창문에서 아래에 있는 우편배달부에게 내려보낼 때마다 매번 비명을 지른다네. "여기 또 누군가가 충분한 우표를 붙이지 않았어!" 재미있어 하는 우편배달부는 건물 아래에 있는 정원에서 마찬가지로 이미 멀리에서부터 고함을 지르지. "켈러 양, 또 누군가가 우표를 붙이지 않았어요!" 그런 다음 나의 방에서 한바탕 소동이 벌어지는 거야. "도대체 이번에는 누구야?" (돈을 강탈한다는 점에서 당신의 경쟁자는 말하자면 오스트리아의 계집애들이지. 그들은 지난 크리스마스 명작 선집에 실린 모든 시인에게, 책에서 이들 고전작가의 거주지를 알아낼 수 있을 경우에는, 그들의 친필사인을 요구하는 편지를 보냈다네.) 여동생은 다음과 같이 계속 소리를 질러. "이와 같은 종류의 편지를 다음번에는 확실히 더 이상 받아주지 않을 거야!" "너는 그래도 고약하게 굴지는 않을 거야!"라고 나는 되받아 소리친다네. 그다음에 그녀는 안경을 찾아 주소와 우표소인을 자세히 살펴보다가 나의 따뜻한 난로관이 열려 있는 것을 보고는 어제 먹은 완두콩 수프를 가져와 온기 속에 가져다놓을 생각을 하게 되지. 그 결과 내가 서재에서 가장 멋진 음식냄새를 맡게 될 거라고 하겠지만, 이상하게도 방문자가 있을 경우에 특히 반갑다네. 이제 "수프를 가지고 나가! 그리고 네 방의 난로에 갖다놔!"라고 말할 거야. "거기에는 이미 냄비가 있어. 더 이상 놓을 장소가 없어. 바닥이 많이 기울어져 있기 때문이야!" 바닥 보수공사에 대해 또 말

다툼이 시작되고, 마침내 수프는 떠나가고 우표 문제는 그로 인해 한동안 다시 잊힌다네. 왜냐하면 수프로 인해 공격과 방어, 승리와 패배가 뒤바뀌었기 때문이지.

제발 이 전쟁이 발발한 원천을 추적하고 찾아내 이를 막아주길 바라네. 하지만 그 일을 파울 린다우[143]처럼 하지는 말아주게. 그는 전에 사무용품에 대한 일련의 독촉편지를 절반 값의 우표를 붙여 보낸 후에 나에게 비열하게 언급하기를, 그러한 어떤 것도 자신은 전혀 하지 않았다는 거야. 만약 그런 일이 있다 하더라도 기껏해야 그의 비서가 일회적으로 실수한 경우일 거라고 하더군. 그렇기에 그는 달갑지 않은 사고로 발생한 일을 관대히 봐달라고 부탁한다 등등을 말했지. 그때 나는 이 익살꾼으로부터 내 몫을 받아냈어!

당신의 새해인사에 진심으로 감사드리며, 내가 나의 여생에 지고 있는 빚을 가지고 앞으로 나가길 바란다네. 왜냐하면 거래가 불확실해지기 시작하기 때문이네. 한 세대가 다음 세대로 넘어가면서 사람들이 투쟁에 무능력해지거나 심지어 떠나간다네. 당신에게 마찬가지로 최상의 일이 있기를 기원하며, 무엇보다도 당신이 편지에서 나에게 알려준 그 불가사의한 우환에 대해 마음을 가라앉히길 기원하네. 그것에 대해 우리는 당분간 믿고 싶지 않다네.

당신의 G. 켈러

---

143) Paul Lindau, 1839~1919 : 독일의 극작가이자 소설가. 라이프치히와 베를린에서 문학잡지 시리즈를 창간하고 편집했다.

　니체의 친구이자 바젤 대학의 프로테스탄트 신학 및 교회사 교수인 프
란츠 오버베크는 중재자 역할을 하는 위대한 인물이었다. 싱클레어가 휠덜
린에게 중요했던 것처럼 오버베크는 니체에게 그러했다. 호의를 지닌 조력
자, 비록 이익을 대변하는 자는 아니지만, 조력자 같은 존재로 자주 간주되
어온 사람들은 수없이 많다. 그들은 분별력 있는 후세대를 대표하는 자이
다. 그들은 단번에 바로 그 사람의 위상을 인식하고 그를 위해 가장 원초적
인 근심을 아무리 자주 떠맡는다고 해도, 결코 대변자로서의 그들이 지켜
야만 하는 경계를 넘지 않는다. 니체와 오버베크가 오랫동안 편지 교환을

하는 동안 쓰인 편지글 중에서 다음 편지만큼이나 그것을 인상적으로 입증하는 글은 없다. 니체에게 보낸 편지 중에서 이 편지가 아마도 가장 대담하기 때문에 인상적이다. 이것은 단지 그가 자라투스트라의 저자에게 바젤에 있는 김나지움의 교사직을 받아들이라고 제안했기 때문만은 아니다. 그것은 니체의 삶의 형식, 바로 그의 가장 내적인 갈등과 연관되어 있는 간청 때문에 더욱 그러하다. 오버베크는 냉철한 정보와 질의를 섞어 넣으면서 이 간청을 그럴듯하게 장식했는데, 이것이 이 편지글의 참으로 뛰어난 예술적 기교이다. 이 글은 그럼으로써 니체의 존재 풍경을 마치 험한 고갯길에서부터 바라보는 시선을 열어줄 뿐만 아니라 동시에 글 쓰는 자의 이미지를 제공한다. 다시 말해 이는 그의 가장 내적 본성의 이미지이다. 왜냐하면 이 중재자는 극단적인 것을 인지하는 가장 날카로운 시선을 지녔기 때문에 자신의 모습 그대로 존재할 수 있었기 때문이다. 그의 논쟁적인 저서들(『기독교와 문화』, 『우리의 오늘날 신학의 기독교적인 것에 대해』)은 그것을 가장 가차 없이 표명했다. 진정으로 기독교적인 것은 그에게 무조건적인 세계부정이자 종말론적으로 논증된 세계부정의 종교인데, 이러한 점에 의거해 그에게 기독교가 세계와 그 세계의 문화에 몰두하는 것은 자신의 존재에 대한 부정으로, 그리고 모든 신학은 교부신학의 시대 이래로 종교의 사탄으로 나타난다. 오버베크는 이들 저서를 통해 자기 자신이 "신학 선생님으로서 〔독일 외부에서〕 독일을 향해 솔직하게 글을 썼다"[144]라는 점을 알고 있었다. 여기서 소개하는 이 편지의 저자와 수신자는 자발적으

---

144) 1903년에 재출간된 오버베크의 『우리의 오늘날 신학의 기독교적인 것에 대해』의 한 구절이다.

로 제국수립기의 독일에서 스스로를 추방했다.

## 프란츠 오버베크[145]가 프리드리히 니체에게 보낸 편지

바젤, 1883년 3월 25일 부활절 일요일

*친애하는 친구에게,*

내가 나를 정당화하고 당신이 착각했다고 말하는 것보다는 당신에

---

145) Franz Overbeck, 1837~1905 : 독일의 프로테스탄트 신학자. 고대 교회사 및 『신약
성서』 연구를 전공한 그는 1870년 바젤 대학의 신학 교수로 부임한 후, 당시 같은
건물 아래층에 살고 있던 같은 대학의 고전문헌학 교수인 니체와 친교를 맺었다.
이후 니체가 1879년 편두통 등의 병세가 악화되어 교수직을 사임하고 유럽 각지를
돌아다니면서 집필활동에 전념한 시기에도 그들은 꾸준히 편지 교환을 이어나갔
다. 니체는 1883년에 『자라투스트라는 이렇게 말했다』의 제1부를 완성했는데, 오버
베크에게 보낸 1883년 3월 6일자 편지에서 "나는 '사라질' 것입니다"라고 썼으며 이
렇게 의기소침한 니체에게 오버베크는 사기를 북돋워주는 답장을 썼다. 이후
1884년에 『자라투스트라는 이렇게 말했다』의 제2부와 제3부가 집필되고 마지막 제
4부는 1885년에 완결되었다. 오버베크는 1889년 1월 이탈리아에서 실신상태에 빠
진 니체를 바젤로 데려와서 돌봐주었다. 니체는 그 후 한동안 어머니에게 보살핌을
받다가 누이에 의해 바이마르로 옮겨져 1900년 그곳에서 쉰여섯 살의 나이로 세상
을 떠났다. 오버베크는 1873년에 출판된 주저 『우리의 오늘날 신학의 기독교적인
것에 대해』에서 교리에 독단적으로 매달리는 보수적인 신학뿐만 아니라 신앙과 학
문을 일치시키려는 자유주의적 신학 모두를 비판하고 있으며, 또한 교회의 선조들
이 세웠다고 하는 '역사적인 기독교 정신'은 그리스도의 근원적인 이념과는 전혀
무관하다는 견해를 표방하고 있다. 이 저서로 인해 그는 독일 내에서 대학 교수 자
리를 얻을 전망이 막혔으며 여생을 바젤에서 보냈다.

게 길게 느껴졌던 시간은 실제로 길었다고 하는 편이 더 낫겠습니다. 물론 지난번 나의 편지는 몇 주 전에 쓰였고 이미 오래전부터 이것이 내 마음을 짓누르고 있었습니다. 심지어 나는 휴가의 첫 주를 그냥 흘려 보냈고 그것에 맞서서 스스로 헤쳐나가지 않았습니다. 이 휴가가 나에게 가져다주었을 여유는 전혀 문제가 되지 않습니다. 편지와 온갖 종류의 자잘한 일이 그사이 쌓여 있었고, 그것들은 즉시 문지방에서 나를 습격했습니다. 최근에 특히 당신의 편지들과 그 안에서 스스로 표현되는 심한 고통이 답장을 쓰고자 하는 거의 고통스러운 충동을 만들어내지만, 이러한 충동조차도 그 자잘한 일들로 인해 한동안 마비상태가 됩니다. 내가 당신에게 다만 말할 수 있는 것은, 당신이 모든 것에도 불구하고 승리하는 것이 당신의 친구들에게도 진지한 관심사라는 점입니다. 이는 일상적인 의미에서 당신에게 충직한 모든 이를 위해서, 당신을 또한 특별한 의미에서 "삶의 대변자"로 소중히 여기는 자를 위해서입니다. 굉장히 어둡게 당신 위에 순간적으로 당신의 과거와 미래가 걸려 있습니다. 양자가 또한 확실히 당신의 건강에 해롭게 작용하고 더 이상 참아낼 수 없을 정도입니다. 과거의 경우에, 즉 당신의 정신적인 과거의 경우에 당신은 유독 실책과 불행한 사건을 생각하면서도 그중에서 당신이 극복한 사건에 대해서는 생각하지 않습니다. 당신을 구경하는 다른 이들은 결코 당신의 친구들이 아닌데, 이들은 대부분 이 점을 놓치지 않았습니다. 내가 당신이 성공한 경우를 생각한다면, 나는 당신에게 바젤에서 교사로서 활동한 일을 상기할 것입니다. 왜냐하면 나는 부분적으로 그 활동의 증인이기 때문이며, 부분적으로는 그 덕분에 내가 바로 당신의 미래에 대해 논할 수 있기 때문입니다. 당신이 당시에 그랬던 것처럼 전혀 다른 일들로 너무나 가득 차서 당신은 당신의 직무에 별로 내키지 않은 반쪽 마음으로, 또는 4분의 1의 마음으로만 전념했습니다. 어쨌든 당신 마음 중의 일부와 함께, 그리고 하여튼 성공을 거두어 거기에 쏟은 당신의 마음이 훨씬 더 많은 것처럼 보였습니다. 당신이 좋은 일을 더 이상 하지 못할 것이며, 더 이상 전혀 아무것도 좋아질 수 없을 것이라고 생각하는 이유가 무엇인가요? 그것은 이미 영국의 속담, 말하자면 옛 지혜와 일치하지 않으며, 당신이 당신의 철학에서 스스로 만들어낸 새로운 지혜 속에서도 있을 자리는 완전히 없습니다. 비록 당신의 삶과 당신의 삶의 확고한 기반을 가로막는 방해물에 대해 이 철학이 당신을 속이지는 않겠지만, 또한 당신이 이 철학을 과대평가하고 헌신하는 것을 허용하지도 않습니다. 그러나 당신은 물어볼 것입니다. 무엇 때문에 무언가를 해야 하는가?라고요. 내 생각으로는 부분적으로 적어도 이 질문이 어둠에서부터, 즉 당신의 미래에 대한 비범한 예측 불가능성에서부터 당신에게 다가갈 것입니다. 당신은 얼마 전 내게 보낸 편지에서 "사라지고" 싶다고 했습니다. 그때 당신의 판타지 앞에 완전히 특정한, 의심의 여지없이 매우 생생한 이미지 하나가 떠오를 것이며, 그리고 이 이미지 때문에 당신은 당신의 삶이 형상을 부여**받을 것**이라는 확신으로 가득 차겠지요. (나는 물론 이러한 확신이 거듭해 당신의 편지들에서 지금도 분출하는 것을 너무도 기쁜 마음으로 바라봅니다.) 그러나 **그러한** 전망이 열리는 것이 어떤 친구의 마음을 단지 극도의 불안감으로 채울 수도 있습니다. 그 친구는 그러한 이미지를 가지고 있지 않아요. 그리고 당신이 자신을 바그너 부인[146]과 결부해 생각하고 있다는 점이 그를 조금도 진정시키지 않지요. 그녀는 정말로 어차피 그녀의 삶의 마지막 단계에서, 그렇게 마침내 완전히 자기 자신에게로 물러나는 것이 그리고 모든 세계에 맞서 자기 자신의 것이라고 명명한 것으로 완전히 물러나는 것이, 자연적이고 인간적인 이기주의에도 불구하고 아직은 진정으로 행복하게 하는 무엇인가를 지닐 수 있는 상황에 있습니다. 그리고 이것은 내 생각으로는 심지어 분별 있고, 오로지 인간적인 본성에만 근거하고 있는 도덕과의 온전한 일치 속에서입니다. "당신의 사라짐"은, 만일 그것이 바그너 부인의 사라짐과 무언가 공통점이 있다 할지라도, 그것은 당신에게 분명히 행복을 가져다주지 않을 거예요. 요즘 당신에게 그렇게 몹시 필요한 안정이 가능해 보이지 않네요. 당신이 그렇게 오랫동안 당신의 미래의 삶을 위한 확고한 목적을 주시하지 않는 한에서는 말이지요. 그래서 나는 당신에게 하나의 생각을 말해주고 싶습니다. 내가 얼마 전에 당신과 관련되어 나의 아내와 이 생각에 대해 논의했어요. 우리 두 사람이 보기에 이 생각이 고려해볼 만한 가치가 없는 것은 아니었습니다. 만일 당신이 다시 교사가 되는 것을 생각해본다면 어떨까요? 내가 말하고자 하는 것은 대학 교수가

---

146) Cosima Wagner, 1837~1930 : 작곡가 리하르트 바그너(Richard Wagner, 1813~83)의 아내이자 작곡가 프란츠 리스트(Franz Liszt, 1811~86)의 딸. 코지마는 바그너를 만나기 전에 이미 결혼한 상태였으며, 첫 남편과 정식으로 이혼하지 않은 채 바그너의 자녀 세 명을 낳았다. 니체는 코지마를 열렬히 숭배했다. 리하르트 바그너는 1883년 2월 베네치아에서 세상을 떠났고, 니체는 얼마 후 코지마에게 편지를 썼다. 이 시기에 니체는 오버베크에게 보내는 편지에서 자신을 '삶의 대변자'(Fürsprecher des Lebens)라고 정의했다.

아니라 상급 고등학교 교사입니다. 예를 들어 독일어 교사처럼 말이지요. 나는 오늘날의 성인 남자와의 접촉이 당신에게 주는 모든 곤혹감을 잘 파악하고 있습니다. 젊은 사람을 경유해 그것으로 되돌아가는 것이 당신에게는 비할 바 없이 쉬워질 겁니다. 아울러 당신 스스로는 그들 곁에 완전히 머물 수 있으며 당신의 방식대로 사람들을 위해 애쓸 수 있습니다. 게다가 그러한 교사직은, 다른 어떤 것과도 비교할 수 없을 정도로, 당신이 지난 몇 해 동안 어떤 시간도 잃어버리지 않고 한 일 중의 하나일 뿐만 아니라 그로 인해 당신은 훨씬 성숙해졌습니다. 결국 이러한 종류의 의도로 당신에게는 또한 외적으로도 — 이 전율을 불러일으키지만 우리 시대에는 쉽게 이해할 수 있는 표현을 용서해주시고, 나는 단지 간결하고 쉽게 이해되길 바랄 뿐입니다 — 연결점이 부족하지는 않겠지요. 왜냐하면 확신하건대, — 덧붙이자면 나는 이때 그리고 이 전체 사안에 있어 가장 엄격한 의미에서 단지 나로부터 나온 이야기를 하고 있습니다 — 당신은 여기서 그것을 잘할 거라고 봅니다. 나는 이러한 암시로 끝을 맺겠습니다. 당신은 그 생각이 대체로 당신에게서 울리는 경우에만 내가 당신에게 바라는 만큼 아름답게 그 모든 것을 해낼 것입니다. 지금 이 순간 나에게 최상의 위안은 당신이 의사의 돌봄을 받고 있다는 것이며, 이때 우리가 바라건대 본질적이고 정말로 유익한 어떤 것도 놓치지 않길 바랍니다. 우리는 여기서 3월이 되어서도 겨울을 맛보고 있습니다. 엊그제도 혹독한 날이었습니다. 이제 곧 상황이 전환되어 당신이 목적에 부합하는 이주를 생각할 수 있기를 바랍니다. 당신의 '자라투스트라'에 대한 소식은 극도로 나를 불쾌하게 합니다. 나는 단지 당신이 초조함에 마음을 가누지 못해 어쩔 줄 몰라 중단하지 않기를, 또는 적어도 우리가 가령 어떤 일의 진척을 위해 묘안이 어떻게 마련되어야 할지 지켜봐야만 하는 상황에서 즉시 계속해 그 일의 진척을 위해 생각해야 하는 경우를 제외하고는 단절에 빠지지 않기를 바랄 뿐입니다. 당신이 나에게 그 시작품의 발생에 대해 써준 것이 나를 당신의 가치에 대한 신뢰로 가득 채워줍니다. 그리고 작가로서의 당신의 건강 회복에 대해 나는 새로이 이러한 종류의 저작으로부터 희망을 갖게 되었습니다. 당신이 아포리즘을 가지고 거의 성공을 거두지 못한 것은, 내가 생각하기에는, 한 가지 이상의 이유로 설명할 수 있습니다. 내가 슈마이츠너에게 독촉편지를 보내거나 문의해도 될까요? 이번 주에 나는 당신의 돈을 받을 거예요. 이번에는 1,000프랑입니다.[147] 내가 당신에게 그중에서 얼마를 어떻게 보내줘야 할까요? 나는 지금 되도록이면 당신의 주소로 보내는 쪽으로 생각하고 있습니다. 그러나 이것은 단지 지폐인 경우에만 가능합니다. ― 제 아내의 진심 어린 인사와 함께, 근심과 우정으로 항상 당신을 생각하는 당신의,

프란츠 오버베크

---

147) 오버베크는 니체가 바젤 대학으로부터 매년 받는 3,000프랑의 연금을 나눠 받아 그에게 보내주었다.

■ 관련 자료

〈부록〉[1]

 

 

만약 여기에 모아놓은 일련의 편지 속의 우정이 항상 단지 그들의 광휘 속에서만 묘사된다면, 이들 편지가 불러내고자 한 태도에 대해 하나의 피상적인 이미지가 주어질지도 모른다. 다음에 이어지는 편지는 프리드리히 슐레겔의 편지이다. 이 편지는 슐라이어마허와 슐레겔의 관계가 소원한 시기에 쓰였고, 아마도 행복한 시절에 유래한 모든 편지보다도 이 편지가 딜타이의 다음과 같은 진술을 제대로 입증하고 있다. 그에 따르면, 이 가장 비밀스러운 통지 속에서 슐레겔이 "그에 대해, 물론 대부분 그 자신의 잘못으로 인해, 우리 세대에 전승되어온 이미지에서보다" 비할 바 없이 더

---

1)  슐레겔이 슐라이어마허에게 보낸 이 편지와 이에 대한 벤야민의 소개글은 1931년 5월 『프랑크푸르트 신문』에 다섯 번째 편지로 실렸다. 그러나 신문에 연재된 편지 중에서 이 편지는 유일하게 1936년에 출판된 벤야민의 편지 모음집에는 포함되지 않았으며, 이후 아도르노가 재출판할 때 부록으로 추가되었다.

고귀하게 나타난다는 것이다. 편지는 1799년 6월 19일 친구 간에 포츠담에서 주고받은 대화와 관련이 있다. 이 대화에서 슐레겔은, 그가 나중에 표현했듯이, 슐라이어마허의 "불신 속의 확신"과 그가 "개별자 안의 의미와 사랑을 결여하고 있다는 점"을 언급했다. 슐레겔은 이러한 결여가 그를 자주 고통스럽게 했다고 한다. 이러한 언급을 하게 만든 계기는 슐레겔의 생각에 대한 슐라이어마허의 평가였다. 슐레겔은 나중에 그에게 편지를 썼다. "내가 마치 당신이 그 생각을 이해해야 한다고 또는 당신이 그것을 이해하지 못하는 것에 대해 내가 불만족해야 한다고 요구할 수 있기라도 하듯이 말하시네요. 하지만 아시겠지만 나에게는 이해했는지 오해했는지에 대해 이처럼 온갖 법석을 떠는 것보다 더 혐오스러운 것도 없습니다. 만일 내가 사랑하거나 존경하는 누군가가 어느 정도는 내가 원하는 것을 알아채고 또는 내가 누구인지 알아봐준다면, 나는 진심으로 기쁠 것입니다. 내가 이 기쁨을 자주 기대할 수 있는 경우에 있는지 당신은 쉽게 생각해볼 수 있습니다. 〔……〕 나의 저서들이 당신이 이해와 몰이해의 공허한 유령과 맞붙어 싸우게 하는 계기를 제공한다면 치워버리세요. 〔……〕 그에 대한 수다는 확실히 거의 생산적일 수 없습니다. 좀 더 민감한 다른 상황에 대한 수다는 말할 것도 없고요. 또는 당신은 찢어진 꽃들이 변증법에 의해 다시 자라날 것이라고 믿나요?" 다음 편지는 이보다 먼저 쓴 편지이다. 이 편지에서 고통의 감정은 훨씬 더 신선하고, 태도는 그만큼 더 고귀하다.

## 프리드리히 슐레겔이 프리드리히 슐라이어마허에게 보낸 편지

당신에게 교정본을 함께 보냅니다. 왜냐하면 제목이 당신 마음에 드는지 나는 알 수 없기 때문입니다. 여기 나의 메모글도 있습니다.[2] 그리고 나는 다섯 번째 담화의 결론부가 내 마음에 들었던 것만큼이나 그 메모글이 당신의 마음에 들기를 바랍니다.

---

2) 〔원주〕 잡지 『아테네움』을 위해 슐라이어마허의 『종교에 대한 담화』에 대해 짧게 논평한 메모글이다.

이제 우리는 그것에 대해 더 이상 다시는 이야기하지 맙시다. 왜냐하면 내가 예전에는 당신으로부터 기꺼이 원했던 빛을 당신은 나에게 매우 불친절한 방식으로 비추었기 때문에, 그래서 나는 차라리 그것을 다시는 요구하고 싶지 않습니다. 그것은 또한 거의 소용이 없을 텐데, 왜냐하면 나는 이제 또다시 이렇게 조심스럽게 이야기할 수는 없을 테니까요. 그리고 만일 나의 이야기를 천박한(gemein) 의미에서[3][4] 받아들일 가능성이 하나라도 남아 있다면, 당신은 그 가능성을 틀림없이 붙잡을 테지요. 그것은 실로 어떠한 것에도 더 이상 해를 끼치지 않을 거예요. 우리가 상이한 언어를 사용하면서 나란히 서로에게, 지난 저녁처럼 툭툭 이야기하는 경우를 제외한다면 말이죠. 당신이 그렇게 할 때 보여준 무감정한 태도는 당연히 나에게 당신이 전반적으로 나의 우정을 부당하게 다뤘던 방식을 상기시켜줄 뿐이었습니다. 그리고 이 기억을 다시 자극하고 싶지 않습니다. 왜냐하면 그것은 이전에 한번 일어났기 때문에 이 일이 다시 벌어진다면, 나는 몇 달 전부터 내 입술 위에서 맴돌고 있는 작별인사를 당신에게 할 기회를 잡을 겁니다.

그때 당신이 무엇인가 느낀다면 좋겠네요. 왜냐하면 그것이 당신이 적어도 단 한번 당신의 해석의 예외를 만들도록 유도할 수도 있고, 그리고 만일 그것을 당신의 이성이 허용한다면, 당신이 아마도

---

3) 〔원주〕 여기서는 'banal'의 의미이다.

4) 원문의 'gemein'은 '공공의, 공통의, 평범한, 천박한, 야비한' 등의 여러 의미로 사용되는데, 벤야민은 원주에서 이 단어가 이 편지글에서는 '진부한, 천박한'의 의미를 지닌 'banal'과 동일한 의미로 사용되고 있다는 추가적인 설명을 덧붙이고 있다.

처음부터 끝까지 줄곧 나를 이해하지 못했다는 점을 가설로서 생각해보도록 유도할 수 있을 것이기 때문입니다. 그렇다면 적어도 희망은 남아 있는 것이시요. 우리가 다가올 미래의 시간에 언젠가 서로를 이해하는 것을 배우게 될 것이라는 점을요. 이 희망의 기미조차 없다면 나는 그 작별인사를 할 용기조차 갖지 못할 테지요. 답장하지는 마세요.

# 편지들[5]

　　우리는 중요한 독일인들이 쓴 일련의 편지를 이 지면에서 발표하
려고 한다. 이들 편지는 역사적이거나 사실적인 관련성을 상호간에
요구하고 있지 않지만, 그럼에도 하나의 공통점을 갖고 있다. 독일적
의미에서 휴머니즘적이라고 특징지을 수 있는 태도를 지금 이 순간
다시 불러내는 것이, 오늘날 자주 진지하게 그리고 책임감에 대한 의
식으로 가득 차서 그 독일적 휴머니즘을 문제 삼고 있는 이들이 점점
더 일방적으로 예술과 문학의 작품들에 의지할수록 점점 더 적절해

---

5)　이 텍스트는 1931년 3월 31일자 『프랑크푸르트 신문』에 실린 첼터의 편지에 선행하고
　　있다(IV 954~55). 그러나 신문에 게재된 편지 시리즈의 첫 편지인 첼터의 편지에 대
　　한 소개글이 아니라 이 편지 시리즈 전체의 서문 역할을 하고 있다. 1936년 7월 30일
　　에 뢰슬러가 티메에게 보낸 편지에 따르면, 벤야민은 이 텍스트의 진술내용이
　　1936년의 독일 내 정치적 상황과 너무 눈에 띄게 관련되어 있다는 점에서 이 텍스트
　　대신에 『독일인들』의 출판을 위해 새로운 '서문'을 작성하는 데에 동의했다.

보이는데, 바로 그 태도를 이 편지들이 생생하게 표현해주고 있다. 어떠한 힘이, 어떠한 표현이 독일적 휴머니즘이 존재한 그 시대의 개인적 삶의 형상 속에서 특징적으로 나타났는지 이들 편지에서 밝혀진다. 다음의 편지는 흡사 그 시대의 마지막을 알리는 종을 치는 첫 번째 타격이다. 첼터는 이 편지에서 괴테의 죽음을 알리는 통보에 답하고 있다. 그에게 이 통보를 보낸 사람은 뮐러 수상이었다.

# 옛 편지들의 흔적을 찾아서[6]

 

신사숙녀 여러분, 제가 오늘 여러분에게 말씀드려도 되는 내용의 주안점은 몇몇 자료, 즉 몇몇 옛 편지에 담겨 있습니다. 그리고 저에게 그것에 대한 힌트를 주었던 것에 대해 저는 다만 입문적인 차원에서 간단히 이야기해드릴 수 있습니다. 여기서 제가 여러 가지 서지학적인 기교, 도서관 사서에게 필요한 기교를 말하고자 하는 것은 아닙니다. 물론 이러한 기교로 인해 우리들은 독일의 과거를 전승한 편지 더미를 통해 잘 알 수는 있을 것입니다. 그에 대해서는 오히려 단지 다음과 같은 정도로만 말하고 싶습니다. 가장 가치 있는 자료 중의

---

6) 이 텍스트는 벤야민이 1932년 1월 19일에 남서독일라디오방송(Südwestdeutscher Rundfunk)에서 낭독한 강연원고이다(IV 942~44). 벤야민은 이 강연방송을 통해 『프랑크푸르트 신문』에 익명으로 게재된 '편지 시리즈'의 저작권을 공공연하게 드러내고 있다.

적지 않은 자료의 경우에 본질적인 작업은 그것의 발굴 이후에야 비로소 시작된다고 말입니다. 말인즉, 그러한 문서를 모든 측면과 맥락에 따라 쉽게 파악할 수 있을 만큼 분명하게 만드는 것이 중요하다면 말이죠. 아니, 제가 여러분에게 몇 가지 들려주고 싶은 것은 그 흔적들을 추적하는 저의 의도입니다. 저는 추적을 시작했다고 말하고 싶지는 않습니다. 왜냐하면 조금도 흥미롭지 않은 계획의 경우는 아닐지라도 상당히 많은 계획에서 그러하듯이, 처음에는 하나의 착상 정도에 지나지 않은 것이 이 계획에서도 있었습니다. 여러분은 그것을 하나의 일시적 기분이라고 일컬을 수도 있을 텐데, 이러한 기분에 따라 시작한 저조차도 오늘날 저에게 분명해진 것을 당시에는 전혀 미리 눈치 채지 못했습니다. 그래서 저는 저의 고유한 의도를 알게 된 것에 대해 특히 『프랑크푸르트 신문』 편집부에 감사드립니다. 그들은 저의 임시적인 제안을 믿고 따라주었고, 적은 분량의 선별된 글들을 지면에 실어주었습니다. 이것이 이 편지 시리즈의 시작이며, 오늘날 저는 이 시리즈를 계속 이어가는 것을 뒷받침하는 다양한 논거를 이미 갖고 있습니다.

군돌프는 때때로 위대한 예술가들의 존재를 육중한 산맥이 층층이 쌓여 있는 양상에 따라 묘사했는데, 이러한 지층 묘사를 아마도 여러분 가운데에서 몇몇은 기억할 것입니다. 우리는 이러한 지층 쌓기를 받아들이지는 않지만, 다시 고쳐 쓰고자 합니다. 이러한 묘사에 따르자면, 오고간 대화에서 전승된 것은 좀체 인지될 수 없는, 막 오르막을 시작하는 산기슭에 해당되고, 편지로 전승된 것의 넓은 중간층은 여기에 이어질 것입니다. 이 전승된 편지의 내용은 최종적인 형상에

벌써 더 가까워져 있을 것이고, 마침내 산꼭대기가, 참으로 창조적인 작품이 나타날 것입니다. 이제 당신이 이 이미지가 어느 순간 우리 앞에 나타나길 원할 때, 우리가 제한적으로 다루고자 하는 대상이자 제 이야기가 출발한 그 고전적 시대의 특성상 이 산꼭대기는 이미 빙하로 덮여 있습니다. 왜냐하면 독일 고전주의의 정전이 이미 오래전에 종결되고 더 이상 논의할 수 없다는 점은 부인할 수 없으며, 그리고 정전의 경직된 요지부동한 상태에 들어맞게 그것의 영향이 사라지려고 하기 때문입니다. 이러한 상황을 고려했던 자에게 동시에 명백해지는 것은 그 시대의 방대한 편지문학이, 비유적으로 말하자면, 눈으로 덮여 있는 경계지역과 같은 무엇이라는 점입니다. 아마도 고전주의 개념의 그러한 울림을 또한 특정한 서한집까지 뻗치게 하려는 시도를 비롯해, 그것을 정전처럼 만들고 그 결과 오늘날 영향력을 발휘하지 못하게 만들고자 하는 시도가 없지 않았습니다. 저는 단지 괴테와 실러가 주고받은 편지들, 포이어바흐가 어머니에게 보낸 편지들, 빌헬름 폰 훔볼트가 여자 친구에게 보낸 편지들을 언급하겠습니다. 이 중에서 훔볼트의 편지들은 심지어 금박칠된 판본으로 얻을 수 있었습니다. 그러나 이 점은 그러한 위대한 편지 교환의 압도적인 분량이 교육과 언론, 낭송 분야의 손길에 닿지 않은 채, 그러니까 보편적이고 만족할 줄 모르는 교양의 목구멍 속으로 떨어지지 않은 채 보호받고 있었다는 사실을 조금도 바꿔놓지 않습니다. 달리 말하자면, 지금까지 그러한 편지와 관련된 지식에 대한 우선권을 연구자와 전문가들이 차지하고 있었습니다. 그러나 그들 중에서 어느 누구도 편지 그 자체에는 좀체 주목하지 않았습니다. 대부분 그 편지들은 증거 자료, 기초 자료, 문헌 자료 또는 사람들이 그것을 무엇이라고 부르든 간에 그와 유사한 무엇이었습니다. 따라서 게르비누스는 괴테의 편지 교환에 대한 그의 매우 중요한 저작에서 다음과 같이 정당하게 말하고 있습니다. "이 편지 모음집이 베풀 수 있었던 주요한 유용성을 문학사는 그것에서부터 공공연히 이끌어냈다. 모음집은 문학사적 실용주의를 가능하게 만드는데, 이러한 실용주의에 대해 이전 사람들은 잘 생각할 수 없었으며, 이것을 알고 있지도, 필요하지도 않았다. 왜냐하면 커튼 뒤의 저자를 보고자 하는 욕망과 기쁨은, 저자가 인간 뒤에 작가를 숨기거나 작가 뒤에 인간을 숨기기 위해 애썼던 노력의 결과물일 뿐이었기 때문이다. 그러나 이러한 노력은, 비록 비밀이 있는 척하는 정치행위만큼이나 어리석고 쓸데없긴 하지만, 대체로 새로운 시대와 그 작가들에게서 특히 고유하게 나타나는 특징이다"(G. G. 게르비누스, 『괴테의 편지 교환에 대해』, 라이프치히, 1836, 2쪽 이하). 이와 같이 말하면서 도입부에서 게르비누스는 괴테의, 특히 늙은 괴테의 이미지가 그의 편지에 나타나도록 하기 위한 결정적 시도를 하고 있습니다. 어떤 편지 모음집을 실로 철두철미하게 파헤치고 남김없이 간파하는 설명이 있었는데, 게르비누스의 시도는 정말 몇 안 되는 시발점 중의 하나였습니다. 그의 시도는 이후 이어지는 문헌학 전공활동과 결정적으로 대조를 이룰 뿐만 아니라 중요한 편지 수집품을 영웅숭배를 유지하기 위해 오용하는 것과도 대조를 이룹니다.

그러나 제가 끌어들인 이 모범적인 시도에 대해 무조건적인 태도를 취하는 것은 아닙니다. 사람들은 게르비누스의 저서가 괴테가 세상을 떠난 지 5년 뒤에 출판되었다는 점과, 그가 역사적 거리두기 없이 다량의 편지를 보았다는 점을 간과해서는 안 됩니다. 그러나 우리에게 바라봄의 법칙을 규정하고 있는 것은 이 역사적 거리두기입니다. 무엇보다도 최상의 법칙은 다음과 같은 내용인데, 인간과 저자를, 개인적인 것과 객관적인 것을, 인물과 사건을 구분짓는 것이 역사적 거리가 멀어질수록 점점 더 그 정당성을 상실한다는 점입니다. 이러하기 때문에 비록 단 한 통의 중요한 편지만이라도 제대로 평가하기 위해 그것의 모든 사실적 연관과 암시, 세부사항을 헤아리면서 그 편지를 해명한다는 것은, 인간적인 것의 한가운데를 맞히는 것을 뜻합니다. 이 인간적인 것이 특징 있는 인물과 영웅, 천재를 의미하는 것은 아닙니다. 사람들은 누군가를 그렇게 〔영웅이나 천재로〕 명명하는 데 익숙해졌습니다. 그렇게 명명된 자가 자신보다 평범한 동시대인들과 여전히 소통하고 토론하는 것을 그 인간적인 것이 가능케 한다면, 그것은 그만큼 훨씬 더 고귀하고 품위 있고 풍요롭습니다. 우리는 그것을 표명하는 것을 두려워하지 않습니다. 역사가가 점점 더 멀리 과거 속으로 소급해 들어갈수록 에밀 루트비히 같은 사람이나 다른 이들의 느슨하고 값싼 전기서술에서 작용하고 있는 심리학은 점점 더 그 유용성을 상실할 것입니다. 아울러 점점 더 무제한적으로 사건과 자료, 이름은 자신들의 권리를 누릴 것인데, 이 권리는 단순히 문헌학적인 권리일 필요는 없으며, 인간적인 권리가 될 수 있습니다.

　그와 같은 의도를 올바르게 평가하려는 다음의 몇몇 소박한 시도들.[7]

오늘은 여기까지 말씀드립니다. 이들 겨우 몇 통의 편지 덕분에
『프랑크푸르트 신문』이 추후에 간행할 여러 새로운 편지들이 여러분
의 주목을 받았다면, 게다가 이 출판물이 문헌학적 야심이나 미심쩍
은 교양 욕구가 아니라 살아 있는 전승에 도움을 주고자 한다는 점을
여러분에게 확신시켰다면, 저는 기쁠 것입니다.

---

7) 벤야민 전집 편집자의 추정에 따르면, 이 구절 다음에 있는 여백은 아마도 몇 편의
   편지와 이에 대한 논평으로 채워진 것 같다.

## 60편의 편지를 위한 비망록[8]

1. 근본적으로 이 책은 원본 텍스트로 이루어진다. 이 텍스트의 저자들은 동시에 1770년부터 1870년 사이에 예술가적인, 학문적인 그리고 민족교육적인 분야에서 독일을 위대하게 만든 인물을 알리는, 진정으로 폭넓은 갤러리를 선보이고 있다. 원본 텍스트들을 갖춘 이 모음집은 일종의 황금기의 고전서(古典書) 도서관의 축약판이다.

2. 책에 실린 텍스트들은 대다수 독자층뿐만 아니라 학자들에게도 거의 알려져 있지 않다. 따라서 이 책에서는 아직 통상적인 방식으로

---

8) 벤야민은 『프랑크푸르트 신문』에 연재된 편지들을 포함해 좀 더 많은 편지를 수록한 책을 출판하고자 했는데, 이러한 의도를 반영하고 있는 이 텍스트는 아마도 1932년 2월 무렵에 작성된 것으로 추정된다(IV 949~50). 그런데 그의 기획은 여러 차례 좌절되었고 결국 편지들을 책으로 출판하기를 포기했다. 이후 1936년에야 비로소 그의 편지 모음집이 출판되었다.

교양을 가르치는 일에 〔부당하게〕 이용당한 적이 결코 없는 고전적 텍스트들이 중요하게 다루어진다. 이 편지들은 또한 거의 예외 없이, 그 어떤 접하기 힘든 지면에 인쇄된 적이 있다 하더라도, 내가 이 편지들에 제공한 형상 때문에 초판본의 가치를 지니게 될 것이다.

3. 전체적인 구도 속에서 이 편지들은 이 세기의 시공간 내의 주도적 인물들의 사유세계와 그 주위 환경에 대해 하나의 완전히 새로운 측면을 보여줄 것이다. 실제로 편집자는 최초로 여기서 문제시되고 있는 어마어마한 분량의 자료를 검토해 선별하면서, 개별 사례에서 출발해 살펴보는 지금까지의 방식이 놓쳤던 정신적이고 개인적인 연결을 지시하는 데에 전반적으로 성공했다. 그렇게 편집자는 구츠코에게 보낸 뷔히너의 편지, 아내에게 보낸 포르스터의 편지, 괴테에게 보낸 첼터의 편지처럼 편지문학의 고전적인 작품들 ─ 그 역시 마찬가지로 잘 알려져 있지는 않지만 ─ 외에도 전체적인 삶의 영역에 새로운 빛을 던져주는 다른 작품을 소개한다. 사람들은 이 모음집에서 플라텐에게 보낸 리비히의 편지, 랑케에게 보낸 플라텐의 편지를 발견할 것이다. 빌헬름 그림은 아르님이나 달만에게만 편지를 쓴 것은 아니며, 이 책에는 또한 그가 예니 폰 드로스테-휠스호프에게 보낸 멋들어진 연애편지도 있다. 한편 그녀의 여동생인 아네테는 그녀의 문학 선생님인 마티아스 슈프릭만에게 보낸 감동적인 편지에 등장한다. 사비니는 야코프 그림에게 베를린에서의 콜레라와 헤겔의 죽음에 대한 소식을 전한다. 그리고 우리는 다시금 헤겔의 죽음에 대한 통지를 헤겔의 제자인 다비트 프리드리히 슈트라우스가 메어클린에게 보낸 편지에서 읽는다. 칸트는 라인홀트, 마이몬 또는 헤르츠하고

만 편지 교환을 한 것은 아닌데, 부퍼탈의 경건주의 지도자인 자무엘 콜렌부슈와도 했다. 여기에 실려 있는 콜렌부슈의 편지는 모든 시대를 통틀어 편지문학의 걸작 중의 하나이다. 이 목록을 계속 이어가는 대신에.[9]

4. 머리글에 대한 추가 언급. 이 머리글은, 비록 단 한 통의 독보적이고 중요한 편지만이라도 제대로 평가하기 위해 그것의 모든 사실적 연관과 암시, 세부사항을 헤아리면서 그 편지를 해명한다는 것은, 인간적인 것의 한가운데를 맞히는 것을 의미한다는 인식에 근거해 쓰였다. 개별 편지 앞에 놓여 있는 짧은 논평들은 사람들이 흔히 명작 선집에서 볼 수 있는 상투적인 안내문과는 전혀 상관없다. 개별 편지의 작성자에 대한 구체적이고 인상학적인 평가에서부터 유래한 어떤 것도 여기에 실려 있지 않다. 그럼에도 불구하고 이 머리글들은 문제되는 시공간에서 펼쳐진 광범위한 독일 교양사를 그려내고 있다.

5. 결론적으로. 이 책은 대중적인 명작 선집과 학술서, 그리고 고전서 간행본이라는 세 가지 특징을 내부에서 하나로 합치고 있다. 이에 걸맞게 구매자로서 결코 독서애호가들만이 고려되는 것이 아니라 교양과 민중교육에 관심을 갖고 있는 넓은 독자층, 즉 학생, 대학생, 교수, 언론인 그리고 초등교사가 역시 고려된다.

---

9) 여기서 문장이 중단된다.

# 독일 편지들 1[10]

여기에 소개되는 독일 편지의 연재물은 명작 선집의 일종으로 파악되어서는 안 된다. 주의 깊은 독자가 이 편지글로부터 독일어의 가치와 명예를 아무리 많이 추론할지라도, 그리고 〔편지 연재물의〕 몇몇 편지가 독자에게 지금까지 어떤 업적으로 알려졌던 인물을 아무리 분명하게 보여준다고 할지라도 ― 일반적 교양을 높이는 것은 말할 것 없이 ― 그러한 것이 여기서 계획된 것은 아니다. 이 시리즈의 의

---

10) 이 텍스트의 작성 시기는 아마도 1933년 이후, 늦어도 1935년 무렵인 것으로 추정된다(IV 945~46). 아마도 당시 책 출판에 대한 기대를 접기 시작한 벤야민은 그동안 수집한 내용을 정기적으로 발행되는 잡지 등에 실리도록 비교적 소규모의 단편 형식으로 만드는 정리작업을 한 것으로 보인다. 벤야민은 1936년 2월에 이 텍스트를 세 편의 편지글과 이에 대한 소개글과 함께 당시 모스크바에서 발행되는 문학잡지인 『말』(*Das Wort*)에 보냈다. 그런데 이 텍스트 뒤에 소개되는 포르스터와 횔덜린, 조이메의 편지는 그의 1936년 편지 모음집에 실려 있는 편지와는 다르다.

도는 오히려 오늘날 사람들이 뿌연 안개 뒤편에서 기꺼이 찾고자 하는 '비밀스러운 독일'의 용모를 보여주는 것이다. 왜냐하면 비밀스러운 독일은 실제로 있기 때문이다. 다만 이러한 비밀스러움은 그 내면성과 깊이의 표현에 불과한 것이 아니라 — 비록 다른 의미에서 — 어떤 힘들이 만들어놓은 작품인데, 이 힘들은 시끄럽고 야만스럽게 그의 비밀스러움이 공공연하게 영향을 끼치는 것을 차단했고, 남모르는 비밀이 되라는 판결을 내렸던 것이다. 정말 이 힘들과 관련 있는 것은 게오르크 포르스터를 조국으로부터 추방하고, 횔덜린이 프랑스에서 가정교사로 일하면서 빵을 구하도록 만들고, 조이메를 아메리카로 보내버린 헤센 모병관의 손으로 그를 몰아갔던 힘들과 동일하다. 그런데 이 힘들을 더 자세히 묘사해야 할까? 포르스터와 조이메는 그것을 곧이곧대로 말하고 있으며, 횔덜린은 이것에 맞서 언제나처럼 가장 완결된 시 속에서 독일적 창조정신을 내세웠다. 왜냐하면 이들 가운데 누구도 — 그리고 이 시리즈에 나중에 등장할 사람들 중의 누구도 — 자신의 창조적인 작업에서 어떤 변명을 찾아 그에게 닥친 시민적 곤궁함을 일깨우는 것을 회피하지는 않기 때문이다. 이 편지들이 이 점을 매우 분명하게 보여주고 있으며, 바로 이러한 이유 때문에 이 편지들은 알려지지 않은 채 있었다. 왜냐하면 이것은 조이메의 편지와 마찬가지로 포르스터의 편지에도 해당되기 때문이다. 그리고 사람들은 물론 횔덜린의 편지들을 읽었겠지만, 그의 편지들이 독일에 대해 독일인들에게 무엇을 말하는지에 대해서는 가장 이해받지 못했다. 이 와중에 한 가지 위안거리는 이 편지들이 전혀 손대어지지 않은 채 남아 있다는 점이다. 행사 강연자와 기념 축사자는 이 편지들을 보지 못하고 지나쳤다. 그리고 때때로 이들이, 마치 이 편지들이 우리에게 해줄 말이 전혀 없다는 듯이, 이들 인물의 작품을 부당하게 변조하는 데에 성공했다 할지라도, 아니 오히려 우리에게 어떠한 증거도 내놓지 않는 데에 성공했다 할지라도, 이 편지들을 일견하는 것만으로도 충분히 당시처럼 오늘날 그러한 독일 — 유감스럽게도 여전히 비밀스러운 독일 — 이 있다는 점을 보여줄 수 있을 것이다.

■ 그림 설명

• 77쪽

(좌) **카를 프리드리히 첼터**(1758~1832) : 작곡가.

카를 베가스(Carl Begas)의 채색화를 모사한 루트비히 하이네(Ludwig Heine)의 석판화(1826).

〔Bildarchiv Preussischer Kulturbesitz, Berlin〕

(우) **프리드리히 테오도르 아담 하인리히 폰 뮐러**(1779~1849) : 바이마르의 법률가이자 수상. 1815년부터 괴테와 교우 관계를 맺었으며 괴테의 유언 집행인.

요한 요제프 슈멜러(Johann Joseph Schmeller)의 그림(1830).

〔Archiv für Kunst und Geschichte, Berlin〕

• 83쪽

**게오르크 크리스토프 리히텐베르크**(1742~99) : 독일의 물리학자이자 문필가.

메르크(Merck)의 실루엣 그림.

〔Bildarchiv Preussischer Kulturbesitz, Berlin〕


• 89쪽

**이마누엘 칸트**(1724~1804) : 철학자.

하인리히 볼프(Heinrich Wolff)가 쾨니히스베르크에서 그린 그림.


• 96쪽

(좌) **게오르크 포르스터**(1754~94) : 자연학자이자 민속학자. 제임스 쿡(James Cook) 선장의 제2차 세계일주 항해(1772~75)에 아버지와 함께 참여함.

요한 하인리히 빌헬름 티슈바인(Johann Heinrich Wilhelm Tischbein)의 채색화를 모사함.

〔Bildarchiv Preussischer Kulturbesitz, Berlin〕

(우) **테레제 포르스터**(Therese Forster 1764~1829, 재혼 후 후버(Huber)로 개명) : 결혼 전 가족성(姓)은 하이네(Heyne). 1785년부터 게오르크 포르스터가 세상을 떠난 1794년까지 그의 아내였음. 편집자이자 작가.


• 102쪽

(좌) **자무엘 콜렌부슈**(1724~1803) : 의사. 대표적인 경건주의자.

(우) **이마누엘 칸트**(1724~1804) : 철학자.

고틀리프 되블러(Gottlieb Döbler)의 그림을 모사한 석판화.

〔Bildarchiv Preussischer Kulturbesitz, Berlin〕


• 107쪽

(좌) **하인리히 페스탈로치**(1746~1827) : 교육자이자 사회 개혁가.

프리드리히 게오르크 아돌프 쇠너(Friedrich Georg Adolph Schöner)의
유화(1808).

〔Pestalozzianum Zürich〕

(우) **안나 페스탈로치-슐테스**(1738~1815) : 페스탈로치의 부인.

아돌프 쇠너의 유화(1804).

〔Pestalozzianum Zürich〕


• 113쪽

(좌) **요한 고트프리트 조이메**(1763~1810) : 작가.

그의 여행기 『1802년 시라쿠사로의 산책』(*Spaziergang nach Syrakus im
Jahre 1802*, 1803)에서 유래한 장면의 그림(19세기 후반의 목판화).

〔Bildarchiv Preussischer Kulturbesitz, Berlin〕

(우) **카를 아우구스트 뵈팅어**(Karl August Böttiger, 1760~1835) : 조이
메의 옛 약혼녀의 남편. 논문에 연극학 관련 작품이 있으며 잡지 기
고가.

당시의 동판화.

〔Bildarchiv Preussischer Kulturbesitz, Berlin〕

• 120쪽

(좌) **요한 하인리히 포스**(1779~1822) : 아버지, 형과 함께 셰익스피어를 번역함.

프란츠 가라이스(Franz Gareis)의 캔버스 유화(1800).

〔Freies Deutsches Hochstift, Frankfurt M. / Foto : Ursula Edelmann〕

(우) **장 파울**(1763~1825, 본명은 장 파울 프리드리히 리히터) : 소설가.

프리드리히 마이어(Friedrich Meier)의 채색화(1810).

〔Bildarchiv Preussischer Kulturbesitz, Berlin〕


• 125쪽

(좌) **프리드리히 횔덜린**(1770~1843) : 시인.

프란츠 카를 히머(Franz Karl Hiemer)의 파스텔화(1792).

〔Archiv für Kunst und Geschichte, Berlin〕

(우) **카시미르 울리히 뵐렌도르프**(1775~1825) : 횔덜린의 친구.

〔Schiller—Nationalmuseum, Marbach am Neckar〕


• 132쪽

(좌) **클레멘스 브렌타노**(1778~1842) : 시인.

빌헬름 헨젤(Wilhelm Hensel)의 그림(1819).

〔Archiv für Kunst und Geschichte, Berlin〕

(우) **게오르크 안드레아스 라이머**(1776~1842) : 베를린의 서적상. 하인리히 폰 클라이스트(Heinrich von Kleist)의 작품을 출판하고 베를린 실업학교 서점을 운영함.

베를린 AGB(아메리카 추모 도서관)에 있는 채색화를 찍은 사진.

〔Bildarchiv Preussischer Kulturbesitz, Berlin〕


• 137쪽

(좌) **요한 빌헬름 리터**(1762~1810) : 전기화학 이론의 창시자이자 물리학자.

〔Universitätsbibliothek München〕

(우) **프란츠 폰 바더**(1765~1841) : 가톨릭 철학자이자 신학자.

필리프 파이트(Philipp Veit)의 분필화(1811).


• 144쪽

(좌) **요한 밥티스트 베르트람**(1776~1841) : 독일 고대 회화들을 수집한 예술품 컬렉터.

에드바르트 폰 슈타인레(Edward von Steinle)의 수채화(1862).

〔Stadtmuseum Köln〕

(우) **줄피츠 보아세레**(1783~1854) : 예술학자이자 예술품 수집가.

요제프 슈멜러의 그림.

〔Archiv für Kunst und Geschichte, Berlin〕


• 149쪽

(좌) **크리스티안 아우구스트 H. 클로디우스**(1717~84) : 시인이자 라이프치히 대학의 실용철학과 교수.

안톤 그라프(Anton Graff)의 채색화를 모사한 초상화(1769).

(우) **엘리자 폰 데어 레케**(1756~1833) : 시인. 제국 백작인 프리드리히 폰 메뎀(Friedrich von Medem)의 딸. 이탈리아의 모험가이자 연금술사인 알레산드로 칼리오스트로(Alessandro Cagliostro)에 대한 책을 발표해 그의 정체를 폭로하는 데에 기여함.

안톤 그라프의 채색화(1784).

• 154쪽

(좌) **아네테 폰 드로스테-휠스호프**(1797~1848) : 시인.

시인의 자매인 예니 폰 라스베르크(Jenny von Laßberg)의 세밀화 (1820).

(우) **안톤 마티아스 슈프릭만**(1749~1842) : 드로스테-휠스호프의 유년시절 문학 선생.

펜화.

• 162쪽

**요제프 괴레스**(1776~1848) : 출판업자이자 1814년부터 『라인 메르쿠어』(*Rheinischer Merkur*)의 발행인.

에드바르트 폰 슈타인레의 그림을 모사해 콘스탄틴 뮐러(Constantin Müller)가 제작한 강판화(1837).

• 167쪽

(좌) **유스투스 리비히**(1803~73) : 화학자이자 기센 대학의 교수.

1821년 대학생 시절의 리비히.

〔Universitätsbibliothek Gießen〕

(우) **아우구스트 폰 플라텐**(1796~1835) : 시인.

모리츠 루겐다스(Moritz Rugendas)의 채색화(1830)에 대한 프로샤스카

(Prochaska)의 복제품.

〔Archiv für Kunst und Geschichte, Berlin〕


• 174쪽

(좌) **빌헬름 그림**(1786~1859) : 독문학자. 야코프 그림(Jacob Grimm)의

남동생. 『아동과 가정을 위한 동화』(*Kinder-und Hausmärchen*)의 공동 편

집자.

남동생 루트비히 그림(Ludwig Grimm)이 그린 초상화(1822).

〔Bildarchiv Preussischer Kulturbesitz, Berlin〕

(우) **예니 폰 드로스테-휠스호프**(1795~1859, 결혼 후에는 '예니 폰 라스

베르크(Laßberg)') : 아네테 폰 드로스테-휠스호프의 언니.

카를 오퍼만(Carl Oppermann)이 그린 초상화로 추정됨.

〔Landesbildstelle Westfalen〕


• 182쪽

(좌) **카를 프리드리히 첼터**(1758~1832) : 작곡가.

크리스티안 다니엘 라우흐(Christian Daniel Rauch)가 제작한 흉상을 보

고 만든 안젤리카 파치우스(Angelica Facius)의 도자기 부조상.

〔Goethe-Museum Düsseldorf〕

(우) **요한 볼프강 폰 괴테**(1749~1832) : 작가.

라우흐가 1820년에 제작한 흉상을 보고 파치우스가 석고로 만든 부조상.

〔Goethe-Museum Düsseldorf〕


• 185쪽

**다비트 프리드리히 슈트라우스**(1808~74) : 철학자이자 신학자. 저서 『예수의 삶』(*Das Leben Jesu, kritisch bearbeitet*)의 비판적 관점으로 세인의 주목을 받음.


• 195쪽

(좌) **요한 볼프강 폰 괴테**(1749~1832) : 작가.

숲에 있는 괴테의 모습. 볼데마르 프리드리히(Woldemar Friedrich)의 그림을 보고 제작한 프란츠 한프스타엔글(Franz Hanfstaengl)의 채색 사진 동판(뮌헨, 1900).

〔Archiv für Kunst und Geschichte, Berlin〕

(우) **모리츠 제베크**(1805~84) : 물리학자 토마스 요한 제베크(Thomas Johann Seebeck)의 아들. 아버지 토마스 제베크는 괴테의 과학 작업에 활발하게 참여하고 그의 색채론을 옹호했으나, 나중에는 자신의 견해를 바꾸었다. 그 결과 괴테와 멀어짐.

• 202쪽

(좌) **게오르크 뷔히너**(1813~37) : 극작가이자 의사.

아우구스트 호프만(August Hoffmann)의 그림을 보고 제작한 철판화.

〔Bildarchiv Preussischer Kulturbesitz, Berlin〕

(우) **카를 구츠코**(1811~78) : 작가.

1870년의 초상 사진.

〔Bildarchiv Preussischer Kulturbesitz, Berlin〕


• 208쪽

**요한 프리드리히 디펜바흐**(1794~1847) : 의사.

〔Ullstein Bilderdienst, Berlin〕


• 212쪽

(좌) **야코프 그림**(1785~1863) : 작가. 빌헬름 그림의 형. 『아동과 가정을 위한 동화』의 공동 편집자.

카를 베가스의 채색 초상화(1853).

〔Bildarchiv Preussischer Kulturbesitz, Berlin〕

(우) **프리드리히 크리스토프 달만**(1785~1860) : 역사가.

아돌프 호네크(Adolf Hohneck)의 석판화(1844).

〔Archiv für Kunst und Geschichte, Berlin〕


• 221쪽

(좌) **클레멘스 폰 메테르니히**(1773~1859) : 오스트리아의 정치가.

작가 미상의 철판화(1850).

〔Bildarchiv Preussischer Kulturbesitz, Berlin〕

(우) **안톤 폰 프로케슈-오스텐**(1795~1876) : 오스트리아의 외교관이

자 장교.

아돌프 다우타게(Adolf Dauthage)의 초상 석판화(1853).

〔Bildarchiv Preussischer Kulturbesitz, Berlin〕


• 227쪽

(좌) **고트프리트 켈러**(1819~90) : 스위스의 소설가.

요하네스 간츠(Johannes Ganz)의 초상 사진(취리히, 1888).

〔Bildarchiv Preussischer Kulturbesitz, Berlin〕

(우) **테오도르 슈토름**(1817~88) : 작가.

사진(1879).

〔Archiv der Theodor Storm-Gesellschaft, Husum〕


• 234쪽

(좌) **프란츠 오버베크**(1837~1905): 프로테스탄트 신학자. 니체의 친구.

사진(1870).

〔Archiv für Kunst und Geschichte, Berlin〕

(우) **프리드리히 니체**(1844~1900) : 철학자.

사진(1880). 원본은 '국립 고전 독일 문학 연구 기념 재단'(바이마르 소

재)에 있음.

〔Bildarchiv Preussischer Kulturbesitz, Berlin〕

• 247쪽

(좌) **프리드리히 슐레겔**(1772~1829) : 시인, 평론가이자 학자.

필리프 파이트의 초상화. 원본은 괴테 박물관(프랑크푸르트 소재)에

있음.

〔Bildarchiv Preussischer Kulturbesitz, Berlin〕

(우) **프리드리히 슐라이어마허**(1768~1834) : 개신교 신학자이자 철학자.